Deiner Liebe würdig

Zeitlose Verbundenheit

Verlag: BoD · Books on Demand GmbH,
Überseering 33, 22297 Hamburg, bod@bod.de
Druck: Libri Plureos GmbH,
Friedensallee 273, 22763 Hamburg
ISBN: 978-3-8192-6619-5

Für meine Mama…

Heute möchte ich dir von ganzem Herzen danken, für deine grenzenlose Güte, deine unendliche Liebe und deine unermüdliche Fürsorge für diejenigen, die keine Stimme haben. Deine Hingabe und Großzügigkeit haben mich immer wieder zutiefst berührt und inspiriert, und ich bin unendlich dankbar, dass ich dich meine Mutter nennen darf.

Du bist ein wahrer Engel auf Erden, der jeden Streuner aufnimmt und ihm ein warmes Zuhause, Liebe und Geborgenheit schenkt. Deine Selbstlosigkeit kennt keine Grenzen, und dein Mitgefühl für diejenigen, die Hilfe brauchen, ist unvergleichlich.

Du hast mir gezeigt, dass wahre Größe darin besteht, anderen zu helfen, ohne etwas im Gegenzug zu erwarten. Deine selbstlose Natur hat mein Herz unzählige Male berührt und meine Sichtweise auf das Leben nachhaltig verändert.

Durch deine liebevolle Fürsorge hast du nicht nur uns allen ein Zuhause gegeben, sondern bist für mich eine unerschütterliche Quelle der Liebe und Unterstützung. Deine unendliche Güte hat mich gelehrt, dass die größten Geschenke im Leben nicht materiell sind, sondern in den kleinen Gesten der Liebe und Barmherzigkeit liegen, die wir anderen erweisen.

O„Nein, Mama, das kannst du nicht machen!" Meine Stimme
überschlug sich vor Empörung, meine Worte zitterten, getragen
von Wut und Verzweiflung. „Du kannst ihn nicht einfach hierher
schicken, ohne mich zu fragen!"
Stille. Nur ein leises Rascheln am anderen Ende der Leitung. Als sie
endlich sprach, war ihre Stimme ruhig, aber eiskalt. „Es ist entschieden,
Olivia. Timothée braucht ein Zuhause."
„Er hat ein Zuhause!" Ich lachte bitter, mein Atem ging schnell. „Was ist
mit seinem reichen Vater? Oder irgendeinem anderen Ort, der nicht
meine Wohnung ist?"
„Er ist Familie", sagte sie schlicht. „Und Familie hilft einander."
„Familie?" Ein bitteres Lachen entwich mir, bevor ich es zurückhalten
konnte. „Du meinst die Familie, die uns kaputtgemacht hat?"
„Olivia." Ihre Stimme klang nun schwer, müde. „Das ist nicht
verhandelbar. Timothée wird bei dir wohnen. Und damit basta."
Ich wollte etwas sagen, wollte sie anschreien, doch das Klicken der
auflegenden Leitung schnitt mir die Worte ab.
Die Kälte ihrer Worte durchdrang mich, und ohne sich zu verabschieden,
legte sie einfach auf, als wäre unser Gespräch nie geschehen.
Die Worte meiner Mutter hallten noch in meinen Ohren wider, als ich
meinen Rucksack auf den Boden warf und nach meinem Schlüssel
suchte. Der Winter lag schwer auf der Stadt. Der Wind zerrte an den
Ästen der kahlen Bäume, ließ meine Finger taub werden, als ich endlich
nach dem Schlüssel griff. Jeder Atemzug hinterließ weiße Wolken in der
Luft, die sich schnell auflösten wie meine Geduld. Die Straßenlaternen
warfen fahles Licht auf die glitzernden Eiskristalle, die den Asphalt
bedeckten, und ich hörte das Knirschen des gefrorenen Schnees unter
den Rädern meines Fahrrads. Ich fühlte mich wieder wie ein Kind, das
die Anweisungen der Mutter nicht akzeptiert. Timothée von Bergen
sollte bei mir einziehen. Hätte ich meiner Mutter bloß nie von meiner
Suche nach einer neuen Mitbewohnerin erzählt.
Timmy, der Liebling meiner Mutter. Viele Jahre hatte sie für die Familie
von Bergen als Haushälterin gearbeitet. Timmy war der jüngste Sohn der
Familie, und meine Mutter zog ihn groß wie ihren eigenen Sohn. Doch
vor 10 Jahren verstarb Timmys Mutter, und er wurde auf ein Internat

1

geschickt. Nun kam er zurück, und warum auch immer konnte er nicht bei seinem reichen Vater wohnen.

Ich zog meine Mütze tief in die Stirn, wickelte meinen Schal enger und bedeckte mein Gesicht bis auf die Augen mit dem dicken Wollschal. Die Kälte drang durch meine Kleidung und fror meine Gedanken ein. Der Wind war eisig. Handschuhe an und ab aufs Fahrrad. Selbst im Winter fuhr ich lieber mit dem Fahrrad durch die Stadt als in der stickigen Bahn mit fremden Menschen zu stehen.

Ich fuhr so schnell ich konnte, jeder Tritt auf dem Pedal entlud ein wenig Wut aus mir. In der Ferne sah ich eine Menschenmenge, ein Meer aus neugierigen Blicken und hastigen Schritten. Ich wurde langsamer, da sie den Radweg blockierten, und ein Gefühl der Beklemmung ergriff mich. Es kamen immer mehr Passanten und Schaulustige angerannt, wie Motten, die vom Licht der Tragödie angezogen wurden. Wohl mal wieder ein Unfall. Es war natürlich, neugierig zu sein, doch diese schrecklichen Gaffer nervten mich, ihre Blicke wie heiße Nadeln auf den Opfern. Ich stieg ab und schob mein Fahrrad durch die Menschenmenge.

„Ist hier jemand Arzt?" schrie eine Frau verzweifelt. Im selben Moment packte mich jemand an den Schultern und drückte mich vorsichtig beiseite. Ein Mann drängte sich elegant an mir vorbei, seine Bewegungen fließend und entschlossen, als ob er die Antwort auf jede Frage bereits kannte, bevor sie gestellt wurde. „Beiseite", rief er, seine Stimme ein Befehl, der keinen Widerspruch duldete, und schob den Mann vor mir zur Seite.

Er kniete sich ohne zu zögern neben das am Boden liegende Mädchen, sein Gesicht ein Ausdruck von Konzentration und Entschlossenheit. Ich erschrak, als ich sie sah, ihr Anblick ein Schrei in der Stille meiner Gedanken. Ihr Gesicht war angeschwollen, sie rang nach Luft, ihr Körper zuckend vor Verzweiflung. Ein schrecklicher Anblick, der meinen Magen zum Drehen brachte und meine Hände zu Fäusten ballen ließ.

Der Mann griff nach ihrer Tasche und kramte darin, seine Bewegungen flink und gezielt, als ob er ein Puzzle löste, dessen Teile bereits verloren schienen. Ich wollte mich gerade abwenden, als ich im Blickwinkel sah, wie er ihr eine Spritze in den Hals stach. Er musste ein Arzt sein, ein Retter in einer Welt des Leidens und der Verzweiflung.

Den Kopf des Mädchens bettete er auf seiner Jacke, die er trotz der Kälte auszog. Zum Vorschein kam ein durchtrainierter Körper in einem schwarzen Pullover. Sein Haar war dunkelbraun, in einem gepflegten, leicht unordentlichen Stil getragen, der ihm einen lässigen und doch stilvollen Look verlieh. Seine Augen waren intensiv und ausdrucksstark, von einem tiefen Braun, das im Licht warm und einladend wirkte. Lange hatte ich nicht mehr einen so attraktiven Mann gesehen, dachte ich, ein Gedanke, der wie ein Echo in meinem Kopf widerhallte, den ich versuchte zu unterdrücken. In der Ferne hörte ich bereits die Sirene des Krankenwagens. Nicht weiter an das Mädchen und ihren schmerzerfüllten Anblick denken zu müssen, nahm ich die Fahrt auf dem Fahrrad wieder auf.

Thre blonden gewellten Haare und die feinen Sommersprossen verzauberten mich sofort. Sie war noch schöner als in meiner Erinnerung. Olivia war eine auffallend schöne Frau geworden, die durch ihr markantes Aussehen und ihre lebendige Ausstrahlung wahrscheinlich überall herausstach. Sie hatte mittelblondes Haar, das in sanften Wellen fiel und ihrem Look eine gewisse Lässigkeit und Natürlichkeit verlieh. Ihre Augen waren groß und strahlend blau. Ihre Gesichtszüge waren fein und ausdrucksstark, mit hohen Wangenknochen und einem zarten, doch definierten Kiefer. Olivia hatte eine schlanke und dennoch kurvige Figur.

Das Mädchen, das ich schon als kleiner Junge angehimmelt und vor 10 Jahren versprochen hatte, zu ihr zurückzukehren, um sie zu heiraten. Sie stand direkt vor mir, und ihr Anblick brachte mich zum Staunen. Doch bevor ich in die Vergangenheit eintauchen konnte, unterbrach sie die Stille mit ihrer Frage und brachte mich zurück in die Gegenwart.

„Wow", entfuhr es mir, ohne dass ich meine Stimme unter Kontrolle hatte. Doch ihre gereizte Reaktion ließ mich sofort verstummen. Sie stemmte ihre Hand in die Hüfte und wies mich zurecht: „Statt mich anzustarren, könntest du mir sagen, wer du bist und warum du vor meiner Haustür stehst?"

Unfähig, ihr zu antworten, hielt ich nur die Schlüssel hoch, die ihre Mutter mir per Post zukommen ließ.

„Der kleine Timmy also!", stellte sie fest und musterte mich von oben bis unten.

Unsicher unter ihrem Blick fielen meine Schultern kaum merklich nach unten. Was hielt sie von mir?

„Nur damit du Bescheid weißt: Meine Mutter hat mich dazu gezwungen. Ich hätte dich niemals aufgenommen, wenn es nach mir ginge." Olivias Stimme war schneidend, ihre Augen kalt wie der eisige Wind draußen. Ihre Worte schnitten tiefer, als ich erwartet hatte.

„Mach es dir nicht zu bequem", fügte sie mit einem bitteren Lächeln hinzu und ließ die Tür hinter sich ins Schloss fallen, bevor ich überhaupt antworten konnte.

Ich stand da, den Schlüssel noch in der Hand, und starrte auf den leeren Flur. Meine Kehle war wie zugeschnürt. Die Olivia, die ich kannte – das Mädchen, das mir jeden Sommer Blumenkränze flocht – war verschwunden. Oder hatte ich sie einfach nie wirklich gekannt?

Olivia wandte sich von mir ab und ging zurück in die Wohnung. „Ich...
Ähm...", stotterte ich unsicher.

„Stehst du jetzt die ganze Nacht da rum?" Olivia lehnte sich gegen den
Türrahmen, ihr Blick bohrte sich in meinen.

„Ich dachte, ich warte auf eine Einladung."

Sie lachte, trocken und ohne Wärme. „Vergiss es. Komm rein, oder bleib
draußen, aber mach die Tür zu."

Ich hob meinen Koffer über die Türschwelle und trat neben sie in den
Windfang. Sie roch so gut, wie eine Blumenwiese.

„Olivia?" Ich starrte sie an, als könnte ich es immer noch nicht glauben.

„Wer denn sonst?" Ihre Stimme war so scharf, dass ich fast
zusammenzuckte.

„Du hast dich ganz schön verändert. Wieso bist du so gemein?", wagte
ich zu fragen, doch als die Worte meinen Mund verließen, wusste ich,
dass ich die Antwort nicht hören wollte.

„Warum ich so gemein bin?" Olivias Stimme zitterte, ihre Fassade aus
Zorn und Abwehr bröckelte, doch sie hielt ihren Blick auf mir, ihre
Augen hart wie gefrorener Regen „Weil du einer von ihnen bist,
Timothée. Von Bergen."

Das Zimmer schien zu schrumpfen, die Wände kamen näher. Ihr Atem
war ein schneller, scharfer Rhythmus, der den Raum füllte. „Ihr nehmt
euch, was ihr wollt, und wenn nichts mehr übrig ist, lasst ihr den Rest
zurück – so wie du damals."

Sie schüttelte den Kopf und wandte den Blick ab, als ob sie sich selbst
schützen wollte. „Eines Tages war alles weg. Die Arbeit, das Zuhause,
die Sicherheit. Und wofür? Für die Launen deiner Familie." Sie schluckte
schwer und sah mir direkt in die Augen. „Wie soll ich dich da nicht
verachten?"

„Ich bin nicht mein Vater", erwiderte ich leise, meine Stimme brüchig.
Doch Olivia lachte bitter. „Ach, Timmy… Ist das wirklich alles, was du
zu sagen hast? Dass du nicht dein Vater bist? Weißt du, wie oft ich mir
das gesagt habe? Vielleicht ist Timmy anders. Vielleicht hat er Herz." Sie
schüttelte den Kopf, Tränen glitzerten in ihren Augen. „Aber dann warst
du weg. Du hast dich nicht mehr gemeldet. Ich habe lange auf dich
gewartet. Doch vergebens."

Olivia brauchte mir nicht zu sagen, wie meine Familie war. Es gab einen guten Grund, warum ich ihre Mutter kontaktiert hatte und nicht meinen Vater. Doch für diese Unterhaltung war ich gerade nicht bereit.

„Wo ist mein Zimmer?", fragte ich und drängte mich an ihr vorbei in die Wohnung.

Olivia packte mich am Arm, ihre Stimme bebte. „Weißt du, was es heißt, alles zu verlieren? Zu sehen, wie meine Mutter sich kaputtgearbeitet hat, damit ihr in eurem Anwesen leben könnt?"

Ich wandte mich ab, doch sie ließ nicht locker. „Und jetzt kommst du her, als wäre nichts gewesen. Denkst du, eine Entschuldigung macht das wieder gut?"

„Ich war ein Kind, Olivia", flüsterte ich, meine Stimme heiser vor unterdrückten Tränen. „Ich habe mir das alles nicht ausgesucht. Aber ich versuche es wiedergutzumachen. Für dich. Für deine Mutter."

„Rechts neben der Küche," erklärte sie und damit war die Situation vorerst beendet.

Als ich das Wohnzimmer betrat, hielt ich inne und ließ meinen Blick über das Schlachtfeld schweifen, das früher mal ein Wohnraum gewesen sein musste. Überall lagen Kleidungsstücke: ein Pullover auf der Lampe, eine Socke halb unter dem Couchtisch, und auf dem Sofa thronte majestätisch ein Lockenstab wie ein Zepter. Ich drehte mich um, um nach Olivia Ausschau zu halten, doch sie verschwand gerade in ein Zimmer gegenüber von meinem.

„Olivia?" rief ich in die Richtung ihres Zimmers.

Ein leises „Was?" kam zurück, gefolgt vom Geräusch einer Tür, die aufging. Olivia tauchte im Türrahmen auf, einen halb aufgegessenen Keks in der Hand.

„Was ist das?" fragte ich und deutete mit weit ausgestrecktem Arm auf die unüberschaubare Unordnung.

„Das ist mein Wohnzimmer", erklärte sie achselzuckend.

„Das ist kein Wohnzimmer, das ist... das Endstadium einer Kleiderschrank-Explosion!" Ich hob eine Socke auf und wedelte damit in der Luft. „Wie schafft man es, eine einzelne Socke hier zu parken? Fehlen dir ernsthaft die zwei Sekunden, sie aufzuräumen?"

Sie musterte mich mit gespieltem Desinteresse. Doch ich sah genau das kleine Zucken ihres Mundwinkels.

6

„Willst du die Socke vielleicht in die Waschmaschine legen, Herr Perfekt?" fragte sie mich herausfordernd.

„Vielleicht, wenn ich auch nur eine winzige Chance hätte, die andere zu finden!" Ich ließ die Socke sinken und seufzte. Die lockere Atmosphäre beflgelte mich und gab mir Hoffnung. „Weißt du, ich habe mich auf eine chaotische Mitbewohnerin eingestellt, aber das hier? Das ist... Kunst."

Sie hob eine Augenbraue. „Kunst? Interessant. Ich nenne es ‚kreative Freiheit'."

„Und ich nenne es ‚Gefährdung der öffentlichen Ordnung'!" Ich schob einen Haufen Schminksachen zur Seite, nur um ein halbleeres Glas Saft darunter zu finden. „Oh wow, eine kleine Überraschung. Wer weiß, wie alt das ist?"

Olivia lachte schließlich und lehnte sich gegen die Tür. „Willkommen in meinem Reich, Timmy. Wenn's dir nicht gefällt, kannst du ja gehen."

Ich schnappte nach Luft, hielt aber meinen nächsten Kommentar zurück. „Weißt du was? Ich nehme den Kampf an."

„Welchen Kampf?" fragte sie mit einem leicht amüsierten Tonfall.

Ich deutete auf sie. „Den Kampf gegen das Chaos!"

„Viel Glück", sagte sie mit einem Grinsen und verschwand wieder in ihrem Zimmer.

In der nächsten Stunde sah ich sie nicht mehr. Ich machte mich mit meinem Zimmer und der Wohnung vertraut, packte meinen Koffer aus. Mit knurrendem Magen ging ich zum Kühlschrank, doch fand nur gähnende Leere vor. Vielleicht könnten wir etwas bestellen.

Ich zögerte vor ihrer Zimmertür, meine Hand schwebte über der Klinke. Vielleicht sollte ich einfach gehen. Vielleicht war es besser, die Dinge so zu lassen, wie sie waren – in diesem schmerzhaften Schwebezustand zwischen Vergangenheit und Gegenwart. Noch vor wenigen Minuten hatte ich so viel Mut und Zuversicht, sodass ich selbst Witze machen konnte, doch nun vor ihrer Tür war ich noch unsicher.

Aber dann klopfte ich. Leise, fast wie ein Flüstern, das sofort in der Stille verhallte. Keine Antwort.

Langsam drückte ich die Tür auf. Das Zimmer lag im Halbdunkel, nur eine kleine Lampe auf dem Nachttisch warf einen warmen, schwachen Schein. Olivia lag auf dem Bett, ihre Kleidung noch an, den Rucksack achtlos neben sich auf dem Bett. Ihre Beine hatte sie eng an die Brust gezogen, als wolle sie die Welt draußen halten.

Mein Blick wanderte zu ihrem Gesicht. Sie wirkte friedlich im Schlaf, aber ich konnte die dunklen Schatten unter ihren Augen sehen, die müde Linien um ihren Mund. Ein schwerer Kloß bildete sich in meiner Kehle. Das war nicht die Olivia, die ich kannte. Nicht das lebhafte Mädchen, mit dem ich Blumenkränze geflochten hatte und mir Geschichten vorgelesen hatte, wenn ich nachts Angst vor Monstern hatte. Das hier war eine Frau, die von einer Last gebeugt war.

„Es tut mir leid", flüsterte ich in die Dunkelheit, obwohl ich wusste, dass sie mich nicht hören konnte. „Es tut mir leid, dass ich gegangen bin. Es tut mir leid, dass ich nicht da war, als du mich gebraucht hast."

Aber wie könnte sie mir jemals vergeben? Wie könnte ich erwarten, dass sie mich zurücknimmt, nachdem ich sie so im Stich gelassen hatte? All die Jahre, in denen ich weg war, hatte ich mir eingeredet, es wäre das Richtige gewesen. Dass Distanz uns beide heilen würde. Doch jetzt sehe ich nur die Scherben dessen, was ich zurückgelassen habe.

Ich erinnere mich noch an ihr Lachen, wie es durch die Sommernächte geklungen hatte. An die Art, wie sie mich angesehen hatte, als wäre ich ihr ganzes Universum. Und ich? Ich bin einfach verschwunden, als hätte nichts davon Bedeutung gehabt. Als hätte sie keine Bedeutung gehabt.

Jetzt stehe ich hier vor ihrer Tür wie ein Fremder. Ein Schatten der Person, die sie einmal geliebt hatte. Kann man die Zeit zurückdrehen? Kann man Vertrauen wieder aufbauen, das man selbst zerstört hat? Ich weiß es nicht. Ich weiß nur, dass ich bereit wäre, alles zu geben, um den Weg zurück zu ihr zu finden.

Aber vielleicht ist es zu spät. Vielleicht gibt es keinen Weg zurück zu dem, was wir einmal waren. Vielleicht muss ich lernen, mit diesem Schmerz zu leben – dem Wissen, dass ich die beste Sache in meinem Leben weggeworfen habe.

Ich wollte näher treten, wollte sie irgendwie in Sicherheit wissen. Aber was hätte ich sagen sollen? Meine Entschuldigung fühlte sich leer an. Und die Wahrheit war: Ich wusste nicht, ob ich ihre Wut jemals ungeschehen machen konnte.

Wenn ich nur eine Chance hätte, ihr zu zeigen, wer ich jetzt bin. Ihr zu beweisen, dass ich mich verändert habe. Dass der Mann, der vor ihrer Tür steht, nicht derselbe ist, der damals geflohen ist. Aber Worte sind billig, und ich habe schon zu viele davon verschwendet.

Stattdessen drehte ich mich um und schloss die Tür leise hinter mir.

Vielleicht ist das meine Strafe – für immer in der Nähe dessen zu bleiben, was ich verloren habe, aber niemals wieder berühren zu können. Ein Geist meiner eigenen Vergangenheit, gefangen zwischen dem, was war, und dem, was hätte sein können.

Nach einem hektischen Nachmittag mit Wohnungsputz und einem kurzen Einkauf begann ich damit, das Abendessen vorzubereiten. Das Knarren der Holzdielen ließ mich darauf schließen, dass Olivia wohl wieder wach war.

„Was ist denn hier passiert?" fragte sie entsetzt, als sie ins Wohnzimmer trat.

„Ich habe ein bisschen aufgeräumt", antwortete ich gelassen und schaltete die Herdplatte der bereits fertigen Nudeln aus.

Ihr unangenehmer Tonfall ließ mich unbeeindruckt. Mit einem freundlichen Lächeln fragte ich: „Möchtest du mit mir zu Abend essen? Ich habe Nudeln gekocht und eine fertige Sauce zubereitet. Für ein aufwendiges Abendessen hatte ich keine Energie."

„Nein"

Ihre abrupte Ablehnung ließ mich nicht abschrecken. Ich setzte mich neben sie auf das Sofa und stellte ihr stumm einen Teller mit Essen vor. Zaghaft griff sie nach dem Teller und begann zu essen. „Guten Appetit", wünschte ich ihr und lenkte meinen Blick auf den Fernseher. Trotz der Nähe zwischen uns fühlte ich eine innere Unruhe. Meine Augen wanderten ständig zu ihr, und ich konnte mich nicht auf die Serie konzentrieren. Olivia lachte laut über etwas Witziges in der Serie, aber meine Gedanken waren woanders.

Ich sehnte mich danach, Zeit mit ihr zu verbringen, aber die Müdigkeit überwältigte mich. „Ich gehe wohl besser ins Bett, die Fahrt war doch anstrengender als gedacht. Gute Nacht, Olivia", verabschiedete ich mich und ging in mein Zimmer.

Kurz darauf, saß ich in meinem Zimmer und dachte über die Ereignisse des Tages nach. Das leise Summen der Straßenlaternen drang durch das Fenster herein und beleuchtete den Raum mit einem sanften Schein. Die Worte von Olivia hallten in meinem Kopf wider, und ich konnte nicht aufhören, über ihre harschen Bemerkungen nachzudenken.

Plötzlich klopfte es an meiner Tür, und bevor ich antworten konnte, trat Olivia ein, ihr Blick ernst und nachdenklich. „Kann ich reinkommen?", fragte sie leise, ihre Stimme ein Flüstern in der Stille der Nacht. Ich nickte stumm und lud sie ein, Platz auf meinem Bett zu nehmen.

Sie setzte sich gegenüber von mir und schwieg einen Moment lang, als ob sie nach den richtigen Worten suchte. „Entschuldige meine Reaktion heute Abend", begann sie schließlich, ihre Stimme leiser als zuvor. „Es ist nur... es ist kompliziert. Mama hat mir bis heute Nachmittag nichts davon erzählt, dass du hier einziehen sollst. Ich möchte mit deiner Familie nichts mehr zu tun haben, nachdem was passiert ist" Ihr Blick war traurig, und ich konnte die Unsicherheit in ihren Augen sehen. „Ich habe versucht, es besser zu machen", begann Timmy schließlich, seine Stimme kaum mehr als ein Flüstern. „Aber manchmal denke ich, dass es egal ist, was ich tue. Es wird nie genug sein."

Olivia drehte sich zu mir, ihre Augen suchten meine. „Warum bist du überhaupt hier, Timothée?" Olivias Stimme klang scharf, aber dahinter lag etwas Verletzliches.

„Weil du…" Ich hielt inne und wählte meine Worte vorsichtig. „Weil du die Einzige warst, die mich je als mich gesehen hat. Nicht als den von Bergen. Nur als Timmy."

Olivia schluckte und antwortete zaghaft: „Vielleicht habe ich mich geirrt."

Doch bevor sie die Worte bereuen konnte, schüttelte ich den Kopf. „Nein, Liv. Du hast mich gerettet, auch wenn du es nicht weißt."

„Es ist okay", sagte ich ruhig, meine Stimme ein sanftes Versprechen in einer Welt des Zweifels.

„Liv, ich weiß, dass du sauer bist." Timmy hielt inne, suchte nach den richtigen Worten. „Aber ich bin immer noch der Timmy von damals. Der, der dir Blumenkränze geflochten hat."

Olivia schüttelte den Kopf, ihre Augen glänzten. „Das ist ewig her. Wir haben uns beide verändert. Ich bin nicht mehr die selbe und ich weiß nicht, wer du jetzt bist. Wir sind Fremde."

Ein Moment der Stille lag zwischen uns, gefüllt mit ungesagten Worten und unausgesprochenen Gefühlen.

„Ich weiß nicht, was du damals mitbekommen hast", fuhr Olivia fort, ihre Stimme zögerlich. „Aber als du auf dem Internat warst, ist sehr viel böses Blut zwischen unseren Familien geflossen." Ihr Blick wanderte zu meinem Gesicht, und ich konnte die Verletztheit in ihren Augen sehen.

„Ich verstehe", antwortete ich leise, meine Gedanken ein Wirbelwind aus Emotionen und Zweifeln.

„Aber das ändert nichts daran, dass ich hier bin und versuchen muss, das Beste daraus zu machen." Ein schwaches Lächeln spielte um meine Lippen mit einem Hauch von Hoffnung.

Es fühlte sich seltsam an, sie nach all den Jahren wiederzusehen. Die Erinnerungen an unsere gemeinsame Kindheit waren noch so lebendig, aber die Zeit hatte ihre Spuren hinterlassen. Ich sah in ihre Augen und konnte dort eine Mischung aus Bedauern und Veränderung erkennen.

Es war schwer zu glauben, dass die Verbundenheit, die wir einst teilten, durch die Jahre der Trennung und des Wandels gelitten hatte.

Ich senkte den Blick und rang mit meinen Gefühlen. Es war schwer zu akzeptieren, dass die Beziehung, die ich einst so sehr geschätzt hatte, sich verändert hatte. Doch gleichzeitig wusste ich, dass Veränderung ein natürlicher Teil des Lebens war.

„Es ist ist spät", sagte Olivia leise, als ob sie die Stille nicht ertragen könnte: „Ich gehe mal besser ins Bett."

Ich nickte langsam, unfähig, die richtigen Worte zu finden. Ich hatte noch so viele ungesagte Worte und ungelöste Gefühle.

Vielleicht war es an der Zeit, einen neuen Anfang zu machen. Vielleicht konnten wir die Brücken, die zwischen uns gebrochen waren, wieder aufbauen. Doch für den Moment blieb ich still, beobachtete, wie Olivia den Raum verließ und die Tür hinter sich schloss. Meine Gedanken eine wirbelnde Mischung aus Vergangenheit und Gegenwart.

Oder schrille Weckerton durchdrang die Stille und riss mich aus meinem viel zu kurzen Schlaf. Mit einem Seufzen erhob ich mich, die Augen noch halb geschlossen.

„Nur noch zwei Tage, dann ist endlich mein freier Tag", murmelte ich leise, um mich selbst zu motivieren, während ich mich aus dem Bett quälte.

Träge und mit schweren Lidern schlurfte ich ins Badezimmer. Das dumpfe Geräusch der alten Rohre hallte durch das Badezimmer, als ich den Wasserhahn aufdrehte. Kaltes Wasser traf mein Gesicht, der erfrischende Schock half mir, den Schlaf aus meinen Gedanken zu vertreiben. Ich griff mechanisch nach der Zahnbürste, als mein Blick den beschlagenen Spiegel streifte.

Doch dann – ein Geräusch. Ein leises Rascheln.

„Was zum...?" Ich drehte mich ruckartig um, gerade rechtzeitig, um Timmy zu sehen, wie er hinter dem Duschvorhang hervorkam. Wassertropfen glitzerten auf seiner Brust, und sein Gesicht war eine Mischung aus Überraschung und Belustigung.

„Oh mein Gott!" Mein Schrei durchbrach die Stille des Morgens, und ich wirbelte um, um ihm den Rücken zuzukehren. Meine Zahnbürste fiel klappernd ins Waschbecken.

„Geht's noch? Warum stehst du nackt hinter mir?", entfuhr es mir entsetzt, meine Stimme klang höher als gewöhnlich. „Willst du mich umbringen?" Ich versuchte, meine Stimme wiederzufinden, die irgendwo zwischen Panik und Wut stecken geblieben war.

„Ich wollte nur kurz duschen", erwiderte er völlig unbeeindruckt, während ich spürte, wie mein Gesicht vor Scham rot anlief. Timmy lachte leise auf, ein Hauch von Belustigung lag in seiner Antwort.

„Warum schreist du eigentlich? Ich bin doch hier das Opfer?", erwiderte er mit einem frechen Grinsen.

„Reichst du mir bitte das Handtuch? Oder willst du noch einen Blick riskieren?" Seine Worte trafen mich wie ein Schlag ins Gesicht.

Empört drückte ich ihm das Handtuch vor den Bauch, spuckte die Zahnpasta aus und stampfte aus dem Badezimmer. „Schließ gefälligst ab, wenn du nicht willst, dass jemand hereinkommt", murrte ich beim Verlassen des Raumes, während meine Gedanken wild durcheinanderwirbelten und mein Herz noch immer wild in meiner Brust pochte. Sein Lachen hallte durch den Flur.

Der gutaussehende Mann. Das war der kleine Timmy.

Die Erkenntnis traf mich wie ein Schlag ins Gesicht, ließ mich innerlich taumeln und raubte mir für einen Moment den Atem. Das war der Timmy, dem ich mit zitternder Stimme und müden Augen gute Nacht Geschichten vorgelesen hatte, bis er friedlich eingeschlafen war. Der Timmy, der mit verweinten Augen und zerschrammten Knien zu mir gerannt kam, wenn seine Mitschüler ihn wieder einmal geärgert hatten, und der sich schluchzend an mich geklammert hatte, als wäre ich sein einziger Halt in einer grausamen Welt. Der Timmy, der mir jeden Sommer mit strahlenden Augen und schmutzigen Fingern einen Blumenkranz flocht, mich mit seiner kindlichen Unschuld "wunderschön" nannte und dabei errötete, als hätte er mir gerade sein größtes Geheimnis anvertraut.

Aber es war auch der Timmy, der, als er uns verließ, meinen gesamten Alltag und meine mehr oder weniger glückliche Kindheit mit sich genommen hatte wie einen Dieb in der Nacht. Mit seinem Verschwinden war nicht nur mein bester Freund gegangen – mit ihm war auch das letzte Stück Unschuld aus meinem Leben gerissen worden. Die Leere, die er hinterlassen hatte, war wie eine klaffende Wunde, die nie richtig geheilt war, sondern nur notdürftig übernarbt.

Seine Familie war der Ursprung allen Übels. Diese Wahrheit hämmerte in meinem Kopf wie ein ewiges Mantra des Schmerzes. Timmy war ein von Bergen. Das musste ich mir immer wieder bewusst machen, es mir wie Gift auf die Zunge legen, damit ich nicht vergaß, woher er kam. Sei er noch so charmant, sei sein Lächeln noch so warm und vertraut – er blieb ein Teil der Familie, die ich so sehr hasste, dass dieser Hass wie Säure durch meine Adern floss. Die Familie, die meine Mutter ins Elend gestürzt hatte, die unser Leben zerstört und uns in die Armut getrieben hatte.

Es sollte mich wohl nicht überraschen, dass Timmy jetzt ein Arzt war. Mein Mund verzog sich zu einem bitteren Lächeln bei dem Gedanken. Schließlich hatte seine Familie das Geld, um ein privates Medizinstudium vollumfassend zu bezahlen, ohne auch nur mit der Wimper zu zucken. Die besten Schulen und die renommiertesten Universitäten waren gerade gut genug für die von Bergens – während ich um jede Unterrichtsstunde hatte kämpfen müssen, um mir überhaupt eine Ausbildung leisten zu können.

Doch es überraschte mich dennoch, und diese Überraschung nagte an mir wie ein Splitter unter der Haut. Martin von Bergen wollte doch immer, dass Timmy Betriebswirtschaftslehre studierte, um seine Firma zu übernehmen und das Familienerbe weiterzuführen. Ich erinnerte mich noch an die heftigen Diskussionen, die durch die Wände der Villa gedrungen waren, an Martins donnernde Stimme und Timmys trotzige Widerworte. Wie kam es also, dass Timmy nun in der Medizin arbeitete? Hatte er sich gegen seinen Vater aufgelehnt? Oder war das nur ein weiteres Spiel, eine weitere Fassade der von Bergens?

Meine Gedanken drehten sich im Kreis wie Geier über einem Kadaver, fraßen sich tiefer in mein Bewusstsein hinein und ließen mir keine Ruhe. Ich musste mich zwingen, nicht weiter darüber nachzudenken, zwingen, die Erinnerungen zurück in die dunklen Ecken meines Herzens zu verbannen, wo sie hingehörten.

Ich füllte gerade meine Wasserflasche am Spülbecken auf, die banale Tätigkeit ein willkommener Anker in der Realität, als Timmy aus seinem Zimmer trat. Das Geräusch seiner Schritte ließ mich innerlich zusammenzucken. Er trug eine hellblaue Jeans und wieder einen schwarzen Pullover, und einen Mitarbeiterausweis um den Hals – so normal, so alltäglich, und doch schien jede Faser meines Seins zu vibrieren in seiner Nähe.

Timmy trat zu mir, und ich spürte seine Wärme, roch sein Aftershave – dasselbe, das er schon als Teenager benutzt hatte. „Olivia, könntest du mir eventuell den schnellsten Weg mit der U-Bahn zum Asklepios Krankenhaus von hier aus erklären?" fragte er, und seine Stimme war tiefer geworden, männlicher, aber sie trug noch immer diesen vertrauten Klang, der Erinnerungen in mir wachrief, die ich längst begraben geglaubt hatte.

„Ich fahre niemals mit der Bahn. Da kann ich dir nicht wirklich weiterhelfen", antwortete ich schärfer als beabsichtigt und drehte den Wasserhahn mit mehr Kraft zu als nötig. Die Kälte in meiner Stimme war gewollt – ein Schutzwall gegen die Gefühle, die in mir hochkochten. Er sah gut aus. Zu gut. Das musste ich mir widerwillig eingestehen, während ich verstohlen auf seinen Mitarbeiterausweis spähte. „Timmy Becker" stand dort in klaren, schwarzen Buchstaben. Becker und nicht

14

von Bergen. Becker war der Mädchenname seiner Mutter. Ein Stich der Verwirrung durchfuhr mich – warum trug er nicht den Namen seiner Familie? Den Namen, der Macht und Einfluss bedeutete?

„Hast du denn keinen Chauffeur, der dich bringt?" fragte ich patzig, der Sarkasmus tropfte förmlich von meinen Worten. Es war ein billiger Hieb, aber ich konnte nicht anders. Der Schmerz über all die Jahre, in denen wir uns keinen Chauffeur, ja nicht einmal ein eigenes Auto hatten leisten können, brannte noch immer in mir.

Timmy zuckte mit den Schultern und lächelte unschuldig – dieses verdammte Lächeln, das mich schon als Kind hatte schmelzen lassen. „Nicht heute", antwortete er einfach, aber ich sah etwas in seinen Augen aufblitzen – war es Scham? Oder verbarg er etwas vor mir?

Sein Lächeln war warm und freundlich, aber ich spürte eine unterschwellige Spannung zwischen uns wie elektrische Ladung in der Luft, eine Erinnerung an vergangene Konflikte und verletzte Gefühle, die wie alte Narben schmerzten, wenn das Wetter umschlug. Die Luft zwischen uns schien zu vibrieren vor unausgesprochenen Worten, vor all dem, was wir uns hätten sagen sollen und nie gesagt hatten.

Ich zwang mich, den Moment nicht weiter zu vertiefen, baute eine Mauer aus Gleichgültigkeit um mein Herz und lenkte das Gespräch auf praktische Dinge. „Das Krankenhaus ist nicht weit von hier entfernt. Du kannst entweder den Bus Nummer 3 nehmen und an der Station Goetheplatz aussteigen, oder du nimmst den Bus Nummer 15 und steigst an der Haltestelle Rathaus aus. Beide Optionen sind recht schnell." Meine Stimme klang mechanisch, distanziert – genau so, wie ich es wollte.

Timmy nickte dankbar, und für einen Moment sah er wieder aus wie der kleine Junge, der ich gekannt hatte. „Danke, Olivia. Ich werde das im Kopf behalten."

Ich nickte kurz und wandte mich wieder meinem Wasser zu, eine bewusste Abwendung, ein stummes Signal, dass unser Gespräch beendet war. Timmy verließ die Küche, und ich hörte, wie er die Wohnungstür hinter sich schloss – ein Geräusch, das wie ein Abschied klang und doch wie ein Versprechen der Rückkehr.

Ein seltsames Gefühl der Leere blieb zurück, als ich allein in der Küche stand, umgeben von der Stille, die er hinterlassen hatte. Es war, als hätte er nicht nur den Raum verlassen, sondern auch einen Teil meiner sorgfältig aufgebauten Mauern mit sich genommen. Die Erinnerungen an unsere gemeinsame Kindheit und die plötzliche Wiederkehr von Timmy hatten alte Wunden aufgerissen, die ich so lange unter Schichten aus Wut und Verbitterung begraben hatte.

Doch ich zwang mich, stark zu sein, zwang mich, die Tränen zurückzuhalten, die hinter meinen Augen brannten wie ungelöschte Feuer. Ich durfte mich nicht von meinen Gefühlen überwältigen lassen – nicht von ihm, nicht von den Erinnerungen, nicht von der Sehnsucht nach dem, was einmal war und nie wieder sein konnte. Er war ein von Bergen, und das würde er immer bleiben, egal welchen Namen er auf seinem Ausweis trug.

Mit einem tiefen Atemzug und einem entschlossenen Blick wandte ich mich wieder meiner Tätigkeit zu. Es gab noch viel zu tun, und ich würde mich nicht von der Vergangenheit ablenken lassen. Gehetzt kam ich auf die Sekunde genau im Büro an und machte mich zuerst daran meine Mails zu checken. Die Büroklänge hallten um mich herum, während ich an meinem Schreibtisch saß und versuchte, mich auf die Arbeit zu konzentrieren. Die Tastaturen klapperten, Telefone klingelten und gedämpfte Gespräche erfüllten den Raum. Doch trotz der scheinbaren Normalität meines Arbeitsplatzes lastete ein schweres Gewicht auf meinen Schultern.

Phil würde heute von seiner Geschäftsreise zurückkommen. Zwei Wochen lang war er in Berlin gewesen und hatte an einem Kongress teilgenommen. Meine Finger flogen über die Tastatur, aber meine Gedanken waren nicht bei der Arbeit. Stattdessen kreisten sie um Phil – und uns.

Vor sieben Jahren hatte ich als einfache Aushilfskraft hier begonnen, ohne Ahnung von den Abläufen, ohne einen Plan, wo mein Leben hinführen sollte. Damals war ich nur froh, eine Anstellung zu haben, auch wenn sie kaum Perspektiven bot. Es war Phil gewesen, der mich gesehen hatte – nicht nur als irgendeine Mitarbeiterin, sondern als jemanden, der mehr leisten konnte.

Als er vor vier Jahren Abteilungsleiter wurde, hatte er mich in sein Team geholt. „Du hast Potenzial, Olivia," hatte er gesagt, während ich ihm damals ungläubig zugesehen hatte. „Es wäre eine Verschwendung, wenn du das nicht nutzt."

Phil hatte mir die Möglichkeit gegeben, mich weiterzubilden, mir Projekte anvertraut, an die ich mich nie gewagt hätte. Und ich hatte mich reingehängt. Nicht nur, um ihn nicht zu enttäuschen, sondern auch, weil ich es ihm beweisen wollte. Protokolle, Analysen, Präsentationen – er hatte mir alles zugetraut, und irgendwann hatte ich mir selbst geglaubt, dass ich das konnte.

Vor zwei Jahren hatte sich zwischen uns etwas verändert. Was als berufliche Zusammenarbeit und gegenseitiger Respekt begonnen hatte, war zu etwas Tieferem geworden. Längere Blicke, zufällige Berührungen, Gespräche, die über das Berufliche hinausgingen. Seit zwei Jahren führten wir nun diese geheime Beziehung, und obwohl sie mir das Gefühl gab, endlich vollständig zu sein, nagte das ständige Versteckspiel immer mehr an mir.

Ich warf einen schnellen Blick zur Glastür seines Büros. Er saß an seinem Schreibtisch, die Stirn in Falten gelegt, während er mit jemandem telefonierte. Selbst jetzt – so beschäftigt, so unnahbar – war da dieser Funke zwischen uns. Niemand wusste davon, und das musste auch so bleiben.

„Es wäre nicht gut für uns, Liv," hatte er damals gesagt, als unsere Beziehung ernst wurde. „Die Leute reden, und du weißt, wie schnell sich so etwas auf die Karriere auswirkt." Seine Worte hatten Sinn ergeben, zumindest damals. Er wollte mich schützen, das sagte er immer wieder. Und doch fragte ich mich nach zwei Jahren des Versteckens immer öfter, ob es das wirklich wert war – diese gestohlenen Momente, die heimlichen Küsse, die Liebe, die nur im Verborgenen existieren durfte.

Ich fragte mich, ob ich ihm erzählen sollte, dass Timmy, ein attraktiver Mann bei mir eingezogen war, den ich am Morgen versehentlich nackt gesehen hatte oder ob ich es lieber für mich behalten sollte. Doch Phil würde ihm bestimmt in nächster Zeit über den Weg laufen, wenn er mich wie so oft spät abends besucht.

Ein Klopfen an der Tür riss mich aus meinen Gedanken, und ich zwang mich, ein Lächeln aufzusetzen, als Phil mein Büro betrat. Sein charmantes Lächeln und seine warme Stimme ließen mein Herz schneller schlagen, doch gleichzeitig verstärkte sich auch das Gefühl der Unsicherheit und der Angst.

„Alles in Ordnung, Olivia?", fragte er mit besorgtem Unterton, der meine inneren Zweifel nur verstärkte.

17

„Ja, alles bestens, Phil", antwortete ich mit einer Mischung aus
Nervosität und Entschlossenheit, während ich versuchte, meine inneren
Turbulenzen zu verbergen.
Phil berührte sanft mein Bein. Der Drang, ihm nahe zu sein, war stark.
„Soll ich morgen Abend zu dir kommen?", fragte er zuckersüß.
Ich lächelte und nickte schüchtern. Meine Hand griff nach seinem
Unterarm. Ich wollte ihn in der Öffentlichkeit berühren können, ohne es
verstecken zu müssen. Doch Phil riss seinen Arm abrupt weg und stand
auf: „Guten Morgen Vanessa, schön, dass du da bist. Ich brauche die
Umsätze vom letzten April." Vanessa, unsere Buchhalterin, kam herein.
Sie war ungefähr im selben Alter wie ich, hatte lange Beine wie ein Model
und erzählte mir regelmäßig, wie attraktiv sie Phil fand und dass sie ihn,
wäre er nicht ihr Chef, schon längst ins Bett gelockt hätte. Während Phil
mit ihr sprach, durchdrangen mich Gefühle der Einsamkeit und der
Verlorenheit wie eiskalte Nadeln, die sich tief in mein Herz bohrten. Ich
stand nur wenige Meter entfernt, und doch fühlte ich mich wie von einer
unsichtbaren Wand getrennt – eine Wand aus Schweigen, Geheimnissen
und unausgesprochenen Wahrheiten. Die Sehnsucht nach einer ehrlichen
Beziehung, nach Offenheit und Vertrauen, wurde mit jeder Sekunde
stärker, bis sie mir fast die Luft abschnürte.
Meine Finger umklammerten unwillkürlich den Rand des Tisches, als ich
Phil beobachtete, wie er sich natürlich und ungezwungen mit ihr
unterhielt. Er war mein Fels, derjenige, der an mich geglaubt hatte, als ich
es selbst nicht konnte – und doch konnte ich nicht einmal seinen Namen
in der Öffentlichkeit aussprechen, ohne zu fürchten, dass jemand die
Wahrheit in meiner Stimme hören könnte. Wie konnte etwas so Schönes
gleichzeitig so qualvoll sein?
Ein bitterer Geschmack breitete sich in meinem Mund aus, während ich
zusah, wie er lächelte – das Lächeln, das normalerweise nur mir galt, nun
für alle sichtbar und doch so leer. Ich wusste, dass es nur eine Fassade
war, eine Maske, die er für die Welt trug, aber in diesem Moment
schmerzte es trotzdem. Jeder seiner Blicke, die sich kurz mit meinen
trafen, war wie ein gestohlener Kuss – kostbar und verboten zugleich.
Doch gleichzeitig war da dieses leise, aber persistente Flüstern in meinem
Inneren, das mich fragte, wie lange ich das noch aushalten konnte. Wie
lange konnte ich noch so tun, als wäre er nur ein Kollege, ein Freund, ein
Bekannter? Das Versteckspiel, die halben Worte, die Blicke, die nie zu

lange dauern durften, die zärtlichen Berührungen, die aussehen mussten wie zufällige Begegnungen – all das zerrte an meinen Nerven wie ein ständiger, dumpfer Schmerz.

Ich spürte, wie sich meine Kehle zusammenzog, als mir bewusst wurde, dass ich nicht einmal sein Name über die Lippen bringen konnte, ohne dass meine Stimme zitterte. Jedes Mal, wenn jemand nach ihm fragte, musste ich meine Emotionen so tief vergraben, dass ich manchmal selbst vergaß, was echt war und was nur Schauspiel. Die Angst, entdeckt zu werden, war zu einem ständigen Begleiter geworden, der in meinem Magen nagte und meine Träume heimsuchte.

Als Phil sich abwandte, um sich wieder seiner Arbeit zu widmen, blieb ich allein mit meinen Gedanken zurück – und diese Gedanken waren wie wilde Tiere, die in einem Käfig gefangen waren und verzweifelt nach einem Ausweg suchten. Die Frage, ob diese heimliche Romanze es wert war, quälte mich mehr denn je. Sie wühlte in meinem Inneren wie ein Wurm, der sich durch meine Gewissheit fraß und Zweifel säte, wo einst Vertrauen gewesen war.

War es das wert? Diese gestohlenen Momente, diese versteckten Küsse, diese Liebe, die nur im Dunkeln existieren durfte? Oder machte ich uns beide damit nur kaputt? Ich konnte fast physisch spüren, wie die Einsamkeit an mir zerrte, wie sie mich aushöhlte und mir das Gefühl gab, dass ich langsam verschwand – nicht nur vor der Welt, sondern auch vor mir selbst.

Meine Hände zitterten, als ich mir durch die Haare fuhr, eine Geste, die niemand als das erkennen würde, was sie war: ein verzweifelter Versuch, mich selbst zu beruhigen, mich daran zu erinnern, dass ich noch existierte, dass ich noch fühlte, dass ich noch liebte. Die Tränen, die ich zurückhielt, brannten hinter meinen Augen wie ungelöschte Feuer.

Doch trotz all dieser Qualen, trotz der Zweifel, die mich wie Schatten verfolgten, verbannte ich meine Bedenken in die dunkelsten Ecken meines Herzens. Ich tauchte erneut ein in die Illusion der Nähe, die wir teilten, klammerte mich an sie wie ein Ertrinkender an ein Stück Treibholz. Die Hoffnung, dass unsere Liebe stark genug war, um die Herausforderungen zu überwinden, war alles, was mir blieb – eine zerbrechliche Flamme in einem Sturm aus Zweifeln und Ängsten.

Die Frage, ob ich ihm etwas beichten müsse, schwebte wie ein Damoklesschwert über mir. Doch das Schicksal schien zu ahnen, dass ich noch nicht bereit war für diese Wahrheit – wir hatten den Rest des Tages keinen einzigen Moment zu zweit. Vielleicht war es ein Zeichen, vielleicht auch nur Zufall. Aber in meinem Herzen wusste ich, dass dieser Moment der Wahrheit kommen würde, und ich wusste auch, dass ich dann keine Wahl mehr haben würde, als alles zu riskieren – unsere Beziehung, unsere Zukunft, vielleicht sogar unser beider Herzen.

Mein erster Tag als Krankenpfleger in der Notaufnahme begann. Ein neuer Abschnitt in meinem Leben. Während ich durch die automatischen Türen der Klinik trat, spürte ich eine Mischung aus Aufregung, Nervosität und Entschlossenheit. Die Gedanken an Olivia, die ich endlich nach so langer Zeit wiedersehen würde, erfüllten mich mit Freude.

Die grellen Lichter und das leise Summen der medizinischen Geräte erfüllten den Raum, während ich meinen Blick über die geschäftige Szenerie schweifen ließ. Die Hände feucht vor Aufregung, fühlte ich die klare Verantwortung, die auf mir lastete. Jede Geste, jede Entscheidung konnte über Leben und Tod entscheiden.

Sarah, meine Teamleiterin, empfing mich mit einem freundlichen Lächeln. „Willkommen in der Notaufnahme, Timothée. Ich werde dich heute herumführen und dir alles zeigen, was du wissen musst."

„Danke, Sarah. Ich freue mich. Nenn mich bitte Timmy. Niemand nennt mich Timothée", antwortete ich, meine Nervosität hinter einem höflichen Lächeln verbergend.

Während wir an den verschiedenen Stationen vorbeigingen, erklärte Sarah geduldig die Abläufe und die Bedeutung jeder Station. Die ersten Stunden vergingen wie im Flug, während ich die Kollegen kennenlernte und mich mit den Abläufen vertraut machte. Die überfüllte Notaufnahme zeigte mir, wie dringend Hilfe hier gebraucht wurde.

Plötzlich unterbrach das schrille Geräusch des Notfallalarms unsere Unterhaltung. Sarahs Miene wurde ernst. „Das ist unser Ruf. Ein Notfall kommt herein. Komm, Timmy, du kannst dabei helfen."

Mein Puls beschleunigte sich, als ich Sarah folgte. Wir erreichten die Eingangstür der Notaufnahme, gerade als das Sanitätsteam hereinkam, eine Trage mit einer bewusstlosen Person darauf.

„Wir brauchen Hilfe hier! Die Patientin ist zusammengebrochen, Verdacht auf einen Schlaganfall", rief einer der Sanitäter.

Sarah reagierte sofort. „Timmy, wir müssen sie stabilisieren und schnell handeln."

Ich nickte und trat näher, um zu helfen, während wir begannen, die Patientin zu untersuchen und die notwendigen Maßnahmen zu ergreifen. Die nächsten Minuten vergingen wie im Flug, gefüllt mit Anspannung und einem Gefühl der Dringlichkeit. Jeder Handgriff war entscheidend, und ich spürte den Druck, unter dem wir standen, um das Leben der

Patientin zu retten. Die Anweisungen von Sarah waren präzise, was mir half, mich sicher zu fühlen.

Der Geruch von Desinfektionsmittel und Angst lag schwer in der Luft, während wir die Patientin in den Behandlungsraum schoben. Die Monitore schrien mit schrillen, unregelmäßigen Pieptönen, die meinen Puls noch weiter in die Höhe jagten. Meine Hände zitterten leicht, als ich den Sauerstoffanschluss überprüfte, aber ich zwang mich, ruhig zu bleiben.

Sarahs Stimme war ein klarer Befehl in der Hektik. „Timmy, mehr Sauerstoff!"

Die Welt schien auf diesen Moment zusammengeschrumpft: der flackernde Schein der Neonlichter, das leise Summen der Geräte, der schwache Atemzug der Patientin. Jede Bewegung fühlte sich an wie eine Frage, deren Antwort Leben oder Tod bedeutete.

Ich reagierte sofort und holte den benötigten Sauerstoffbehälter, um Sarah zu unterstützen. Die Zeit schien stillzustehen, während wir gemeinsam um das Leben der Patientin kämpften.

Als die Situation endlich unter Kontrolle war und die Patientin stabilisiert schien, spürte ich eine Mischung aus Erschöpfung und Erleichterung. Die Anspannung der letzten Minuten ließ nach, als ich einen Moment innehielt, um tief Luft zu holen. Der Blick auf die bewusstlose Patientin vor mir erinnerte mich daran, wie fragil das Leben sein konnte und wie wichtig unsere Arbeit in der Notaufnahme war.

Sarah, mit einem Ausdruck der Erleichterung auf dem Gesicht, nickte mir anerkennend zu. „Gute Arbeit, Timmy. Du hast dich gut geschlagen für deinen ersten Tag."

Ein Gefühl der Dankbarkeit durchströmte mich, dass ich Teil dieses Teams sein durfte, und ich erwiderte Sarahs Lächeln. „Danke, Sarah."

Wir beendeten die Versorgung der Patientin und übergaben sie an das Ärzteteam, bevor wir uns wieder anderen Aufgaben zuwandten. Die Hektik der Notaufnahme kehrte zurück, doch ich fühlte mich nun etwas sicherer in meiner Rolle.

Während ich meine Gedanken sammelte und mich auf die nächste Aufgabe konzentrierte, durchzog mich ein Gefühl der Erfüllung. Trotz der Herausforderungen und der emotionalen Achterbahnfahrt war ich dankbar für die Möglichkeit, meinen Beitrag zur Gesundheit und Sicherheit der Menschen zu leisten.

Der erste Tag in der Notaufnahme war vorbei, und obwohl ich erschöpft war, fühlte ich mich zugleich auch erfüllt von einem tiefen Sinn der Erfüllung und des Stolzes auf das, was ich gemeinsam mit meinem Team erreicht hatte.

Zuhause angekommen, setzte ich mich an den Laptop, um mir einen Online Termin beim Bürgerbüro zu machen.

Die plötzliche Stimme im Wohnzimmer riss mich aus meinen Gedanken. „Mama, was machst du denn hier?" Die Worte hallten durch den Raum und weckten meine Neugierde. Schnell klappte ich den Laptop zu und begab mich ins Wohnzimmer. Dort stand Susanne im Eingang. Die letzten 10 Jahre, die wir uns nicht gesehen hatten, zeigten ihre Spuren. Susanne war gealtert, doch sie strahlte immer noch die gleiche Wärme aus wie damals, als sie mir mehr Mutter war als jeder andere Mensch in meinem Leben.

Sie war es, die mir die Windeln wechselte, mich weinend beim Kindergarten verabschiedete und zur Einschulung meine Schultüte bastelte. Auch als meine Mutter starb, waren Susanne und ihre Tochter Olivia für mich da. Sie hatten ihren eigenen Verlust erlebt und standen mir dennoch zur Seite, als meine Welt ins Wanken geriet.

Mit Tränen in den Augen und einem herzlichen Lächeln im Gesicht lief ich zu ihr rüber und nahm sie in den Arm. Der vertraute Geruch nach Putzmittel, Essen und Panthenolsalbe umhüllte mich. „Timmy, mein kleiner Goldschatz," sagte Susanne und tätschelte mir den Rücken, „du ahnst nicht, wie sehr wir dich vermisst haben."

Olivia stöhnte verächtlich: „Du sprichst nur von dir. Ich habe niemanden vermisst." Susanne schimpfte sie zurecht und löste sich aus der Umarmung.

„Es tut mir leid, dass ich so lange weg war", brachte ich schließlich hervor, meine Stimme kaum mehr als ein Flüstern.

Susanne lächelte, aber ich spürte die Schwere hinter ihrem Lächeln. „Die Vergangenheit können wir nicht ändern, Timmy. Wichtig ist nur, dass du hier bist, jetzt."

Olivia warf einen flüchtigen Blick in meine Richtung, bevor sie sich abwandte und zum Sofa schlurfte. Ihre Zurückweisung schmerzte, doch ich zwang mich, nicht darauf zu reagieren.

Ich schluckte den Kloß in meinem Hals hinunter und versuchte, die aufkommende Enttäuschung zu unterdrücken. Trotz Susannes herzlicher

Begrüßung und ihrer warmen Umarmung spürte ich, wie sich eine unsichtbare Mauer zwischen Olivia und mir aufbaute.

Ich setzte mich neben sie auf das Sofa, doch sie vermied es, mich anzusehen. Die Spannung zwischen uns war greifbar, und ich wusste nicht, wie ich sie durchbrechen sollte.

Susanne, die die Anspannung ebenfalls spürte, versuchte die Atmosphäre zu lockern. „Wie war deine Reise hierher, Timmy? Hast du alles gut überstanden?"

Ich zwang mich zu einem Lächeln, obwohl mein Herz schwer war. „Ja, die Reise war in Ordnung. Ein bisschen turbulent vielleicht, aber alles in allem gut."

Die Unterhaltung verlief zögerlich, und ich spürte, wie sich die Kluft zwischen Olivia und mir weiter vertiefte. Es war, als ob wir uns fremd geworden waren, trotz unserer gemeinsamen Vergangenheit und der Zeit, die wir zusammen verbracht hatten.

Ein unbehagliches Schweigen breitete sich aus, während ich versuchte, die richtigen Worte zu finden, um die Distanz zwischen uns zu überbrücken. Doch jede Bemühung schien vergeblich, und ich fühlte mich hilflos und verloren in dieser ungewohnten Situation.

Susanne seufzte leise und erhob sich vom Sofa. „Ich werde etwas zu trinken holen. Braucht jemand etwas Bestimmtes?"

Olivia schüttelte den Kopf und vertiefte sich in ihr Handy, während ich ebenfalls ablehnte und Susanne hinterherblickte, als sie in die Küche verschwand.

Allein gelassen mit Olivia, herrschte eine unangenehme Stille zwischen uns. Ich spürte den Drang, die Kluft zwischen uns zu überwinden, doch gleichzeitig fürchtete ich mich vor ihrer Zurückweisung.

Mit einem schweren Seufzen wandte ich mich ab und ließ meinen Blick durch den Raum schweifen, auf der Suche nach einer Möglichkeit, die angespannte Atmosphäre zu durchbrechen.

Ich erinnerte mich an einen Moment in unserer Kindheit, wo ich auch nicht die richtigen Worte fand. Als ich mich in diese Erinnerung zurückversetzte, spürte ich wieder die Hitze meiner geröteten Wangen, während ich mich unbehaglich am Esstisch neben Olivia fühlte. Meine Blicke vermieden ihren, und ein Gefühl der Scham lastete schwer auf meinen Schultern.

„Timmy, ist alles in Ordnung?" fragte Olivia sanft und legte ihre Hand auf meine.

Ich senkte den Blick und murmelte leise: „Ich habe einen Fehler gemacht, und ich schäme mich dafür."

Olivia spürte meine Unruhe und versuchte, mich aufzumuntern. Ihr Lächeln war warm, als sie sagte: „Timmy, es ist okay, Fehler zu machen. Jeder von uns macht Fehler, und das ist ganz normal. Du brauchst dich nicht dafür zu schämen."

Meine Unsicherheit spiegelte sich in meinem Blick wider, als ich antwortete: „Aber ich wollte alles richtig machen, und jetzt habe ich es vermasselt."

Olivia schüttelte den Kopf und erklärte beharrlich: „Es ist wichtig zu verstehen, dass Fehler Teil des Lernprozesses sind. Sie helfen uns, zu wachsen und uns zu verbessern. Niemand erwartet, dass du perfekt bist, und du solltest dich nicht dafür schämen, wenn etwas schief geht."

Ein Hauch von Erleichterung durchströmte mich, und ein schwaches Lächeln huschte über meine Lippen. Es war, als ob ich zum ersten Mal begriff, dass Fehler machen okay war, solange ich daraus lernte und mich verbesserte.

„Danke, Liv", flüsterte ich erleichtert. „Ich fühle mich besser, wenn ich weiß, dass ich mich nicht dafür schämen muss."

Olivia lächelte liebevoll und drückte meine Hand. „Genau, Timmy. Wir alle machen Fehler, aber das macht uns nicht weniger wertvoll. Es ist wichtig, daraus zu lernen und weiterzumachen. Du bist ein wundervoller Mensch, und ich bin stolz darauf, dich zu haben."

Ein breites Lächeln breitete sich auf meinem Gesicht aus, und ich spürte, wie sich mein Herz mit Wärme und Verständnis füllte. Mit Olivias Unterstützung fühlte ich mich gestärkt und bereit, die Herausforderungen des Lebens anzunehmen, ohne mich für meine Fehler zu schämen.

Während ich in meinem Büro saß und die Unterlagen durchging, suchte ich nach einer Möglichkeit, unbemerkt mit Phil zu sprechen. Es war schwierig, einen Moment der Privatsphäre zu finden, besonders an einem geschäftigen Tag wie diesem.

Die Atmosphäre im Büro war gespannt, das leise Summen der Klimaanlage und das Klappern der Tastaturen hallten durch den Raum. Meine Gedanken waren jedoch woanders, während ich darauf wartete, dass Phil aus seinem Büro trat.

Endlich sah ich ihn herauskommen, und ich ging entschlossen auf ihn zu. „Phil, könnten wir uns später kurz unter vier Augen treffen? Es gibt etwas, das ich gerne mit dir besprechen möchte."

Phil nickte zustimmend, doch seine Miene wirkte abgelenkt. „Klar, Olivia. Ich komme gleich zu dir."

Ich nickte erleichtert. „Perfekt, danke."

Mit einem erleichterten Seufzer kehrte ich zurück zu meinem Schreibtisch und machte mich daran, die restlichen Aufgaben zu erledigen. Endlich würde ich die Gelegenheit haben, meine Bedenken und Gedanken mit Phil zu besprechen.

Als ich Phil von meinem neuen Mitbewohner Timmy erzählte, spürte ich sofort, dass etwas nicht stimmte. Seine Augen weiteten sich vor Überraschung, als er nachfragte: „Ein Mitbewohner? Warum hast du mir das nicht früher gesagt?"

Ich schluckte schwer, spürte die aufkeimende Besorgnis in meiner Brust. „Es war sehr spontan, Phil", versuchte ich zu beschwichtigen. „Timmy ist nur ein alter Freund der Familie, der vorübergehend bei mir wohnt, weil meine Mutter mich gebeten hat."

Phil runzelte die Stirn, und seine Stimme klang besorgt, als er sagte: „Ich finde es seltsam, dass du mit einem Mann zusammenwohnst, den ich nicht kenne. Ich würde ihn gerne kennenlernen."

Trotz meiner eigenen Zweifel nickte ich zögerlich. „Natürlich, ich kann verstehen, dass du besorgt bist. Ich werde euch einander vorstellen."

„Es ist nur... ich will sicher sein, dass du in guten Händen bist. Es ist schwer, wenn ich weiß, dass jemand anders nachts bei dir ist."

Ich zögerte, spürte die Kälte in seiner Stimme, „Timmy ist... nur ein Freund der Familie."

Phil lehnte sich zurück, ein Schatten von Misstrauen in seinen Augen. „Das hoffe ich."

Die Spannung zwischen uns war greifbar, als Phil mich durchdringend ansah. Ich konnte spüren, wie sich meine Wangen leicht erröteten, und versuchte, meine Nervosität zu verbergen. Doch seine Worte und sein Blick ließen mich nicht los.

„Olivia, ich mache mir Sorgen um dich", begann Phil schließlich, seine Stimme sanft, aber voller Ernsthaftigkeit. „Es ist nicht nur wegen diesem Timmy. Ich habe das Gefühl, dass du mir etwas Wichtiges verschweigst. Stimmt etwas nicht?"

Ein eisiger Schauer lief mir über den Rücken, als ich seine Worte hörte. Phil war kein Mann, der sich leicht beirren ließ, und ich wusste, dass er die Fähigkeit besaß, hinter meine Fassade zu blicken. Es war an der Zeit, die Wahrheit zu sagen.

Ich schluckte schwer und blickte ihm direkt in die Augen. „Phil, es tut mir leid, dass ich nicht ehrlich zu dir war", begann ich zögernd. „Die Sache ist die, dass Timmy nicht nur ein alter Freund der Familie ist. Er ist..."

Meine Worte stockten, als ich versuchte, die richtigen Worte zu finden. Ein Kampf zwischen der Angst vor Phils Reaktion und dem Drang zur Ehrlichkeit tobte in mir.

Phil drängte mich, fortzufahren. „Olivia, du kannst mir alles sagen. Ich bin hier, um dir zuzuhören, egal was es ist."

Ich atmete tief durch und entschied mich, die Wahrheit zu sagen, egal wie schwierig es auch sein mochte.

„Timmy ist nicht nur ein Freund der Familie", begann ich langsam. „Er ist der Sohn der Familie, für die meine Mutter lange Zeit arbeitete."

Die Wohnung war bereits von der Abendsonne gezeichnet, als Olivia nach Hause kam. Ohne zu zögern, begann sie hektisch aufzuräumen, während ich in der Küche damit beschäftigt war, das Abendessen zuzubereiten. Der Duft von Gewürzen und frischen Zutaten erfüllte den Raum, während ich konzentriert in Töpfen und Pfannen jonglierte.

Der sanfte Schimmer des Sonnenuntergangs tauchte den Raum in warmes Licht, als Olivia die Tür öffnete und hereinkam. Sie trug einen weichen Pullover und Jeans, ihr Haar war locker zu einem Dutt gebunden. Ihr Blick fiel sofort auf das Essen, das auf dem Herd köchelte.

„Hey, du bist ja schon da", begrüßte ich sie.

Olivia seufzte erleichtert und lächelte mich zuckersüß an: „Perfekt. Du kannst doch bestimmt für drei kochen. Ich behaupte dann einfach, dass ich gekocht hätte."

Ich sah überrascht auf. „Ein Gast? Wer kommt denn?"

Olivia zögerte einen Moment, bevor sie antwortete: „Mein Freund."

Ein Hauch von Überraschung und Unbehagen huschte über mein Gesicht, als ich die Nachricht verarbeitete. Ein Schatten der Enttäuschung legte sich über meine Gedanken.

Die Worte hallten in meinem Kopf wider, während ich versuchte, meine Emotionen zu kontrollieren. Ein Teil von mir fühlte sich verraten und zurückgewiesen, obwohl ich wusste, dass Olivia das Recht hatte, ihr Leben zu leben und ihre eigenen Entscheidungen zu treffen.

Doch die Vorstellung, dass jemand anderes einen Platz in ihrem Herzen einnahm, riss an den Fäden meiner Selbstbeherrschung. Ich zwang mir ein knappes „Oh, okay" heraus, doch innerlich tobte ein Sturm aus unerwiderten Gefühlen und ungesagten Worten.

Ein dumpfes Gefühl der Einsamkeit machte sich in mir breit, während ich versuchte, die Kluft zwischen uns zu überbrücken. Mein Herz schlug schneller, und ein Schleier der Unsicherheit legte sich über meine Gedanken. Würde unsere Beziehung sich jemals verändern? Oder war ich dazu verdammt, in den Schatten ihres Lebens zu stehen, während ein anderer Mann den Platz an ihrer Seite einnahm?

„Ich kann für drei kochen", sagte ich, während ich versuchte, meine Emotionen zu kontrollieren.

Olivia nickte und zwang ein Lächeln auf ihre Lippen, das jedoch die Unsicherheit nicht verbergen konnte, die zwischen uns lag.

„Timmy, das ist Phil", stellte Olivia vor.

„Freut mich", erwiderte ich knapp, während mein Blick hart und distanziert blieb.

Phil lächelte mich an, doch sein Blick verriet eine gewisse Arroganz, die seine Abneigung kaum verbergen konnte. „Schön, dich kennenzulernen, Timmy. Olivia hat mir viel von dir erzählt."

„Ich bezweifle, dass das so war", antwortete ich mit einem ironischen Unterton. „Von dir habe ich noch nie etwas gehört."

Olivia seufzte und warf mir einen finsteren Blick zu: „Timmy, du wolltest doch noch wohin."

„Ganz und gar nicht. Ich freue mich regelrecht auf das Abendessen mit euch. Schließlich habe ich ja auch gekocht", erwiderte ich und erntete dafür einen kleinen Tritt von Olivia. Sie wollte Phil weißmachen, dass sie gekocht hätte, um ihn zu beeindrucken.

Während des Abendessens blieb die Spannung zwischen uns förmlich greifbar. Jeder Austausch war von passiv-aggressiven Bemerkungen und unterschwelligen Spannungen geprägt. Das Licht über dem Esstisch war grell, zu grell. Es ließ die Schatten in Phils Gesicht schärfer wirken und warf ein kaltes, unbarmherziges Licht auf die Teller vor uns. Der Duft von Nudeln und Tomatensauce hing noch schwer in der Luft, aber der Appetit war längst verflogen.

„Phil, was machst du beruflich?" fragte ich mit einem sarkastischen Lächeln.

„Oh, hat Olivia das nicht erzählt? Ich arbeite mit ihr zusammen. Ich bin der Abteilungsleiter", antwortete Phil höflich, doch seine Augen verengten sich leicht, als er meinen Tonfall registrierte.

„Also bist du ihr Chef?" fragte ich, um diese Tatsache zu unterstreichen. Phil nickte nur, da er kurz zuvor sich Essen in den Mund gestopft hatte und kaute.

„Das tut nichts zur Sache, Timmy. Das geht dich nichts an!", fauchte Olivia mich an.

Ich bemerkte sofort, dass dies für sie ein sensibles Thema war. Ich machte mir über ihre Reaktion meine Schlussfolgerungen, dass Phil die Beziehung wohl im Büro geheim hält. Weshalb ich in den zwei Wochen, die ich nun mit Olivia zusammenwohnte, nicht mitbekommen hatte, dass sie eine Beziehung führt. Sorge machte sich breit.

Die restliche Unterhaltung verlief ähnlich angespannt, bis Olivia Phil schließlich in ihr Zimmer schickte und mit mir zusammen den Esstisch aufräumte.

„Sag mal, spinnst du?" Olivia flüsterte, aber ihr Ton war wie ein Dolch. „Meine Beziehung, mein Leben. Und du bist nicht mein Bruder, also spar dir die Moralkeule."

„Ich wollte nur helfen."

„Na klar." Sie schnaubte. „Genau wie früher, als du auch plötzlich verschwunden bist."

Ich wollte etwas erwidern, doch ihre Worte trafen mich schwer. Ich sah sie als meine Familie an. Noch mehr sogar: Sie war der Grund, warum ich zurückgekommen war.

Ich setzte mich später allein ins Wohnzimmer. Die Dunkelheit hatte sich bereits in alle Ecken gelegt, doch ich bemerkte sie kaum. Mein Blick war leer, mein Herz schwer. Noch immer hallten ihre Worte in meinem Kopf nach – und das Bild von ihr mit Phil, ihr gezwungenes Lächeln, ihr müder Blick, der so tat, als wäre alles in Ordnung.

Ich wusste, dass ich kein Recht hatte, das zu fühlen. Sie war frei. Sie durfte lieben, wen sie wollte. Sie durfte sich verlieren – in jemand anderem. In jemandem, der weniger kaputt war als ich. Weniger verwickelt in Schuld und Vergangenheit.

Aber ich wünschte mir, sie würde niemanden wählen, nur weil es einfacher war. Niemanden, der sie nahm, weil sie bequem war. Der sie schmückte wie eine Trophäe und sie dabei kleiner machte, damit er selbst größer wirken konnte.

Ich hatte zu viel geschwiegen. War zu spät gekommen. Hatte zu lange gezögert, weil ich dachte, sie verdiene besser als das, was von mir übrig war. Doch jetzt – jetzt, wo ich sie ansah, wie sie lachte, obwohl ihre Augen nicht mitlachten –, wünschte ich mir, sie würde erkennen, dass da noch jemand war. Jemand, der sie liebte. Still. Tief. Ehrlich.

Wenn sie ging – wenn sie ihn wählte –, dann würde ich das akzeptieren. Sie sollte tun, was sie tun musste. Aber ich hoffte, dass sie nicht einfach irgendeine Liebe suchte. Nicht irgendeinen Trost, nur damit es weniger weh tat.Ein Gefühl der Hilflosigkeit breitete sich in mir aus, während ich über die ungewisse Zukunft nachdachte. Was konnte ich tun, um die

Brücken wieder aufzubauen und das Vertrauen zwischen uns wiederherzustellen?

Die Nacht verging langsam, und als die ersten Strahlen der Morgendämmerung durch das Fenster drangen, fühlte ich mich erschöpft und zerschlagen. Doch gleichzeitig spürte ich auch einen Hauch von Entschlossenheit, während ich mich darauf vorbereitete, den Herausforderungen des neuen Tages entgegenzutreten.

Mit einem tiefen Atemzug und einem festen Entschluss machte ich mich bereit, den Tag anzugehen und mich den Problemen, die vor mir lagen, zu stellen. Egal, was die Zukunft bringen mochte, ich war fest entschlossen, mich wieder Olivia anzunähern.

O Der Supermarkt war voller Menschen, die hektisch zwischen den Regalen hin und her eilten, auf der Suche nach ihren Einkäufen. Ich schlenderte durch die Gänge, mein Magen knurrte vor Hunger.

Plötzlich bemerkte ich Timmy am Ende des Gangs. Er trug eine lässige Jeans und ein schlichtes, weißes Hemd, das seine athletische Figur betonte. Sein dunkles Haar war sorgfältig gestylt, und seine braunen Augen blitzten vor Neugier und Interesse während er mit dem Wagen durch die Gänge fuhr. Mit einem freundlichen Lächeln auf den Lippen hielt er seinen Einkaufswagen an und plauderte mit einem Verkäufer. Ein Seufzen entrang sich meiner Kehle. Nicht nur hatte ich ein leeres Kühlschrankproblem, sondern auch eine unerwartete Begegnung mit Timmy.

Drei Wochen lebten wir jetzt unter einem Dach, und trotzdem fühlte es sich manchmal an, als hätte ich einen Fremden bei mir einquartiert. Er war ordentlich, höflich – viel zu perfekt, als dass es nicht irgendwie falsch wirken würde. Im Supermarkt traf ich ihn, wie er konzentriert eine Packung Müsli studierte, als hinge sein Leben von den Nährwertangaben ab.

„Was tust du da? Fütterst du Eichhörnchen?"

Sein Blick wanderte zu mir, ein Lächeln zuckte über seine Lippen. „Hey Olivia, was für eine Überraschung, dich hier zu treffen!"

Ich verschränkte die Arme und ließ meinen Blick über die Müslipackungen gleiten. „Natürlich. Wo sonst würde ich dich treffen? Bei den Cornflakes der gehobenen Klasse?"

Sein Blick wanderte zu meinem Einkaufswagen, der mit einer Vielzahl von Tiefkühlgerichten gefüllt war. Timmys Korb hingegen war mit frischem Gemüse und Obst gefüllt. Ich spürte bereits den kommenden Vortrag über gesunde Ernährung, den Timmy zweifellos für mich parat hatte. Schon mehrfach hatte er versucht, mich zu belehren – sei es, als ich Chips aß oder Energy Drinks trank.

„Also, das hier ist einfach… traurig." Timmy hielt die Packung Tiefkühlpizza hoch wie ein Richter, der ein besonders schweres Verbrechen verurteilte.

Ich verdrehte die Augen. „Es ist Essen, Timmy. Kein Weltuntergang."

„Essen?" Er zog die Augenbrauen hoch und inspizierte die Zutatenliste wie ein Experte. „Das hier besteht zu 80 Prozent aus Dingen, die in der Natur nicht existieren. Wusstest du, dass ‚Modifizierte Stärke' ein Code für ‚Wir wissen auch nicht, was das ist' ist?"

„Modifizierte Stärke klingt nach mir nach einem Power-Up", gab ich zurück und zog ihm die Packung Pizza aus der Hand. „Jetzt sei still und leg das in den Wagen."

Doch Timmy war nicht so leicht abzuwimmeln.

„Also, das hier erklärt einiges." Timmy hielt eine Tiefkühlpizza hoch, als wäre sie giftig. „Vielleicht bist du deshalb morgens so schlecht gelaunt."

„Du willst wissen, warum ich morgens schlecht gelaunt bin?" Ich zog die Augenbrauen hoch und schenkte ihm ein breites Lächeln. „Weil ich dich sehen muss."

Sein Grinsen gefror für einen Moment, bevor er anfing zu lachen.

„Okay, das war ein Punkt für dich."

Ich fühlte mich triumphal, doch Timmy, immer der Stratege, griff zu einer neuen Packung Tiefkühlkost. „Weißt du, ich könnte damit leben – wenn du wenigstens dazu frisches Gemüse kaufst."

Bevor ich etwas erwidern konnte, begann Timmy bereits, die Tiefkühlgerichte aus meinem Wagen zu nehmen und durch frisches Obst und Gemüse aus seinem Korb zu ersetzen. „Geht's noch? Was soll das?", fragte ich entgeistert.

„Ich rette dein Leben." Timmy warf Paprika in den Korb und grinste mich an.

„Oh, wirklich?" Ich zog die Augenbrauen hoch. „Und wie genau rettet Gemüse mein Leben?"

„Es bewahrt dich davor, in ein Tiefkühlpizza-Koma zu fallen."

„Wenn du noch ein Wort über meine Pizza sagst, schmeiß ich dich raus."

„Das glaubst du selbst nicht." Timmy lachte und nahm mir den Korb ab. „Ich koche uns eine Gemüsepfanne zum Abendessen."

Ich konnte nicht anders, als genervt aufzustöhnen, aber ein Teil von mir wusste, dass er recht hatte. Und ich konnte nicht umhin, bei dem Gedanken an ein selbstgemachtes, gesundes Abendessen zu lächeln.

Während wir durch die Gänge schlenderten, fing Timmy an zu plaudern. Meine Vermutung, dass er ein Arzt sei, erwies sich als falsch – er war Krankenpfleger. Gerade erst hatte er seine Ausbildung beendet und eine

Stelle im Asklepios Krankenhaus angenommen. Er erzählte lebhaft von seinen Kollegen und wie anders die Arbeit im hiesigen Krankenhaus war. Ich erklärte ihm, was ich beruflich machte, aber tiefgründigere Themen blieben aus. Obwohl ich mich innerlich sträubte, fand ich den Plausch mit Timmy ganz angenehm. Seine Art war beruhigend, und er schien meine Privatsphäre zu respektieren.

Gemeinsam machten Timmy und ich uns auf den Weg zur Kasse, als plötzlich eine Frau mit bunt gefärbten Haaren unseren Weg kreuzte. Sie strahlte vor Begeisterung.

„Timothée von Bergen?", rief sie euphorisch aus. „Dich habe ich ja ewig nicht gesehen!"

Timmys Körper spannte sich an, und seine Miene verdunkelte sich.

„Vicky, ja, das stimmt wohl. Ich würde gerne mit dir plaudern, aber wir müssen weiter."

Er versuchte, an ihr vorbeizugehen, aber sie griff nach seinem Arm. „Bist du auf der Flucht oder was ist los? Ist es wegen dem Vorfall mit Simon? Die Crew weiß doch, dass es nicht deine Schuld war. Komm, zier dich nicht so. Gib mir deine Nummer. Am Wochenende machen wir eine kleine Feier bei mir zuhause. Komm doch vorbei. Für die kleinen Freuden ist bereits gesorgt."

Timmy befreite seinen Arm knapp. „Nein danke, Vicky. Ich will damit nichts mehr zu tun haben."

Vicky trat ihm in den Weg, ihr breites Grinsen wie eine Maske, hinter der sich etwas Dunkleres verbarg. Ihr Haar war grell gefärbt, die Spitzen wild zerzaust, als wäre sie gerade einem Sturm entkommen. „Na, Timothée von Bergen, zu gut für uns geworden?"

Timmys Kiefer mahlten sichtbar, doch seine Stimme blieb ruhig, fast zu ruhig. „Ich will nichts mehr damit zu tun haben, Vicky."

Ihre Augen blitzten vor Wut, und sie trat näher, ihre Stimme ein giftiges Flüstern. „Du kannst nicht einfach alles hinter dir lassen. Du gehörst immer noch dazu, ob du willst oder nicht."

Für einen Moment war es, als ob die Neonlichter über uns flackerten, als ob selbst der Supermarkt den Sturm spürte, der in diesem Gang tobte, und meine Neugier war geweckt.

Timmy ignorierte ihre Bemerkung und ging zielstrebig weiter.

„Was war das denn?", fragte ich, als wir die Kasse erreichten. „Es schien, als hättest du sie kaum ertragen können."

34

„Es gibt Dinge in meiner Vergangenheit, die ich lieber vergessen möchte", antwortete Timmy knapp.

Ich wusste, dass dieses Thema nicht im Supermarkt besprochen werden würde, aber ich nahm mir vor, ihn später zuhause danach zu fragen.

Als wir schließlich die Wohnung erreichten, entschieden wir uns dafür, gemeinsam zu kochen. Während Timmy sich um das Gemüse kümmerte, begann ich das Gespräch: „Timmy, wie war die Arbeit?"

Er zögerte einen Moment, bevor er antwortete: „Es gab einen großen Autounfall, und viele Patienten sind eingeliefert worden. Wir haben leider nicht alle retten können, das lastet heute etwas auf mir."

Ich spürte, dass er sich schuldig fühlte. „Ich bin mir sicher, ihr habt euer Bestes gegeben", sagte ich behutsam.

Timmy seufzte und rieb sich nachdenklich das Kinn. „Ja, das ist wohl wahr. Aber dennoch quälen mich die Gedanken, ob ich etwas hätte anders machen sollen"

Seine Worte ließen mich innehalten und über die Last als medizinisches Personal nachdenken. Doch gleichzeitig bewunderte ich seine Stärke. Unsere Unterhaltung vertiefte sich, während wir gemeinsam das Abendessen zubereiteten.

Wenige Tage später, neigte sich die Sonne bereits dem Horizont zu, als ich endlich nach einem langen und anstrengenden Arbeitstag nach Hause kam. Die Gedanken an unerledigte Aufgaben und die Belastung des Tages begleiteten mich bis zur Wohnungstür. Mit einem tiefen Seufzer öffnete ich sie und trat ein, erleichtert, endlich Ruhe zu finden.

Als ich die Tür hinter mir schloss, spürte ich, wie sich die Last des Tages von meinen Schultern löste. Doch ein Hauch von Unruhe blieb zurück, ein Schatten meiner Vergangenheit, der mich immer noch verfolgte.

In der Küche hörte ich das leise Klirren von Geschirr und leises Summen. Mein Herz machte einen kleinen Sprung, als ich Timmy bemerkte, der dort stand und mich anlächelte. Ein Teil von mir zögerte, misstrauisch und unsicher angesichts der Komplexität unserer Vergangenheit. Erinnerungen an frühere Enttäuschungen und Verrat machten es schwer, mich zu öffnen.

Mit einem zögerlichen Lächeln trat ich in die Küche und ließ mich auf einen Stuhl sinken. „Was machst du hier?", fragte ich, meine Stimme noch immer von Zweifel und Unsicherheit gezeichnet.

Timmy lächelte sanft, umgeben von frischen Zutaten und Gewürzen. Er trug eine Schürze über seinem lockeren T-Shirt, das seine durchtrainierten Arme freilegte. Sein dunkles Haar fiel ihm leicht ins Gesicht, während er sich konzentriert über ein Schneidebrett beugte. Seine braunen Augen waren wachsam und präzise, und ein zufriedenes Lächeln lag auf seinen Lippen, als er die verschiedenen Zutaten kombinierte. Die Küche war erfüllt von köstlichen Düften. Timmy reichte mir einen Teller mit Bratkartoffeln, Spinat und Spiegelei. „Ich habe uns Abendessen gemacht. Nichts Aufwendiges. Ich dachte nur, du könntest Hunger haben, weil du scheinbar Überstunden machen musstest", antwortete er ruhig.

Ein Hauch von Dankbarkeit durchströmte mich, während ich den Teller annahm. Ich griff zu meiner Tasche und holte die Dosen Bier heraus, die ich auf dem Heimweg gekauft hatte. Eigentlich wollte ich sie alleine vor dem Fernseher trinken, doch in diesem Moment kam mir der Gedanke, dass Timmy auch einen anstrengenden Tag gehabt haben könnte. Ich reichte ihm eine Dose. Die Geste war einfach, doch Timmy schien zu verstehen, was sie zu bedeuten hatte.

Unsere Blicke trafen sich, und für einen Moment lag Stille zwischen uns, gefüllt mit ungesagten Worten und unausgesprochenen Gefühlen.

In diesem Moment beschloss ich, Timmy eine Chance zu geben, meine Wut, wenn auch nur kurz, beiseite zu lassen. So hob ich meine Dose zum Anstoßen, ein stilles Zeichen des Vertrauens und der Hoffnung, und lächelte ihm zu, bereit, seine Sichtweise über die Vergangenheit anzuhören.

„Timmy, ich habe auf deinem Mitarbeiterausweis gesehen, dass du deinen Nachnamen geändert hast", begann ich leise, meine Stimme von einem Hauch der Sorge durchzogen. Timmy nickte langsam und ein trauriges Lächeln huschte über seine Lippen. „Der Name von Bergen mag Prestige bedeuten, aber die Last, die damit einhergeht, war einfach zu erdrückend für mich", erklärte er mit einem Hauch von Wehmut in seiner Stimme.

Als er innehielt, spürte ich den Kloß in meinem eigenen Hals. Ich nahm einen tiefen Schluck von meinem Bier, während seine Worte mich tief berührten. Timmy starrte auf die Tischplatte, seine Finger umklammerten die Kante, als ob er sich daran festhalten müsste. „Weißt du, nach dem Tod meiner Mutter war ich für meinen Vater nur noch eine Art Projekt. Etwas, das er optimieren wollte, um vor anderen gut dazustehen."

Ich schwieg, mein Blick ruhte auf ihm, doch meine Miene blieb verschlossen.

„Ich war elf, Liv." Seine Stimme war leise, fast ein Flüstern. „Die Beerdigung war kaum vorbei, und er hat mich schon ins Internat abgeschoben."

„Das…" Ich suchte nach Worten, aber keine fühlten sich richtig an. „Das ist einfach… scheiße."

„Ja." Timmy lachte bitter und schüttelte den Kopf. „Aber was hätte ich machen sollen? Mich weigern?"

„'Dort lernst du Disziplin', hat er gesagt. Aber es war nur eine Ausrede, um mich loszuwerden." Er lachte bitter und schüttelte den Kopf. „Ich hab monatelang jeden Abend geweint, aber niemand hat es gemerkt. Oder es hat einfach niemanden interessiert."

Ein Hauch von Unruhe flackerte über mein Gesicht, doch ich sagte nichts.

„Weißt du, wie das ist, allein zu sein?" Er hob den Blick, sah mich direkt an. „So richtig allein, ohne jemanden, der dir sagt, dass alles gut wird?

Das Internat war die Hölle. Und als ich die Schule endlich hinter mir hatte, dachte ich, vielleicht interessiert er sich jetzt für mich. Aber das war nur Wunschdenken."

Timmy lehnte sich zurück, die Anspannung wich langsam aus seinem Gesicht. „Ich hab's nicht geschafft, Liv. Das Studium, das er wollte, die Karriere, die er geplant hatte – nichts davon. Ich war außer Kontrolle und bereitete nur Ärger, denn anders bekam ich keine Aufmerksamkeit. Und irgendwann hat er einfach aufgehört, sich zu melden. Für ihn bin ich ein Fehlschlag. Nutzloser Ballast."

Ein leises Schlucken war alles, was ich von mir gab. Ich hatte die Arme verschränkt, aber meine Finger gruben sich unmerklich in meine Ellbogen.

Ich konnte nicht umhin, über die Begegnung mit Vicky im Supermarkt nachzudenken. Ihre Worte hatten Timmy sichtlich mitgenommen, und ich wollte verstehen, was dahintersteckte. Also beschloss ich, das Thema anzusprechen.

„Timmy, kannst du mir erklären, was im Supermarkt mit dieser Vicky los war?" fragte ich vorsichtig, meinen Blick auf ihn gerichtet.

Ein Schatten legte sich über sein Gesicht, als wäre eine dunkle Wolke über die Sonne gezogen. Timmy seufzte tief, ein Seufzer, der aus den Tiefen seiner Seele zu kommen schien, und senkte den Blick für einen langen Moment. Seine Hände zitterten kaum merklich, als er sie zu Fäusten ballte und wieder löste.

„Es ist eine alte Geschichte, Olivia", begann er mit einer Stimme, die vor unterdrückten Emotionen bebte. „Eine Geschichte, die mich jeden Tag verfolgt, die in meinen Träumen lauert und mich daran erinnert, was für ein Monster ich einmal war." Seine Worte kamen stockend, als müsste er jedes einzelne aus einem tiefen, schmerzhaften Ort in seinem Inneren herausreißen. „Ich hatte eine Zeit lang mit einigen Problemen zu kämpfen, und ich habe Dinge getan, die..." Er brach ab, schluckte schwer und seine Augen füllten sich mit ungeweinter Trauer. „Dinge, für die ich mich jeden einzelnen Tag meines Lebens hasse."

Ich spürte, wie die Luft zwischen uns schwer wurde, geladen mit dem Gewicht seiner unausgesprochenen Qualen. Seine Schultern bebten leicht, als würde er gegen eine unsichtbare Last ankämpfen.

„Es waren wilde, rauschhafte Nächte, die kein Ende zu nehmen schienen", fuhr er fort, seine Stimme nun kaum mehr als ein heiseres

Flüstern. „Ich stürzte mich kopfüber in einen Strudel aus Partys, Alkohol und Drogen – ein gefährliches Spiel mit dem Feuer, bei dem ich mich unbesiegbar fühlte. Jede Warnung prallte an mir ab, jeder Gedanke an Konsequenzen verschwand im Nebel der nächsten Euphorie. Ich war blind für die Abgründe, die sich vor mir auftaten."

Seine Stimme brach, und er presste eine Hand vor den Mund, als könnte er die Worte zurückhalten, die wie Gift aus ihm herausströmten. „Aber das Schlimmste ist nicht das, was ich mir selbst angetan habe, Olivia. Das Schlimmste ist, dass ich Simon mit in den Abgrund gerissen habe."

Tränen sammelten sich in seinen Augen, und er kämpfte verzweifelt darum, sie zurückzuhalten. „Dann kam der Moment, der alles veränderte – ein brutaler Aufprall mit der Realität. Simon und ich, zwei Seelen auf demselben selbstzerstörerischen Pfad, brachen zusammen. Unsere Körper gaben nach, überwältigt von dem Gift, das wir ihnen zugemutet hatten." Seine Hände zitterten nun unkontrolliert, und er starrte sie an, als würde er noch immer das Blut daran sehen. „Die Krankenhauswände wurden zu stummen Zeugen unseres Versagens."

Ein ersticktes Schluchzen entrang sich seiner Kehle. „Simon erholte sich schneller als ich. Als er entlassen wurde, schien es, als hätte er eine zweite Chance erhalten. Ich dachte..." Seine Stimme versagte völlig, und er brauchte mehrere Atemzüge, um weitersprechen zu können. „Ich dachte, wir hätten es beide geschafft. Ich dachte, wir könnten beide neu anfangen."

Die Tränen liefen nun ungehindert über seine Wangen, und seine ganze Gestalt schien unter der Last seiner Erinnerungen zusammenzubrechen. „Aber das Schicksal war gnadenlos. Nur wenige Tage später erreichte mich die Nachricht, die mein Leben für immer veränderte: Simon war tot." Die Worte kamen heraus wie ein Schmerzensschrei. „Eine Überdosis hatte ihn geholt, endgültig und unwiderruflich."

Er vergrub sein Gesicht in den Händen, und sein ganzer Körper bebte vor unterdrückten Schluchzern. „Es hätte ich sein sollen, Olivia. Ich war derjenige, der ihn in diese Welt hineingezogen hat. Ich war derjenige, der ihm die erste Pille gegeben hat, das erste Mal Kokain angeboten hat. Seine Mutter... seine Mutter hat mir ins Gesicht geschrien, dass ich ein Mörder bin, und weißt du was? Sie hatte recht."

Die Worte hallten in der Stille zwischen uns wider wie Donnerschläge, und ich spürte, wie sich mein Herz zusammenzog vor Schmerz – nicht nur meinem eigenen, sondern seinem. Es war, als ob seine Verzweiflung sich wie ein schwarzer Nebel in der Luft ausbreitete und auch mich zu ersticken drohte.

„In diesem Moment zerbrach etwas in mir – nicht nur die Illusion der Unverwundbarkeit, die mich so lange getragen hatte, sondern meine ganze Seele", flüsterte er durch seine Tränen hindurch. „Ich wusste, dass ich ein Mörder war. Dass ich den besten Freund, den ich je hatte, umgebracht hatte. Und das Schlimmste war, dass ein Teil von mir... ein Teil von mir war erleichtert, dass ich es nicht war, der gestorben war." Seine Stimme klang belegt und rau, seine Augen waren rot und geschwollen von den Tränen, als er mühsam fortfuhr: „Ich habe gemerkt, dass ich so nicht weitermachen konnte. Nicht nach dem, was ich getan hatte. Eine Krankenschwester – ein Engel, wenn du mich fragst – half mir, mich bei einer Entzugsklinik anzumelden. Sie half mir, meinen Namen zu ändern, eine neue Identität aufzubauen, weil ich mit dem alten Timmy nicht leben konnte. Der alte Timmy war ein Mörder." Er schluchzte auf. „Sie hat mir geholfen, meine Gedanken auf etwas Positives zu fokussieren, auch wenn ich jeden Tag damit kämpfe, mir selbst zu vergeben. Ich verdanke ihr mein Leben – ein Leben, das ich nicht verdiene."

Ich spürte eine überwältigende Mischung aus Mitgefühl, Schmerz und einer tiefen, bedingungslosen Liebe für diesen gebrochenen Mann vor mir. Meine eigenen Augen füllten sich mit Tränen, als ich seine Hand ergriff.

„Danke, dass du das mit mir geteilt hast, Timmy", sagte ich schließlich, meine Stimme kaum mehr als ein Flüstern. „Es zeigt nicht nur, dass du ein starker Mensch bist, sondern auch, dass du ein guter Mensch bist. Simon ist nicht durch deine Hand gestorben – er ist an derselben Krankheit gestorben, die auch dich fast das Leben gekostet hätte."

Timmy blickte auf, seine Augen voller Verzweiflung und einem winzigen Funken Hoffnung. „Du wirst es mir wahrscheinlich nicht glauben", sagte er mit zitternder Stimme, „aber der Gedanke, dich und Susanne wieder in meinem Leben zu haben, hat mir geholfen zu überleben. Als ich in meinen dunkelsten Momenten war, habe ich deine Mutter auf Social Media kontaktiert. Seitdem haben wir wieder Kontakt, und zum ersten Mal seit Simons Tod... zum ersten Mal fühle ich mich wieder wie ein Mensch und nicht wie ein Monster."

Seine Worte trafen mich wie ein Schlag ins Herz, und ich begriff plötzlich die ganze Tragweite dessen, was er durchgemacht hatte. „Ich habe mich von meiner biologischen Familie abgewandt", fuhr er mit erstickter Stimme fort, „weil ich die Enttäuschung in ihren Augen nicht ertragen konnte. Aber ihr... ihr beiden seid meine wahre Familie. Ihr seht mich nicht als den Mörder, der ich bin, sondern als den Menschen, der ich sein könnte."

Ein Gefühl der überwältigenden Liebe und des Schmerzes durchströmte mich, als ich Timmy gegenübersaß und seine zerbrochene Seele vor mir ausgebreitet sah. Es war eine Erkenntnis, die mich bis ins Mark erschütterte und mir zeigte, wie sehr er gelitten hatte, wie sehr er noch immer litt, und wie wichtig unsere Beziehung für sein nacktes Überleben war. In diesem Moment verstand ich, dass wir nicht nur Familie waren – wir waren sein Anker in einem Sturm, der niemals ganz abzuebben schien.

In diesem Moment wurde mir klar, dass die Vergangenheit zwar ihre Spuren hinterlassen hatte, aber dass wir die Macht hatten, unsere Zukunft zu gestalten und einander zu stützen, während wir unseren Weg gemeinsam gingen. Timmys Offenheit über seine Gefühle und die Erkenntnis, dass er uns als seine Familie ansieht, berührten mich zutiefst. Ein Gefühl der Wärme und Dankbarkeit durchströmte mich, als ich ihm gegenübersaß und seine Worte hörte.

Manchmal sind es die gewöhnlichen Momente, die alles verändern. Nicht die großen Gesten oder dramatischen Wendungen, sondern diese stillen Augenblicke, in denen man plötzlich versteht, was wirklich wichtig ist. Hier zu sitzen, Timmy mir gegenüber, spürte ich etwas, das ich lange Zeit vergessen hatte: das Gefühl von Zuhause.

Früher dachte ich, Familie wäre etwas, das man sich nicht aussuchen kann – Menschen, die durch Blut und Zufall miteinander verbunden sind. Aber das hier... das ist anders. Das ist eine Familie, die sich durch Wahl, durch Vertrauen, durch die Bereitschaft gebildet hat, füreinander da zu sein, auch wenn es schwer wird.

In diesem Moment war ich mir sicher, dass unsere Beziehung nicht nur von Vergangenheit und Trauma geprägt war, sondern auch von Hoffnung, Vergebung und einem tiefen Gefühl der Zugehörigkeit.

Wir alle tragen unsere Narben. Timmy mit seiner Angst vor dem Verlassenwerden, ich mit meinen eigenen Dämonen, wir alle mit unseren

Geschichten, die uns hierher gebracht haben. Aber vielleicht ist das okay. Vielleicht müssen wir nicht perfekt sein, um eine Familie zu sein. Vielleicht reicht es, wenn wir bereit sind, einander zu halten, wenn die Welt zu schwer wird.

Ich sehe, wie Timmys Schultern sich entspannen, wie die Anspannung aus seinem Gesicht weicht. Es sind diese kleinen Veränderungen, die mir zeigen, dass unsere Worte nicht leer sind. Dass das, was wir hier aufgebaut haben, real ist. Dass es Bestand hat.

Wir waren nicht nur Mitbewohner oder Bekannte, sondern eine Art Familie, die einander Halt und Unterstützung bot. Mit einem warmen Lächeln griff ich nach Timmys Hand und drückte sie sanft. „Du bist nicht allein, Timmy", sagte ich leise, meine Stimme erfüllt von Aufrichtigkeit und Zuneigung. „Wir sind hier für dich, genau wie du für uns da bist. Wir sind eine Familie."

Die Worte fühlen sich richtig an, als ich sie ausspreche. Nicht wie ein Versprechen, das ich vielleicht nicht halten kann, sondern wie eine Wahrheit, die bereits existiert. Wir sind eine Familie – nicht trotz unserer Brüche, sondern mit ihnen. Eine Familie, die sich bewusst dafür entschieden hat, zusammenzugehören.

Und vielleicht ist das das Schönste daran: dass wir uns jeden Tag aufs Neue füreinander entscheiden. Dass unsere Verbindung nicht durch Zufall entstanden ist, sondern durch die bewusste Entscheidung, einander zu vertrauen, zu unterstützen, zu lieben.

Timmys Augen leuchteten vor Dankbarkeit, als er meine Worte hörte, und ein Gefühl der Erleichterung durchströmte den Raum. Es war ein Moment der Verbindung und des Verständnisses, der uns einander näherbrachte und uns zeigte, dass wir gemeinsam stark waren, egal was. Egal was kommt, denke ich. Egal, welche Stürme noch auf uns warten, welche Herausforderungen uns das Leben noch stellen wird. Wir haben etwas Kostbares gefunden – einander. Und das ist mehr wert als alle gewöhnlichen Tage, die noch vor uns liegen. Denn mit der richtigen Familie an der Seite können selbst die gewöhnlichsten Tage zu etwas Außergewöhnlichem werden.

Es war früh am Morgen, die ersten zarten Sonnenstrahlen bahnten sich ihren Weg durch die Fenster, als ich mich für meinen Frühdienst vorbereitete. Ein sanftes Zwielicht erfüllte die Wohnung, während ich bemerkte, dass Olivia bereits seit Stunden ununterbrochen an ihrem Schreibtisch saß. Stapel von Akten türmten sich neben ihr, und der grell leuchtende Bildschirm ihres Computers war das einzige Licht in dem ansonsten dunklen Raum. Ihr Gesichtsausdruck war angespannt, und es war offensichtlich, dass sie dringend eine Pause brauchte. Die stille Intensität der Szene wirkte beinahe erdrückend, und ich spürte die Schwere der Verantwortung, die sie auf sich geladen hatte. Es schien, als hätte sie die ganze Nacht hindurch gearbeitet, von der Außenwelt abgeschottet in ihrem engen Kokon aus Pflichtbewusstsein und Stress. Ich beschloss, sie nicht zu erschrecken, als ich sanft an ihre halb offene Tür klopfte und eintrat. „Hey Olivia", begann ich mit einem freundlichen Lächeln. „Du hast ja die ganze Nacht durchgearbeitet. Ich mache mich gerade für den Frühdienst fertig. Wie wäre es mit einer kurzen Kaffeepause? Ein paar Minuten Entspannung könnten Wunder bewirken."

Olivia hob den Blick von ihrem Bildschirm und sah mich mit einem müden Ausdruck an, als ob sie erst jetzt bemerkte, dass die Zeit davonraste. Eine Spur von Überraschung huschte über ihr Gesicht. „Ist es schon so spät? Habe ich gar nicht bemerkt", antwortete sie sichtlich erschöpft. „Ich kann wirklich eine Pause gebrauchen."

Gemeinsam verließen wir ihr Zimmer und begaben uns ins Wohnzimmer. Die Stille des Morgens umhüllte uns, als wir uns an den Küchentisch setzten, und der Duft von frischem Kaffee erfüllte die Luft. „Es fühlt sich an, als würde die Arbeit niemals weniger werden", murmelte Olivia, während sie den Kaffee einschenkte.

Ich nickte zustimmend. „Warum musst du denn so spät noch arbeiten?" Olivia seufzte. „Die blöde Präsentation muss bis morgen fertig sein." Ich seufzte ebenfalls und lehnte mich zurück auf dem Sofa, bevor ich das Gespräch begann. „Olivia, ich mache mir Sorgen wegen deiner Arbeitszeiten. Du kommst immer öfter spät nach Hause, und es scheint, als würdest du dich übernehmen. Jetzt arbeitest du auch noch die Nacht durch. Lange kannst du dieses Niveau nicht halten, sonst gehst du daran kaputt."

Olivia nickte zustimmend: „Mach dir keine Sorgen, das ist nur vorübergehend. Phil setzt mich manchmal unter Druck, um die Projekte rechtzeitig abzuschließen, aber das nur, weil er mir vertraut und mich fördern möchte."

Ich runzelte die Stirn. „Aber das kann so nicht weitergehen. Du brauchst auch Zeit für dich selbst und deine Erholung. Es ist wichtig, dass du auf deine Gesundheit achtest."

Olivia seufzte und ließ ihren Kopf gegen die Rückenlehne des Sofas fallen. „Ich weiß, du brauchst mir keine Predigt zu halten. Wenn ich die Arbeit nicht rechtzeitig erledige, wird Phil enttäuscht sein."

Ich legte besorgt meine Hand auf ihre Schulter. „Bitte lass dich nicht ausnutzen. Wäre Phil nicht dein Freund, würdest du dich bestimmt nicht so verausgaben."

Olivia nickte langsam. „Das mag sein, aber so ist es nun mal. Ich möchte alles geben, um ihn zu unterstützen. Schließlich soll er mich nicht für schwach und unnütz halten."

Ich lächelte sanft. „Olivia, du bist weder schwach noch unnütz. Und wenn Phil das nicht von selbst erkennt, ist er deine Zuneigung nicht wert. Du verdienst Respekt und Anerkennung für all deine harte Arbeit."

„Danke, Timmy. Ich weiß das wirklich zu schätzen", sagte Olivia müde lächelnd.

Wir tranken schweigend unseren Kaffee und ließen die Stille des heranbrechenden Morgens auf uns wirken. Die Uhr tickte leise im Hintergrund.

Nach ein paar Minuten kehrte Olivia zu ihrem Schreibtisch zurück, und ich machte mich für die Arbeit fertig.

Das Treppenhaus war wie immer ruhig, als ich die Wohnungstür hinter mir schloss und die Stufen hinunterging. Plötzlich hörte ich Schritte und drehte mich um, um zu sehen, wer es war. Es war Frau Müller, unsere Vermieterin, mit einem besorgten Ausdruck auf ihrem Gesicht.

„Timmy, ich bin froh, dass ich dich treffe", begann sie und kam näher. „Es gibt etwas, das ich dir mitteilen muss."

Ich hielt kurz inne und spürte, wie sich meine Stirn in Falten legte. „Was ist denn los, Frau Müller?", fragte ich, meine Neugierde geweckt.

Sie seufzte und fuhr fort: „Du weißt doch, dass ich schon alt bin und mich nicht immer um die anstehenden Dinge hier im Haus kümmern kann. Eigentlich wollte ich nur einen Hausmeister suchen, doch jemand hat mir ein Kaufangebot gemacht, dass ich nicht abschlagen konnte. Das Gebäude wurde verkauft. Ich habe gestern mit dem neuen Eigentümern gesprochen, und er hat beschlossen, das Gebäude komplett zu sanieren."

„Ich verstehe", antwortete ich, meine Stimme ruhig zu halten versuchend, obwohl ich innerlich aufgewühlt war. „Wissen Sie schon, wann die Renovierungen beginnen sollen?"

Frau Müller nickte bedauernd. „Ja, sie möchten so schnell wie möglich anfangen. Ich wollte dich informieren, damit ihr euch darauf einstellen könnt."

Ich nickte langsam, während ich versuchte, die Nachricht zu verarbeiten. Unsere Wohnung, die wir unser Zuhause nannten, würde sich bald verändern. Während ich durch die leeren Flure ging, spürte ich eine Mischung aus Überraschung und Unbehagen. Die Atmosphäre war gespannt, als ich mich entschied, Frau Müller zu fragen: „Wissen Sie zufällig, wer der neue Eigentümer ist?"

Frau Müller zögerte einen Moment, bevor sie antwortete: „Ja, es ist Martin von Bergen. Er hat das gesamte Gebäude gekauft."

Ein Schauer lief mir über den Rücken, als der Name meines Vaters genannt wurde. Martin von Bergen, mein Vater, der Mann, der seit Jahren kaum eine Rolle in meinem Leben gespielt hatte, besaß nun das Gebäude, in dem ich mit Olivia lebte. Es fühlte sich surreal an, und gleichzeitig ängstigte mich, welche Auswirkungen das haben könnte. Mein Vater tut nie etwas ohne Hintergedanken. Er hat ganz bestimmt Absichten, die er so nicht preisgibt.

„Vielen Dank, Frau Müller, dass Sie mich informiert haben", sagte ich schließlich, meine Gedanken noch immer wirbelnd. „Ich werde mit Olivia darüber sprechen."

Frau Müller nickte verständnisvoll und wünschte mir alles Gute. Als ich die Treppen hinunterging, fühlte ich eine Mischung aus Wut und Entschlossenheit. Die Stille der Straße umhüllte mich, während ich darüber nachdachte, was dieser plötzliche Besitzwechsel für uns bedeuten könnte.

Mit zittrigen Fingern wählte ich die Nummer meines Vaters. Es war Jahre her, seit wir das letzte Mal miteinander gesprochen hatten, und die

Spannung lag wie eine schwere Last auf meinen Schultern, als das Telefon klingelte.

Nach ein paar signalisierten Anrufen hörte ich endlich seine Stimme am anderen Ende der Leitung. „Ja?", erklang seine distanzierte Stimme.

„Vater, hier ist Timmy", begann ich, meine Worte sorgfältig abwägend. „Es ist schon eine Weile her, seit wir uns das letzte Mal gesprochen haben. Du hast das Gebäude gekauft, in dem ich lebe. Ich gehe mal davon aus, dass dies deine Art der Kontaktaufnahme ist."

Es herrschte eine kurze Stille, bevor er antwortete, seine Stimme klang kühl und reserviert: „Ja, Timothée. Es ist in der Tat schon eine Weile her. Ich habe viel zu tun, du solltest zum Abendessen vorbeikommen."

Die Kälte in seiner Stimme traf mich wie ein Schlag ins Gesicht. Es war offensichtlich, dass er nicht gewillt war, sich auf ein emotionales Gespräch einzulassen, aber dennoch nahm ich sein Angebot an, in der Hoffnung, dass wir vielleicht endlich einige Dinge klären könnten.

„Ja, in Ordnung", antwortete ich schließlich, meine Stimme kaum mehr als ein Flüstern. „Ich werde zum Abendessen vorbeikommen."

Die Verbindung wurde unterbrochen, und ich stand da, mit einem Gefühl der Unsicherheit und der Angst vor dem, was kommen würde. Es war an der Zeit, sich den unangenehmen Wahrheiten zu stellen, selbst wenn sie schmerzhaft sein mochten.

O Ich stand vor meinem Kleiderschrank und strich mit den Fingern über das dunkelblaue Kleid – das, was Phil so gern an mir mochte. Meine Wangen glühten vor Vorfreude. Heute Abend würden wir gemeinsam „Der Kirschgarten" sehen, ein Stück, über das ich schon seit Wochen gesprochen hatte. Phil hatte die Karten als Überraschung besorgt. „Nur wir zwei", hatte er gesagt und mich dabei angelächelt.

Die U-Bahn ratterte durch die Stadt, und ich beobachtete mein Spiegelbild in der dunklen Scheibe. Meine Augen funkelten. Wann hatten wir das letzte Mal etwas nur für uns unternommen? Ohne sein Handy, ohne Unterbrechungen, ohne die ständigen Gedanken an die Arbeit?

Das Theater erhob sich vor mir wie ein Palast aus rotem Backstein und glitzerndem Glas. Die Fassade strahlte im warmen Licht der Scheinwerfer, Menschen in eleganten Kleidern strömten durch die hohen Türen. Ich zog mein Handy hervor: 19:35 Uhr. Noch fünf Minuten bis zum Beginn.

„Phil ist bestimmt schon drin", flüsterte ich mir selbst zu und bahnte mir einen Weg durch die Menge.

Die Lobby war ein Meer aus gedämpften Stimmen und dem Klirren von Sektgläsern. Kristalllüster warfen tanzende Lichtreflexe an die hohen Decken. Ich suchte die Gesichter ab, aber Phils vertraute Silhouette war nirgends zu sehen.

Mein Handy vibrierte. Eine Nachricht.

„Bin etwas spät dran. Geh schon rein, bin gleich da. – P"

Ein leichter Stich in der Brust, aber ich lächelte trotzdem. Typisch Phil. Immer auf den letzten Drücker.

Im Theatersaal herrschte eine erwartungsvolle Stille. Die rote Samtpolsterung der Sessel, der schwere Vorhang, der Duft von altem Holz und Geschichte – alles schien zu vibrieren vor Vorfreude. Ich fand unsere Plätze in der siebten Reihe, links vom Gang. Der Platz neben mir gähnte leer.

Die ersten Glocken ertönten. Fünf Minuten bis zum Beginn.

Ich drehte mich um, suchte den Eingang ab. Ein paar verspätete Besucher huschten noch herein, aber Phil war nicht dabei. Mein Handy blieb stumm.

Das Licht dimmt. Ein letztes Räuspern, dann Stille.

Der Vorhang hob sich, und Tschechows Welt entfaltete sich vor mir. Ljuba Andrejewna stand in ihrem Salon, sprach über verlorene Zeiten und Erinnerungen. Aber ich konnte mich nicht konzentrieren. Meine Augen wanderten immer wieder zur Tür, meine Ohren lauschten auf das Summen meines Handys.

Wo ist er nur?

In der Pause blieb ich sitzen, während um mich herum die Menschen aufstanden und plauderten. Meine Finger spielten nervös mit dem Programmheft. Ich zog mein Handy hervor – keine neuen Nachrichten. Ich schrieb: „Alles okay? Das Stück ist wunderschön."

Keine Antwort.

Der zweite Akt begann, und der leere Platz neben mir wurde zu einem schwarzen Loch, das alle meine Aufmerksamkeit verschlang. Die Schauspieler auf der Bühne sprachen über Verlust, über zerplatzende Träume, über Menschen, die einander im Stich lassen.

Als der Vorhang fiel und der Applaus aufbrandete, klatschte ich mechanisch mit. Die anderen Zuschauer strömten hinaus, unterhielten sich angeregt über die Aufführung. Ich blieb sitzen und starrte auf die leere Bühne.

Er ist nicht gekommen.

Die Erkenntnis traf mich wie ein Schlag. Nicht wütend, nicht dramatisch – nur eine stille, schmerzhafte Gewissheit.

Draußen vor dem Theater war die Luft kühl geworden. Die elegante Menge verteilte sich in alle Richtungen, ihre Stimmen verhallten in der Nacht. Ich stand da, das Programmheft noch immer in der Hand, und beobachtete, wie Paare Arm in Arm davongingen.

Mein Handy vibrierte. Endlich.

„Tut mir so leid! Notfall bei der Arbeit. Wie war es?"

Ich starrte auf die Nachricht. Meine Finger schwebten über der Tastatur. Tausend Antworten schossen mir durch den Kopf – wütende, verletzte, sarkastische. Stattdessen schrieb ich:

„Schön. Reden wir morgen."

Ich steckte das Handy weg und ging langsam die Straße entlang. Die Stadt um mich herum pulsierte weiter – Restaurants voller lachender Menschen, Bars mit warmen, einladenden Lichtern. Aber ich hörte nur meine eigenen Schritte auf dem Pflaster.

Wann bin ich zur zweiten Wahl geworden? fragte ich mich. Wann ist seine Arbeit wichtiger geworden als ich?

Eine Straßenlaterne flackerte über mir, und für einen Moment sah ich mein Spiegelbild in einem Schaufenster – eine Frau in einem dunkelblauen Kleid, allein, aber aufrecht. Und zum ersten Mal an diesem Abend lächelte ich wirklich.

Vielleicht war das die Antwort, die ich gesucht hatte. Nicht in seinen Entschuldigungen oder Erklärungen, sondern in der Stille dieses leeren Theatersitzes.

Die Nacht fiel langsam herein, als ich die Adresse meines Vaters in mein Navi eingab und mich auf den Weg zu seinem Haus machte. Die ruhigen Straßen boten mir Raum für meine Gedanken, die sich unaufhörlich um die bevorstehende Begegnung mit meinem Vater drehten.

Er hat sich nie gefragt, wer ich wirklich bin. Mein Vater hatte nur Pläne gemacht – für sich. Für einen Sohn, der funktioniert. Der nach außen glänzt. Der seinen Namen trägt, seine Erwartungen erfüllt, und dabei sich selbst verliert. Ich hatte mich so oft gefragt, was mit mir nicht stimmt. Warum ich nicht genug bin. Warum er nur nickte, wenn ich funktionierte, und schwieg, wenn ich fiel. Warum er mich immer nur dann gesehen hat, wenn ich jemand sein sollte, der ich nicht war.

Ich hatte mich krumm gemacht für seinen Stolz. Ich hatte mich selbst verraten, weil ich dachte, dann liebt er mich vielleicht. Aber das tat er nicht.

Nicht wirklich.

Er liebte das Bild von mir, das in seinem Kopf lebte. Den perfekten Sohn. Den, der nie schwach ist. Der nicht zweifelt. Der nicht weint.

Ich hatte lange geglaubt, ich müsste um ihn kämpfen.

Aber ich kämpfe nicht mehr.

Ich laufe nicht mehr seinem Schatten hinterher.

Ich weiß jetzt: Ich bin genug.

Nicht für ihn vielleicht – aber für mich. Ich bin nicht sein Projekt.

Ich bin ein Mensch.

Und ich wollte endlich leben, nicht nur leisten.

Als ich schließlich vor seinem Anwesen stand, spürte ich eine Mischung aus Nervosität und Entschlossenheit. Ein tiefer Atemzug sollte mich beruhigen, bevor ich dem Auto stieg und zur Tür ging, um zu klopfen.

Es verging eine Weile, bis die Tür endlich geöffnet wurde. Mein Vater empfing mich mit einem ausdruckslosen Gesichtsausdruck und einer knappen Einladung hereinzukommen.

Wir betraten das Haus und durchschritten die geräumigen Flure, bis wir schließlich in einem eleganten Speisesaal ankamen. Die prachtvolle Einrichtung und der imposante Kristallleuchter über uns verliehen dem Raum eine Aura von Noblesse und Strenge.

Die Atmosphäre im Esszimmer war gespannt, als wir uns gegenübersaßen. Zwischen uns breitete sich ein Festmahl aus, aber unter der höflichen Oberfläche brodelten unausgesprochene Spannungen und ungelöste Konflikte.

„Ich nehme an, du hast Fragen", begann mein Vater schließlich mit ruhiger Stimme.

Ich nickte langsam und faltete meine Hände auf dem Tisch. „Ja, das habe ich. Warum hast du das Gebäude gekauft, in dem ich lebe? Und warum hast du dich erst jetzt gemeldet, nach all den Jahren?"

Mein Vater lehnte sich zurück, sein Blick undurchdringlich. „Das Gebäude war eine gute Investitionsmöglichkeit", antwortete er knapp. „Und was deine Frage betrifft, nun, ich habe meine Gründe."

Seine Antwort hinterließ mich frustriert und verärgert. Offensichtlich war er nicht gewillt, sich auf ein ehrliches Gespräch einzulassen, und ich fühlte mich von ihm abgewiesen.

„Das reicht mir nicht, Vater", erwiderte ich mit einem Hauch von Bitterkeit in meiner Stimme. „Ich habe das Recht zu wissen, warum du dich so viele Jahre lang nicht um mich gekümmert hast und plötzlich wieder in mein Leben trittst."

Mein Vater schwieg einen Moment, bevor er langsam antwortete: „Die Vergangenheit ist die Vergangenheit, Timothée. Es bringt nichts, in alten Wunden zu stochern. Ich habe dich eingeladen, um uns die Möglichkeit zu geben, einen Neuanfang zu machen. Es liegt an dir, ob du das annehmen willst oder nicht."

Sein Vorschlag überraschte mich nicht, aber er machte mich dennoch wütend. „Ich danke dir für das Angebot, Vater, aber du kennst weder mich noch meine Fähigkeiten", antwortete ich schließlich, meine Stimme kalt und distanziert.

Mein Vater schien meine Ablehnung nicht zu bemerken oder zu akzeptieren. „Timothée, du musst verstehen, dass dies eine einmalige Gelegenheit ist", fuhr er fort, seine Stimme mit Nachdruck. „Es ist Zeit, dass du deine Verantwortung als Mitglied der von Bergen-Familie annimmst und deinen Platz im Unternehmen einnimmst."

Die Wut stieg in mir auf, als er versuchte, mich in das korrupte Geflecht aus Macht und Intrigen zu ziehen, das das Familienunternehmen umgab. „Ich habe kein Interesse daran, Teil dieses Unternehmens zu sein", entgegnete ich entschieden, meine Stimme fest und unerschütterlich.

Aber mein Vater schien meine Entscheidung nicht zu akzeptieren. „Du bist ein Versager, Timothée", donnerte er, seine Stimme gefüllt mit

Verachtung und Enttäuschung. „Du ruinierst dein Leben und die Zukunft unserer Familie mit deiner Sturheit und Ungehorsamkeit."

Ich zwang mich, ruhig zu bleiben und nicht in die Falle des Streits zu tappen. „Ich bin kein Versager, Vater", antwortete ich, meine Stimme fest und bestimmt. „Ich habe lediglich entschieden, mein eigenes Leben zu leben und meine eigenen Träume zu verfolgen, anstatt mich den Erwartungen und Forderungen anderer zu beugen."

Seine Worte hallten noch lange in meinen Ohren nach, als ich das elegante Anwesen verließ und mich auf den Weg zurück in meine eigene Welt machte.

Als ich die U-Bahn-Haltestelle erreichte, erblickte ich Olivia, die am Bahnsteig stand und auf den nächsten Zug wartete. Sie trug eine schicke, aber bequeme Kombination aus Bluse und Rock, und ihr Haar war zu einer eleganten Hochsteckfrisur gebunden. Ihre strahlend blauen Augen waren durch ein raffiniertes Make-up betont, und ihre Lippen leuchteten in einem satten Rot. Die hohen Wangenknochen und der definierte Kiefer verliehen ihrem Gesicht eine königliche Ausstrahlung, womit sie alle Blicke auf sich zog. Ihr Gesichtsausdruck war traurig, und ihre Augen schienen in die Ferne zu blicken. Ein kurzer Moment der Überraschung durchzuckte mich, als ich sie dort sah, aber dann trat ich entschlossen auf sie zu.

„Olivia", rief ich, um ihre Aufmerksamkeit zu erregen. Sie wandte sich überrascht um, und ein Lächeln huschte über ihre Lippen, als sie mich erkannte. „Timmy, was machst du hier?"

„Ich könnte dich dasselbe fragen. Und das auch noch an der U-Bahn-Station", entgegnete ich scherzhaft, während ich neben sie trat. „Was verschlägt dich zu dieser späten Stunde hierher?"

Olivia seufzte leicht und ließ ihren Blick über die vorbeifahrenden Züge schweifen. „Ich war im Theater. Und du?"

Ich zuckte mit den Schultern und fühlte mich plötzlich unbehaglich unter ihrem prüfenden Blick. „Oh, ich... hatte ein Abendessen mit meinem Vater", erklärte ich ausweichend.

Ihr Blick wurde mitfühlend, und ich spürte ihre stille Unterstützung, auch wenn sie nichts sagte. „War es... angenehm?", fragte sie schließlich vorsichtig.

Ich schüttelte den Kopf, und ein bitteres Lächeln spielte um meine Lippen. „Nicht wirklich. Es war eher... anstrengend."

Olivia legte sanft eine Hand auf meinen Arm, und ihre Berührung sandte einen warmen Schauer durch meinen Körper. „Ich bin froh, dass du hier bist, Timmy. Es tut gut, dich zu sehen."

Ein Gefühl der Dankbarkeit durchströmte mich, und ich lächelte sie dankbar an. „Ich bin auch froh, dich zu sehen, Olivia", sagte ich aufrichtig. „Es gibt mir... Trost, dich hier zu wissen."

Wir standen schweigend nebeneinander, und ich spürte, wie sich eine unsichtbare Verbindung zwischen uns aufbaute, eine Verbindung, die über Worte und Gesten hinausging. In diesem Moment war ich dankbar für ihre Gegenwart, dankbar dafür, dass sie da war, um mich aufzufangen und zu unterstützen, selbst in den dunkelsten Stunden.

Unsere Blicke trafen sich, und in diesem Moment schien es, als ob wir beide unsere gegenseitige Traurigkeit spüren könnten. Trotz der unterschiedlichen Umstände, die uns belasteten, lag eine Art Verständnis zwischen uns, eine stille Übereinkunft, dass wir beide einen harten Tag hatten.

„Komm", sagte ich schließlich leise, „lass uns gemeinsam etwas trinken." Olivia nickte zustimmend, und wir machten uns auf den Weg zum nächsten Späti, unsere Schritte von einer ungesagten Verbundenheit begleitet. Im Späti angekommen, wählten wir schweigend ein paar Flaschen Bier aus, unsere Gedanken in unsere eigene Welt versunken. Das Leben mochte uns in verschiedene Richtungen führen, aber in diesem Moment war der Akt des Trinkens zu Hause eine Art gemeinsamer Rückzug, eine Gelegenheit, uns gegenseitig zu stützen und zu trösten.

Zurück in unserer Wohnung ließen wir uns auf das Sofa sinken, die Flaschen zwischen uns, und schenkten uns gegenseitig ein. Während Olivia und ich gemeinsam auf dem Sofa saßen und unsere Biere tranken, begann ich langsam von meinem Abendessen mit meinem Vater zu erzählen. Meine Worte waren gefüllt mit einer Mischung aus Frustration und Enttäuschung, als ich von unserem hitzigen Streit sprach und wie mein Vater versuchte, mich in das Familienunternehmen zu drängen. Ich wusste, dass Olivia von meinem Hass gegenüber meines Vaters wusste und dass sie nicht unvoreingenommen zuhören konnte.

„Ich kann es einfach nicht verstehen", murmelte ich schließlich, meine Stimme von einem Hauch von Bitterkeit begleitet. „Er erwartet von mir, dass ich sein Erbe antrete und die Firma leite, als ob all die Jahre des Schweigens und der Vernachlässigung nie passiert wären."

Olivia hörte schweigend zu, ihre Hand um das kalte Bierglas geklammert, während meine Worte die Atmosphäre im Raum erfüllten. Es war schwer für mich, über meine Beziehung zu meinem Vater zu sprechen, und ich fühlte mich geehrt, dass Olivia sich mir anvertraute.

„Und du, Olivia?" fragte ich schließlich, meine Augen auf sie gerichtet. „Wie war dein Tag?"

Ein Seufzen entfuhr Olivia, als sie über den Vorfall mit Phil nachdachte.

„Es war... enttäuschend", begann sie zögerlich, ihre Gedanken sorgfältig formulierend. „Er hat mich beim Theater versetzt, und ich musste die Vorstellung alleine sehen. Ich bin kurz vor der Pause einfach gegangen."

Ein Hauch von Traurigkeit lag in ihren Worten, und ich spürte, wie die Erinnerung an die einsame Vorstellung sie erneut überflutete. Doch ich hörte geduldig zu, meine Anwesenheit ein Trost inmitten ihrer Enttäuschung.

„Es tut mir leid, dass du das durchmachen musstest", sagte ich schließlich, meine Stimme sanft und mitfühlend. „Du hättest nicht alleine gehen sollen. Du hättest mich anrufen können. Ich wäre sofort gekommen, und dann hätten wir das Stück gemeinsam gesehen."

Olivia lächelte schwach, dankbar für meine Worte der Unterstützung.

„Es ist in Ordnung. Manchmal sind die Einsamkeit und die Enttäuschung Teil des Lebens, oder?"

Ich nickte zustimmend, und für einen Moment saßen wir beide schweigend da, jeder in seine eigenen Gedanken versunken. Die leisen Geräusche der Stadt drangen gedämpft durch die geschlossenen Fenster, und das Licht der Straßenlaternen tauchte den Raum in eine sanfte, beruhigende Atmosphäre.

Nach einer Weile beschlossen wir, uns abzulenken und die schweren Gedanken für einen Moment beiseite zu schieben. Ich schaltete den Fernseher ein, und wir ließen uns von den Bildern und Geräuschen der fernen Welten mitreißen, die sich auf dem Bildschirm entfalteten. Es war eine willkommene Ablenkung von den Herausforderungen des Alltags und eine Gelegenheit, gemeinsam zu entspannen und den Moment zu genießen.

Als der Abend voranschritt und die Flaschen langsam leer wurden, spürten wir eine gewisse Leichtigkeit in der Luft, eine Art Befreiung von den Lasten des Tages. Die Gespräche wurden lockerer, die Stimmung entspannter, und wir fanden uns wieder in einem Zustand der Ruhe und Gelassenheit.

Am Ende des Abends, als die letzten Tropfen Bier getrunken waren und die Müdigkeit in unsere Glieder kroch, wussten wir, dass wir gestärkt aus diesem gemeinsamen Moment der Verbundenheit hervorgehen würden. Unser Band war tiefer geworden, unsere gegenseitige Unterstützung gestärkt, und wir waren bereit, den Herausforderungen des Lebens gemeinsam zu begegnen.

Mit einem letzten Lächeln und einem Hauch von Dankbarkeit in unseren Herzen verabschiedeten wir uns voneinander und begaben uns in unsere Schlafzimmer, bereit, neue Kraft für die kommenden Tage zu tanken.

Olivia und ich saßen ein paar Tage später zusammen am Küchentisch und stöberten durch die Online-Angebote für Möbel. Sie zeigte auf eine gemütliche graue Couch und fragte mich nach meiner Meinung. Wir hatten schon länger überlegt, eine zweite Couch zu holen, da wir nur einen Zweisitzer hatten und besonders da Olivia oft auf dem Sofa einschlief, nicht genug Platz bot.

Die Couch sah wirklich gemütlich aus, und sie war auch noch zu verschenken, wie Olivia feststellte. Ich betrachtete das Bild auf dem Bildschirm und nickte zustimmend. „Ja, die könnte wirklich passen." Doch dann kam die Frage auf, wie wir die Couch überhaupt transportieren sollten. Unsere Wohnung lag um die Ecke, aber wir besaßen kein Auto.

„Wir könnten einen Transporter mieten", schlug ich vor, „oder vielleicht besser doch nicht, ich bin gerade finanziell nicht so gut aufgestellt." Olivia nickte zustimmend. Es war zwar eine kleine logistische Herausforderung, aber wir waren fest entschlossen, unsere Wohnung mit einer neuen gemütlichen Couch zu verschönern.

Kurze Zeit später standen Olivia und ich vor der alten, aber gemütlich aussehenden Couch. Die Verkäuferin hatte uns versichert, dass sie in gutem Zustand sei und perfekt in unsere Wohnung passen würde.

„Was denkst du, Olivia? Sollen wir sie nehmen?" fragte ich und betrachtete die Couch skeptisch.

Olivia zuckte mit den Schultern und lächelte. „Ich denke schon. Sie sieht doch bequem aus, oder?"

Ich nickte zögernd, und wir einigten uns darauf, die Couch mitzunehmen. Nachdem wir alles mit der Verkäuferin abgeschlossen hatten, machten wir uns auf den Weg zur U-Bahn-Station, um sie nach Hause zu transportieren.

Es war ein lustiger Anblick, wie wir die sperrige Couch durch die belebten Straßen trugen. Als wir schließlich an der U-Bahn-Station ankamen, stellten wir fest, dass wir sie kaum durch die Schranken bekommen würden.

„Ganz schön knifflig", bemerkte Olivia und grinste mich an.

Gemeinsam balancierten wir die Couch durch die Schranken und stießen dabei auf einige irritierte Blicke von anderen Passanten. Endlich auf dem Bahnsteig angekommen, warteten wir geduldig auf die nächste U-Bahn. Als die Bahn einfuhr, stiegen wir ein und versuchten, die Couch so gut wie möglich zu platzieren, um den anderen Fahrgästen nicht zu viel Platz wegzunehmen. Einige Leute warfen uns neugierige Blicke zu, aber die meisten schienen die ungewöhnliche Situation zu ignorieren.

Während der Fahrt hielten Olivia und ich die Couch fest und unterhielten uns über unsere Pläne, wie wir sie in unserer Wohnung arrangieren würden. Es war ein abenteuerlicher Transport.

Nach einer kurzen, aber mühsamen Fahrt mit der U-Bahn kamen wir endlich mit unserer neuen Couch in der Wohnung an. Wir waren erschöpft, aber auch glücklich, dass wir es geschafft hatten, das schwere Möbelstück nach Hause zu bringen.

„Endlich!" seufzte Olivia, als wir die Couch in unserem Wohnzimmer platzierten. „Das war anstrengend, aber es hat sich gelohnt." Sie trug enganliegende Sportkleidung, die ihre durchtrainierte Figur betonte. Ihr Haar war in einem praktischen Knoten zusammengebunden, und Schweißperlen glitzerten auf ihrer Stirn.

Ich lächelte zustimmend und ließ mich neben ihr auf die Couch sinken. Es fühlte sich gut an, endlich zu Hause zu sein und das Ergebnis unserer Anstrengungen zu genießen.

„Ganz schön gemütlich", bemerkte ich und lehnte mich zurück, um mich zu entspannen.

Olivia lächelte und griff nach der Fernbedienung. „Wie wäre es mit einem Filmabend auf unserer neuen Couch?", schlug sie vor.

„Perfekt", stimmte ich zu. „Was haben wir denn im Angebot?"

Wir entschieden uns für eine Komödie und machten es uns mit Snacks und Getränken gemütlich. Wir unterhielten uns angeregt über alles Mögliche, lachten über die lustigen Szenen im Film und genossen einfach die gemeinsame Zeit.

Es war ein perfekter Abend, und ich war dankbar, dass ich diesen Moment mit Olivia teilen konnte. Unsere neue Couch war nicht nur ein Möbelstück, sondern ein Symbol für unser gemeinsames Zuhause und die Erinnerungen, die wir zusammen schaffen würden.

Doch dann unterbrach die Türklingel die Stille in unserer Wohnung. Olivia eilte zur Tür und öffnete sie. Amelie, Olivias große Schwester, stand vor der Tür, Tränen über ihr Gesicht rinnend, und ihre Aufregung war offensichtlich.

„Amelie, was ist passiert? Komm rein", sagte Olivia besorgt und legte sanft eine Hand auf Amelies Schulter.

Amelie betrat die Wohnung mit einem tränenverschleierten Gesicht und ließ sich schwer in einen Stuhl sinken, die Koffer neben sich abstellend.

„Jannis... er will sich scheiden lassen", brachte sie mühsam zwischen den Tränen hervor.

Olivia war schockiert. Sie kniete sich neben ihre Schwester und nahm sie in den Arm, um sie zu trösten. „Oh nein, Amelie. Das tut mir so leid. Warum? Was ist passiert?"

Amelie schluchzte weiter und versuchte, ihre Worte zusammenzufassen. „Es... es kam aus heiterem Himmel, Liv. Er sagte, er habe sich in jemand anderen verliebt. Ich weiß nicht, was ich tun soll. Meine ganze Welt bricht gerade zusammen."

Olivia drückte ihre Schwester fester an sich. „Es wird alles gut, Amelie. Du kannst bei uns bleiben, solange du möchtest."

Amelie nickte dankbar, während Tränen weiter über ihre Wangen rollten. „Danke euch beiden", hauchte sie und umarmte sie fest. „Ich weiß nicht, was ich ohne euch machen würde."

Wir lächelten ihr aufmunternd zu und versicherten ihr, dass sie sich keine Sorgen machen müsse. Gemeinsam würden wir diese schwierige Zeit durchstehen und sicherstellen, dass sie sich so schnell wie möglich wieder auf die Beine kommt.

Sie schluchzte weiter, während sie versuchte, die Ereignisse zu schildern. Es war offensichtlich, dass sie tief verletzt und verwirrt war, und ich konnte nur ahnen, wie schmerzhaft diese Situation für sie sein musste.

Wir hörten ihr aufmerksam zu, gaben ihr Trost und Unterstützung, und versprachen ihr, dass wir für sie da sein würden, egal was passiert. In diesem Moment war es wichtig, dass Amelie wusste, dass sie nicht allein war und dass sie auf uns zählen konnte.

Nachdem wir Amelie beruhigt hatten, begannen wir, Pläne zu schmieden, wie wir ihr helfen könnten, eine neue Wohnung zu finden. Es war uns wichtig, dass sie sich während ihres Aufenthalts bei uns wohl und unterstützt fühlte, und wir waren fest entschlossen, ihr in jeder Hinsicht beizustehen.

Die nächsten Tage verbrachten wir damit, Amelie bei der Bewältigung ihrer Krise zu unterstützen. Wir begleiteten sie zu verschiedenen Wohnungsbesichtigungen, doch die Wohnungslage war schwer. Trotz der emotionalen Belastung blieb Amelie stark und entschlossen, sich nicht unterkriegen zu lassen.

Trotz der turbulenten Ereignisse war unser Zuhause ein Ort der Ruhe und Geborgenheit, an dem wir uns gegenseitig Halt gaben. Amelie schlief auf der neuen Couch, die zu einem festen Bestandteil unseres Zuhauses geworden war, obwohl sie aufgrund ihrer Arbeit meist nur nachts zuhause war.

Mit der Zeit kehrte Normalität in unser Leben ein, und wir fanden Trost in der Routine und den kleinen Freuden des Alltags. Die Ereignisse der vergangenen Wochen hatten uns noch enger zusammengeschweißt.

Das Kerzenlicht flackerte sanft zwischen uns, warf tanzende Schatten auf die weiße Tischdecke. Jazz-Musik schwebte durch den Raum wie ein warmer Hauch, und der Duft von Rosmarin und Knoblauch aus der Küche ließ mein Wasser im Mund zusammenlaufen. Ich hatte mich auf diesen Abend gefreut – endlich Zeit für uns beide, ohne Ablenkungen.

Doch kaum hatte der Kellner unsere Bestellung aufgenommen, begann Phils Handy zu summen. Erst nur ein kurzes Aufleuchten, dann wieder. Und wieder.

„Tut mir leid, Schatz", murmelte er und griff nach dem Gerät. Seine Augen huschten über das Display, seine Stirn legte sich in Falten. „Nur eine Sekunde."

Ich beobachtete, wie seine Finger über den Bildschirm tanzten, schnell und präzise. Das vertraute Klicken der Tastatur übertönte plötzlich die Musik. Meine Finger spielten nervös mit dem Weinglas, drehten es langsam im Kreis.

„Die Präsentation morgen..." begann er, ohne aufzublicken.

„Phil." Meine Stimme klang ruhiger, als ich mich fühlte. „Wir haben über eine Stunde darauf gewartet, einen Tisch zu bekommen."

Er hob kurz den Kopf, lächelte flüchtig. „Ich weiß, ich weiß. Aber Johnson braucht diese Zahlen noch heute. Fünf Minuten, okay?"

Fünf Minuten wurden zu zehn. Dann zu fünfzehn. Mein Lächeln wurde steifer mit jedem Ping seines Handys. Die Unterhaltung am Nebentisch – ein älteres Paar, das sich über ihre Enkelkinder unterhielt – wurde interessanter als unser Schweigen.

Als sein Telefon klingelte und er aufstand, um den Anruf entgegenzunehmen, spürte ich, wie sich meine Brust zusammenzog. Ich starrte auf meinen noch unberührten Salat und fragte mich, wann ich das letzte Mal seine ungeteilte Aufmerksamkeit gehabt hatte.

„Sorry, das war wichtig", sagte er, als er zurückkehrte. Seine Krawatte saß schief, seine Haare zerzaust vom hastigen Durch-die-Finger-Fahren.

„Wichtiger als ich?" Die Worte rutschten heraus, bevor ich sie stoppen konnte.

Phil erstarrte, die Gabel auf halbem Weg zum Mund. „Das ist nicht fair, Olivia. Du weißt, dass das nicht stimmt."

60

„Wirklich?" Meine Stimme zitterte leicht. „Wann haben wir das letzte Mal ein ganzes Gespräch geführt, ohne dass dein Handy dazwischengefunkt hat?"

Er seufzte, legte die Gabel hin. „Ich mache das nicht mit Absicht. Aber die Deadlines..."

„Es gibt immer Deadlines!" Die Frustration, die ich wochenlang hinuntergeschluckt hatte, brach sich Bahn. „Immer gibt es etwas Dringenderes als wir. Als ich."

Seine Augen weiteten sich. „So ist das nicht..."

„Doch, genau so ist das!" Meine Stimme wurde lauter, und ich bemerkte, wie sich Köpfe zu uns drehten. „Ich sitze hier und fühle mich wie ein Geist. Als würde ich gar nicht existieren, wenn ich nicht gerade ein wichtiger Kunde oder ein Kollege bin."

Phil beugte sich vor, seine Stimme wurde drängender. „Du übertreibst. Mein Job ist nun mal..."

„Dein Job ist nicht dein Leben!" Die Worte kamen scharf und schneidend. „Oder sollte es zumindest nicht sein. Aber ich habe das Gefühl, dass ich nur noch ein Termin in deinem Kalender bin."

Die Stille zwischen uns knisterte vor Spannung. Phils Gesicht war rot angelaufen, seine Hände zu Fäusten geballt.

„Das ist lächerlich", zischte er. „Ich arbeite hart für uns, für unsere Zukunft. Dafür solltest du dankbar sein, nicht..."

„Dankbar?" Meine Stimme überschlug sich fast. „Dankbar dafür, dass du mich ignorierst? Dass ich mich wie ein Störfaktor in deinem Leben fühle?"

„Entschuldigen Sie bitte." Eine sanfte, aber bestimmte Stimme unterbrach uns. Der Kellner stand neben unserem Tisch, die Hände höflich gefaltet, aber seine Miene war ernst. „Ich verstehe, dass Sie beide unter Stress stehen, aber die anderen Gäste fühlen sich gestört. Ich muss Sie bitten..."

Die Worte trafen mich wie ein Schlag. Ich blickte um mich und sah die starrenden Augen, die geflüsterten Gespräche, die abgewandten Gesichter. Scham brannte in meinen Wangen.

„Natürlich", flüsterte ich und griff nach meiner Handtasche. Meine Finger zitterten, als ich nach dem Portemonnaie suchte.

„Lassen Sie nur", murmelte Phil und warf einige Scheine auf den Tisch. Zu viele, aber das war jetzt egal.

Draußen vor dem Restaurant prasselte leichter Regen auf uns nieder. Die Neonlichter der Stadt spiegelten sich in den Pfützen, verwischten zu bunten Schlieren. Ich zog meine Jacke enger um mich und wartete. Wartete auf eine Entschuldigung, eine Erklärung, irgendetwas. Stattdessen zog Phil sein Handy hervor.

„Olivia, ich..." Er starrte auf das Display, dann auf mich. Seine Augen waren müde, abwesend. „Ich muss das klären. Wir reden später darüber, ja?"

Ich nickte stumm, obwohl ich wusste, dass es kein „später" geben würde. Nicht heute. Vielleicht nie.

Er verschwand in der Menge, sein Handy bereits am Ohr. Ich blieb allein zurück, der Regen mischte sich mit den Tränen auf meinen Wangen. Die Stadt pulsierte um mich herum – Autos, Stimmen, Gelächter von Menschen, die Spaß hatten, die zusammen waren, die einander zuhörten. Ich ging langsam nach Hause, meine Schritte hallten auf dem nassen Asphalt wider. In meinem Kopf spielte sich der Abend wieder und wieder ab, jedes Wort, jeder Blick, jede verpasste Gelegenheit, aufeinander zuzugehen statt sich zu entfernen.

Die Frage, die mich am meisten beschäftigte, war nicht, wie wir so weit gekommen waren. Sondern ob es noch einen Weg zurück gab.

Ich fühlte mich verletzt und enttäuscht von Phils mangelnder Bereitschaft, unsere gemeinsame Zeit zu respektieren und seine ständige Ablenkung durch Arbeit.

Als ich schließlich die Tür unserer Wohnung erreichte, spürte ich eine Mischung aus Erleichterung und Unruhe. Ich wusste nicht, wie ich das Gespräch mit Phil fortsetzen sollte oder ob überhaupt eine Lösung für unsere Probleme möglich war.

Ich trat in die Wohnung ein und wurde sofort von der Stille und der Leere des Raums begrüßt. Es war ein seltsames Gefühl, allein in dieser Umgebung zu sein, die normalerweise von Timmys und Amelies Anwesenheit erfüllt war.

Ich setzte mich auf das Sofa und ließ meine Gedanken wandern, während ich versuchte, Klarheit über meine Gefühle und die Zukunft unserer Beziehung zu finden. Es war eine schwierige und schmerzhafte Situation, und ich wusste nicht, wie es weitergehen sollte.

Doch trotz der Unsicherheit und des Schmerzes spürte ich auch eine innere Entschlossenheit, mich nicht von der Situation unterkriegen zu lassen. Ich musste für meine eigenen Bedürfnisse und Grenzen einstehen und die notwendigen Schritte unternehmen, um mein Glück und meine Zufriedenheit zu sichern.

Mit diesem Entschluss im Herzen stand ich auf und beschloss, die Nacht damit zu verbringen, mich um mich selbst zu kümmern und zu reflektieren. Was auch immer die Zukunft bringen mochte, ich war fest entschlossen, meinen eigenen Weg zu gehen und die Kontrolle über mein Leben zurückzugewinnen.

Um mich abzulenken, schaltete ich den Fernseher ein. Der Klang der Werbung drang gedämpft durch den Raum, als plötzlich ein unerwartetes Klingeln an der Tür mich aus meinen Gedanken riss. Ich hob überrascht den Blick, mein Herz pochte etwas schneller. Wer konnte das sein? Besuch zu dieser späten Stunde war ungewöhnlich.

Mit einem Seufzer erhob ich mich von der Couch, die Decke um meine Schultern geschlungen, und machte mich auf den Weg zur Tür. Ein nervöses Kribbeln breitete sich in meinem Bauch aus, während ich die Tür öffnete und mein Blick auf Martin von Bergen fiel. Mein Herzschlag beschleunigte sich, und ein Schauer lief mir über den Rücken. Überraschung und Unbehagen mischten sich, als ich mich fragte, was er wohl wollte.

„Entschuldigen Sie, ich hoffe, ich störe nicht", begann Martin von Bergen höflich, doch seine Stimme klang distanziert und formell.

Ich rang nach Worten, während ich die Tür weiter öffnete, um ihm Einlass zu gewähren. „Nein, natürlich nicht. Bitte kommen Sie herein", sagte ich schließlich und trat zurück, um ihm den Weg ins Wohnzimmer zu zeigen.

Martin von Bergen betrat zögerlich die Wohnung und ließ seinen Blick durch den Raum schweifen, während ich die Tür hinter ihm schloss. Die Atmosphäre war gespannt, und ich spürte eine unangenehme Anspannung in der Luft.

„Was führt Sie hierher?" fragte ich schließlich, meine Stimme bemüht neutral zu halten.

Martin von Bergen räusperte sich leicht, bevor er antwortete. „Ich wollte mit Timothée sprechen..."

„Timmy hat heute Nachtschicht im Krankenhaus. Er wird erst am Morgen zurück sein", erklärte ich ruhig.

63

Martin von Bergen runzelte die Stirn und schnaubte leicht verächtlich. „Typisch für ihn, sich nicht einmal vernünftig um seine Verpflichtungen zu kümmern", murmelte er mehr für sich selbst als für mich.

Die Bemerkung traf mich wie ein Schlag, und ich spürte, wie sich mein Zorn langsam aufbaute. Doch ich zwang mich, ruhig zu bleiben und nicht in seine Provokationen einzusteigen. „Ich werde ihm ausrichten, dass Sie da waren", sagte ich schließlich mit gespielter Höflichkeit. „Aber vielleicht können Sie mir sagen, worum es genau geht? Vielleicht kann ich Ihnen weiterhelfen."

Martin von Bergen schnaubte erneut und schüttelte den Kopf. „Das bezweifle ich. Es sind persönliche Angelegenheiten, die nur zwischen Timothée und mir zu klären sind. Aber danke für das Angebot."

Ich nickte knapp und spürte, wie sich eine Mauer zwischen uns aufbaute. Ich wusste, dass ich Martin von Bergen nicht ausstehen konnte, und fragte mich, was er wohl von Timmy wollte.

Martin von Bergen starrte mich einen Moment lang an, als ob er sich überlegen würde, ob er mich noch weiter herausfordern sollte. Doch dann wandte er sich schließlich ab, ohne ein weiteres Wort zu sagen, und verließ die Wohnung.

Ich schloss die Tür hinter ihm und lehnte mich einen Moment gegen sie, um zu verschnaufen. Trotz des unangenehmen Vorfalls fühlte ich eine tiefe Erleichterung, dass ich mich gegen Martin von Bergen behauptet hatte und meine Grenzen verteidigt hatte. Sofort griff ich zum Handy und tippte eine Nachricht an Timmy: „Dein Vater war gerade hier und hat sich ziemlich respektlos verhalten. Ich habe ihn gebeten zu gehen." Nachdem ich die Nachricht abgeschickt hatte, fühlte ich mich etwas erleichtert, dass Timmy informiert war und hoffentlich verstehen würde, was vorgefallen war. Doch trotzdem nagte ein unangenehmes Gefühl an mir. Martin von Bergen war nicht einfach nur unhöflich gewesen - seine Anwesenheit und seine Bemerkungen hatten mich zutiefst verunsichert und verärgert.

Ich beschloss, mich nicht weiter mit diesen Gedanken zu belasten und versuchte, mich stattdessen abzulenken. Ich kehrte ins Wohnzimmer zurück und schaltete den Fernseher wieder ein, doch meine Gedanken blieben hartnäckig bei dem unerwarteten Besuch von Martin von Bergen und dem Streit mit Phil. Mit einem tiefen Seufzer versuchte ich, meine Gedanken zu beruhigen und mich auf den Fernseher zu konzentrieren.

Es war schwer zu sagen, was seine Absichten gewesen waren und warum er ausgerechnet zu dieser späten Stunde vor meiner Tür gestanden hatte. Aber eins war klar: Ich musste wachsam bleiben und darauf achten, dass meine Grenzen respektiert wurden, egal wer vor meiner Tür stand.

Die Nacht zog sich langsam dahin, und ich fand nur schwer Schlaf, während ich über die Ereignisse des Abends nachdachte. Es war eine unruhige Nacht, und ich sehnte mich danach, dass der Morgen endlich anbrach und ich hoffentlich Antworten auf meine Fragen finden würde.

TDie Wohnung war erfüllt von einem angenehmen Chaos, während Amelie und ich darum bemüht waren, alles für Olivias Überraschungsparty vorzubereiten. Luftballons in verschiedenen Farben schwebten überall im Raum, ihre schillernden Farben spiegelten sich in den glänzenden Girlanden wider, die die Wände zierten. Der Duft von frisch gebackenen Cupcakes und anderen Köstlichkeiten erfüllte die Luft, während wir eifrig die letzten Details arrangierten.

„Denkst du, Olivia wird überrascht sein?" fragte Amelie, während sie die Kuchenplatte mit köstlich aussehenden Cupcakes dekorierte.

Ich nickte lächelnd. „Oh ja, ganz sicher. Sie wird es lieben. Wir haben alles perfekt organisiert."

In diesem Moment klingelte es an der Tür, und wir sahen uns überrascht an. „Das muss Olivia sein!" flüsterte Amelie aufgeregt.

Doch als ich die Tür öffnete, stand nicht Olivia davor, sondern Susanne, die Mutter von Amelie und Olivia. Sie strahlte uns mit ihrem warmen Lächeln an.

„Überraschung!" rief sie fröhlich. „Ich dachte, ich könnte ein bisschen helfen und vorbeikommen, um Olivias Geburtstag zu feiern."

Wir umarmten sie herzlich und luden sie ein, sich bei uns niederzulassen. Susanne war immer wie eine zweite Mutter für mich gewesen, und ich freute mich, dass sie hier war, um Olivias besonderen Tag zu feiern. Gemeinsam setzten wir die Vorbereitungen fort, und Susannes Hilfe erwies sich als unschätzbar wertvoll. Mit ihrer Erfahrung und ihrem Geschick trug sie dazu bei, dass alles reibungslos verlief, und ihre fröhliche Ausstrahlung steckte uns alle an.

Als schließlich alles bereit war und wir auf Olivias Ankunft warteten, fühlte sich die Wohnung voller Leben und Vorfreude an. Wir konnten es kaum erwarten, Olivias Gesicht zu sehen, wenn sie die Überraschung entdeckte, die wir für sie vorbereitet hatten.

Als die Tür aufging und Olivia eintrat, gefolgt von einem Mann, Phil, als ich ihn sah, spürte ich, wie sich ein Kloß in meinem Hals bildete. Susanne, die neben mir stand, sah genauso überrascht aus wie ich.

„Überraschung!" riefen wir im Chor, aber unsere Stimmen klangen etwas verkrampft. Susanne runzelte die Stirn, als sie den Mann neben Olivia betrachtete.

„Oh, Hallo", sagte sie freundlich, aber ihre Augen verrieten ihre Verwirrung. „Und wer bist du?"

Der Mann lächelte höflich. „Ich bin Phil, Olivias Freund", antwortete er, und seine Stimme klang selbstbewusst. „Es ist schön, Sie kennenzulernen, Frau...?"

„Susanne", antwortete Susanne knapp, und ich spürte, wie sich die Spannung in der Luft verdichtete.

Olivia trug eine einfache Bluse und eine Jeans, die ihr eine schlichte Eleganz verliehen. Ihr Haar war locker zurückgebunden, und eine Strähne fiel ihr ins Gesicht, als sie zwischen uns hin und her sah, offensichtlich unsicher über die plötzliche Steifheit in der Atmosphäre.

„Ähm, ja, das ist Phil", sagte sie zögerlich und versuchte, die Situation zu retten. „Er ist schon eine Weile ein Teil meines Lebens..."

Susanne nickte ebenfalls, aber ich konnte sehen, dass sie immer noch verwirrt war. „Ja, schön", sagte sie knapp.

Die Stimmung war nun merklich gedämpft, und als wir uns alle um Olivias Geburtstagstisch versammelten, konnte ich die Anspannung förmlich spüren. Es war klar, dass Phil für Susanne ein Fremder in diesem Kreis war, und ich hatte das Gefühl, dass sie ihn skeptisch betrachtete.

Susanne stellte Phil eine Flut von Fragen über seinen Beruf, seine Familie und seine Hobbys, und ich konnte sehen, wie er langsam unruhig wurde. Seine Antworten wurden zunehmend knapper, während Susanne unbeirrt weiterfragte. Die Spannung im Raum war fast greifbar, und ich wünschte mir, dass jemand eingreifen würde, um die unangenehme Situation zu entschärfen.

Schließlich griff Olivia ein, als sie bemerkte, wie unbehaglich Phil wurde.

„Mama, genug mit den Fragen", sagte sie mit einem leichten Seufzen. „Phil ist schon seit einiger Zeit Teil meines Lebens, und er ist ein wundervoller Mensch."

Susanne schien etwas zurückzurudern, aber ich konnte immer noch die Skepsis in ihrem Blick sehen. „Entschuldigung, Liebes", sagte sie zu Olivia, bevor sie zu Phil gewandt hinzufügte: „Es ist nur so, dass ich mich gerne über die Leute informiere, die meiner Tochter wichtig sind.

Darüber hinaus ist er dein Boss! Ich wünschte du hättest mir davon erzählt."

Phil lächelte höflich, aber ich konnte sehen, dass er erleichtert war, dass die Befragung endlich vorbei war. „Verstehe, keine Sorge", antwortete er gelassen.

Während des Essens lobte Susanne mich ausgiebig und äußerte sich sehr positiv über mich. Dabei ließ sie auch einige spitze Bemerkungen fallen, die darauf hindeuteten, dass sie sich lieber mich als ihren Schwiegersohn vorstellen könne.

Während des Essens genoss ich die lobenden Worte von Susanne und fühlte mich geschmeichelt. Es freute mich zu hören, dass sie so positiv über mich dachte und mich offenbar als passenden Partner für Olivia ansah. Doch während ich mich darüber freute, bemerkte ich auch, dass Phil mich immer wieder verstohlen ansah, und seine Miene verriet Wut und Ärger. Ich spürte, dass etwas zwischen uns lag, das sich nicht leicht auflösen ließ, und hoffte, dass sich die Situation nicht weiter zuspitzen würde.

Nachdem Susanne gegangen war, schlug Amelie vor, gemeinsam anzustoßen und den Abend weiter zu feiern. Sie holte eine Flasche Champagner aus dem Kühlschrank und goss für jeden von uns ein Glas ein. „Auf Olivia und auf eine tolle Zukunft!", sagte sie fröhlich und prostete uns zu.

Wir stießen an und genossen den Moment, trotz der Spannungen, die während des Abends zwischen Phil und mir aufgekommen waren. Es war schön, endlich einmal wieder zusammen zu sein und Olivias Geburtstag zu feiern, auch wenn die Atmosphäre durch Phils unerwarteten Besuch etwas gedämpft worden war.

Ich hob mein Glas und lächelte Olivia an. „Alles Gute zum Geburtstag, Olivia. Möge das kommende Jahr voller Glück und Erfolg sein", sagte ich herzlich.

Olivia erwiderte mein Lächeln und bedankte sich. Auch Phil stieß mit uns an, obwohl seine Miene noch immer etwas verkniffen wirkte. Trotzdem versuchte ich, den Moment zu genießen und die Spannungen für den Abend zu vergessen.

Während wir weiter über Alltägliches sprachen, begann Amelie, Geschichten aus unserer Kindheit zu erzählen. Wir alle schwelgten in Erinnerungen und lachten über alte Streiche und lustige Momente, die wir zusammen erlebt hatten. Doch je mehr wir in die Vergangenheit eintauchten, desto melancholischer wurden unsere Gesichter.

Phil wirkte zunehmend unruhig und zurückhaltend, als er bemerkte, wie eng verbunden Amelie, Olivia und ich waren. Die Erinnerungen schienen ihn auszuschließen, und er fühlte sich wohl nicht Teil dieser Verbundenheit. Schließlich stand er auf und verabschiedete sich leise. Ein kleiner Stich der Reue durchzuckte mich, als ich sah, wie Phil den Raum verließ. Offensichtlich war er sich fremd in diesem vertrauten Kreis.

Trotz Phils plötzlichem Abschied und der aufkommenden Melancholie genossen wir den Rest des Abends und schwelgten weiter in Erinnerungen an vergangene Zeiten. Es war schön, sich an die guten alten Tage zu erinnern und zu spüren, wie eng unsere Freundschaft immer noch war.

„Okay, Timmy, ich muss es einfach fragen," begann Amelie und lehnte sich vor. „Warum Krankenpfleger? Du hattest alle Möglichkeiten der Welt. Deine Familie hätte dir jede Karriere finanziert, die du dir hättest vorstellen können. Warum ausgerechnet das?"

Ich war überrumpelt von der Frage, doch wollte ihnen gegenüber offen sein. „Es ist keine einfache Antwort," begann ich langsam. „Aber ich denke, ihr verdient die ganze Wahrheit."

Olivia hob eine Augenbraue. „Dann leg los."

Ich nahm einen tiefen Atemzug, meine Hände ruhten auf den Knien. „Ich habe versucht den Weg, den mein Vater für mich vorgesehen hatte zu gehen. Doch ich vergeigte das Studium und war eine einzige Enttäuschung," erklärte ich. „Ich habe mich in eine falsche Richtung bewegt. Drogen, Partys, Leute, die alles andere als gesund für mich waren."

„War das diese Crew, von der Vicky im Supermarkt?" fragte Olivia leise, und ich nickte.

„Ja. Wir haben viel Mist gebaut. Zu viel. Irgendwann ging es schief, und ein Freund von mir, Simon… Er hat eine Überdosis genommen. Ich war zu dem Zeitpunkt im Krankenhaus. Simon ist gestorben, und ich habe einen Entzug gemacht."

Amelie starrte mich an, und Olivia griff nach meiner Hand. „Das tut mir leid, Timmy," sagte sie leise.

Ich schüttelte den Kopf. „Es war meine Schuld. Zumindest habe ich das damals geglaubt. Aber im Krankenhaus habe ich jemanden kennengelernt – eine Krankenschwester. Sie hat mich gerettet, obwohl ich doch selbst schuld an meinem Zustand war. Sie hat mich aus diesem Loch gezogen, mich gezwungen, über mein Leben nachzudenken."

Amelie rutschte unruhig auf ihrem Stuhl hin und her. „Das erklärt, warum du dein Leben geändert hast. Aber warum Krankenpfleger? Wieso nicht etwas anderes?"

Ich hielt inne, sah Olivia an, dann Amelie. „Euer Vater hat damit auch etwas zu tun."

Die beiden Schwestern sahen mich überrascht an. „Unser Vater?" fragte Olivia.

„Ja." ich beugte mich leicht vor, meine Stimme wurde weicher. „Als Simon starb, wollte ich bereits zu euch zurück. Aber stattdessen habe ich erfahren, dass euer Vater nach so einem langen Kampf nie wieder aufgewacht war. Ich habe das nicht gewusst und fühlte mich so elend."

Olivia schluckte, ihre Augen wurden glasig, und Amelie biss sich auf die Lippe.

„Ich erinnere mich noch, wie wir ihn dort besucht haben nach dem Unfall," fuhr ich fort. „ Ich sehe es bis heute noch: Ihr beide saßt an seinem Bett, habt seine Hand gehalten, mit ihm gesprochen, obwohl er nicht antworten konnte. Eure Mutter hat sich so bemüht, dass ihr das Gefühl habt, er sei noch da. Und die Pfleger…" Ich hielt inne und suchte die richtigen Worte. „Die Pfleger haben ihn mit so viel Würde behandelt. Sie haben sich um ihn gekümmert, als wäre er der wichtigste Mensch der Welt, obwohl er sich nicht bedanken konnte, nicht lächeln konnte, nicht einmal die Augen öffnen konnte. Für mich waren es nur Tage, bis ich auf Internat kam, aber ihr habt diesen Anblick über Jahre ertragen."

Olivia wischte sich unauffällig eine Träne aus dem Augenwinkel. „Das war eine harte Zeit," flüsterte sie.

Ich nickte. „ Damals entschied ich, dass ich auch so sein wollte – jemand, der anderen hilft, wenn sie es am meisten brauchen. Selbst wenn sie es nicht zeigen können."

Amelie sah ihn lange an, dann schnaubte sie leise. „Also bist du wegen unserem Vater Krankenpfleger geworden?"

Ich schüttelte den Kopf. „Nicht nur. Es war eine Kombination aus allem. Simon, die Krankenschwester, euer Vater… Sie haben mir alle auf ihre

Weise gezeigt, dass ich mehr aus meinem Leben machen musste. Und das habe ich versucht."

Olivia lächelte schwach. „Das erklärt einiges. Aber warum hast du das nie gesagt?"

„Ich wusste nicht, ob ihr es hören wollt," gab ich zu. „Ich meine, es war eure Familie, euer Schmerz. Ich wollte das nicht... ausnutzen."

„Das hast du nicht," sagte Olivia schnell. „Es bedeutet mir sogar viel, dass du ihn auf diese Weise in Erinnerung behältst."

Amelie seufzte. „Ich denke, ich verstehe jetzt, warum du tust, was du tust."

Timmy schlenderte durch die dunklen Straßen auf dem Heimweg, als ihm plötzlich das Geräusch von leisem Kichern und Quietschen in die Ohren drang. Verwundert blickte er um sich und entdeckte in der Ferne den beleuchteten Spielplatz. Die bunten Lichter wirkten wie funkelnde Sterne in der Nacht. Als er näher kam, erblickte er mich, die betrunken auf einer Schaukel saß und ihm fröhlich zuwinkte.

Ein amüsiertes Lächeln huschte über Timmys Gesicht, als er auf mich zutrat. „Na, was treibt dich denn hierher, Olivia?" rief er mir mit einem leichten Lachen zu.

Ich stieß ein lautes Aufstoßen aus, kicherte und strahlte ihn mit glasigen Augen an. „Timmy! Komm her und schaukel mit mir! Es ist so befreiend!", rief ich ihm entgegen und deutete auf die freie Schaukel neben mir.

Timmy zögerte einen Moment, bevor er sich neben mich setzte und langsam begann, die Schaukel in Bewegung zu bringen. Das sanfte Schaukeln und das leise Summen umfingen uns beide in einer Aura von Freiheit und Unbeschwertheit, und für einen Moment vergaßen wir alles um uns herum. Es war ein unerwarteter Moment der Leichtigkeit und des Glücks inmitten der Dunkelheit der Nacht.

Ich schwankte leicht auf der Schaukel, meine Worte kamen mühsam heraus, begleitet von einem Hauch von Verzweiflung in meiner Stimme. „Timmy, ich weiß einfach nicht mehr weiter", begann ich, während ich versuchte, meine Tränen zurückzuhalten. „Die Arbeit ist so stressig, und dann ist da noch Phil... Wir streiten uns ständig, und ich weiß nicht, ob wir überhaupt noch eine Zukunft haben."

Ich hielt einen Moment inne, um tief Luft zu holen, bevor ich fortfuhr: „Und dann ist da noch Amelie. Ihre Scheidung und die Tatsache, dass sie so niedergeschlagen wirkt, belasten mich auch. Ich fühle mich, als ob alles um mich herum auseinanderfällt, und ich kann nichts dagegen tun." Meine Stimme brach, und ich senkte den Blick, unfähig, Timmy in die Augen zu sehen. „Es tut mir leid, dass ich dir das alles aufbürde", murmelte ich leise. „Ich wollte nicht... ich wollte nur reden."

Timmy hörte aufmerksam zu, während ich meine Gedanken und Sorgen teilte. Meine Worte klangen brüchig und verletzlich, und er spürte den Schmerz hinter meiner Fassade des Lachens und der Fröhlichkeit.

„Es tut mir leid, dass du dich so fühlst, Liv", sagte Timmy sanft und legte eine beruhigende Hand auf meine Schulter. „Es klingt, als ob du momentan wirklich viel durchmachst. Aber weißt du, du bist nicht allein. Wir sind da für dich, Amelie und ich. Wir werden dich unterstützen, egal was passiert."

Ich lächelte schwach und legte meine Hand auf die seine. „Danke, Timmy", flüsterte ich leise. „Es bedeutet mir wirklich viel, dass ich euch habe."

Trotz meiner emotionalen Belastung spürte ich den Drang, etwas Licht in die Dunkelheit zu bringen, zumindest für einen Moment. Ich zwang mich zu einem schwachen Lächeln und sprang dann von der Schaukel, wobei ich mich an Timmy wandte. „Komm schon, lass uns wieder Kinder sein!", rief ich enthusiastisch aus und streckte ihm die Hand entgegen.

Timmy konnte meinem Lächeln nicht widerstehen und ließ sich von meiner Energie mitreißen. Er griff nach meiner Hand, und gemeinsam stürmten wir los, als ob wir wieder die unbeschwerten Kinder wären, die wir einst gewesen waren. Wir rannten über den Spielplatz, kletterten auf die Klettergerüste, schaukelten so hoch wie möglich und lachten dabei aus vollem Herzen.

Für einen kurzen Moment vergaßen wir unsere Sorgen und Ängste und ließen uns von der Freude des Augenblicks mitreißen. Unter dem Sternenhimmel fühlten wir uns frei, lebendig und verbunden, und ich war dankbar, dass Timmy bei mir war, um mich aufzumuntern.

Ich erinnerte mich zurück an einen Abend in unserer Kindheit. Die Abendsonne warf warme Strahlen durch das Fenster, und ich spürte die Anspannung in der Luft, die Timmys innere Kämpfe widerspiegelte. Ich setzte mich neben ihn, legte sanft einen Arm um seine Schultern und sagte leise: „Timmy, manchmal ist es in Ordnung zu weinen, weißt du?"

Timmy schniefte und schaute unsicher zu mir auf. „Aber Papa hat immer gesagt, dass Jungs nicht weinen sollen. Er sagte, dass Männer stark sein müssen."

Ein trauriges Lächeln spielte um meine Lippen, als ich ihm beruhigend über den Rücken strich. „Dein Papa hat das gesagt, weil er dachte, dass

Männer keine Gefühle zeigen sollten. Aber das ist nicht wahr, Timmy. Jeder, egal ob Junge oder Mädchen, Mann oder Frau, darf weinen. Weinen ist eine Möglichkeit, unsere Gefühle auszudrücken, unsere Traurigkeit zu zeigen und uns zu erleichtern."

Timmy senkte den Blick, und seine Tränen begannen langsam über seine Wangen zu rollen. „Aber ich will nicht schwach sein, Olivia. Ich will stark sein wie Papa."

Ich nahm sanft sein Kinn und hob seinen Kopf an, damit sich unsere Blicke trafen. „Timmy, das Weinen macht dich nicht schwach. Im Gegenteil, es zeigt, dass du stark genug bist, deine Emotionen zu zeigen und mit ihnen umzugehen. Es ist ein Zeichen von Mut, deine Gefühle zu akzeptieren und zu zeigen, wer du wirklich bist."

Timmy schluchzte leise und ließ seine Tränen frei fließen, während er sich in meine Umarmung fallen ließ. Er fühlte sich von meiner Liebe und Unterstützung umgeben, und langsam begann er zu verstehen, dass es okay war zu weinen, dass es ein natürlicher Teil des Lebens war, den er nicht verstecken musste.

Ich hielt Timmy fest, ließ ihn seine Gefühle ausdrücken und versicherte ihm immer wieder: „Es ist in Ordnung zu weinen, Timmy. Ich bin hier für dich, und ich werde immer hier sein, um dich zu trösten und dich zu unterstützen, egal was passiert."

Am nächsten Morgen hatte Timmys Wecker nicht geklingelt, und er war in Panik geraten, als er feststellte, dass er verschlafen hatte. Timmy hastete durch das Wohnzimmer, während er verzweifelt nach seiner Arbeitstasche suchte, sein Gesichtsausdruck eine Mischung aus Stress und Frustration.

Die Morgensonne war gerade erst dabei, sich über den Horizont zu erheben, und die letzten Schatten der Nacht wurden von den sanften Strahlen vertrieben. Trotz der ruhigen Kulisse war die Atmosphäre im Haus von Hektik erfüllt.

Amelie war derweil im Badezimmer. Sie hatte das Badezimmer blockiert, und Timmy klopfte ungeduldig an die Tür, während er versuchte, hineinzukommen.

„Amelie, ich muss dringend ins Bad", rief Timmy durch die geschlossene Tür.

Amelie seufzte genervt. „Kannst du nicht ein paar Minuten warten? Ich bin gleich fertig."

Timmy seufzte frustriert und warf einen hilflosen Blick zu mir. „Amelie, ich habe verschlafen und muss meine Kollegin im Krankenhaus vertreten. Ich kann nicht zu spät kommen. Aber du hast keinen Chef, der dich rausschmeißen kann, wenn du zu spät kommst."

Amelie öffnete schließlich die Tür und trat heraus, ein zufriedenes Lächeln auf den Lippen. „Tut mir leid, Timmy. Ich habe mein eigenes Geschäft und kann es mir nicht leisten, unpünktlich zu sein, da mich niemand vertritt."

Timmy schüttelte den Kopf und lächelte leicht. „Das mag sein, aber das bedeutet nicht, dass ich zu spät kommen möchte. Lass mich bitte vorbei!"

Während Timmy sich schnell im Badezimmer fertig machte, griff ich nach meinem Rucksack und ging zur Tür. Die hektische Morgenroutine war typisch für uns geworden, aber wir schafften es immer, rechtzeitig aus der Tür zu kommen - auch wenn es manchmal knapp wurde.

Zeitgleich stiegen wir in den Fahrstuhl und sprachen über ein mögliches gemeinsames Abendessen. Da klingelte Timmys Handy. Sein Vater rief ihn an.

„Lass mich in Ruhe," schrie Timmy in sein Telefon.

Er legte auf, sah von seinem Handy auf, langsam, beinahe gelangweilt, als wäre es völlig normal so ans Handy zu gehen. „Entschuldigt, dass ich euch erschreckt habe" Seine Augen waren dunkel, sein Ton kühl. Amelie und ich schauten uns verdutzt an und waren nicht im Stande irgendwas zu sagen. Noch nie in meinem ganzen Leben hatte ich Timmy so wütend gesehen. Da öffnete sich die Fahrstuhltür und er verabschiedete sich höflich.

Am Abend suchte ich dann doch noch das Gespräch, da mir die Szenerie am Morgen keine Ruhe gelassen hatte. Ich stand vor der geschlossenen Tür zu Timmys Zimmer und spürte eine Mischung aus Nervosität und Entschlossenheit in mir aufsteigen. Ein leichtes Klopfen folgte, und ich wartete einen Moment, bevor ich die Tür langsam öffnete.

Timmy saß an seinem Schreibtisch, vertieft in seine Arbeit. Als er mich sah, hob er den Blick und lächelte sanft. „Hey Olivia, komm rein. Was gibt's?"

Ich betrat sein Zimmer und schloss die Tür hinter mir. Die Worte rangen um meine Gedanken, und ich wusste nicht genau, wie ich anfangen sollte. Doch dann nahm ich all meinen Mut zusammen und sprach aus, was mich beschäftigte.

„Timmy, ich weiß nicht, was heute passiert ist, aber ich spüre, dass etwas nicht stimmt. Dein Vater... der Anruf", begann ich zögerlich und spürte, wie sich meine Unsicherheit in meiner Stimme widerspiegelte.

Timmy seufzte und legte seine Arbeit beiseite, bevor er sich mir zuwandte. Seine Augen strahlten eine Mischung aus Sorge und Entschlossenheit aus, als er antwortete: „Es tut mir leid, dass du das alles mitbekommen hast, Olivia. Mein Vater... er ist nicht gerade der angenehmste Mensch. Aber du kennst ihn ja."

Ich nickte langsam, meine Gedanken wirbelten. „Du musst mir nichts erzählen, wenn du nicht möchtest. Ich wollte nur sicherstellen, dass es dir gut geht und dass du weißt, dass ich hier bin, wenn du reden möchtest."

Timmy lächelte mir dankbar zu und griff nach meiner Hand. „Danke, Olivia. Es bedeutet mir viel, dass du hier bist. Aber ich denke, ich sollte dir die Wahrheit sagen."

Timmy seufzte schwer und begann zu erzählen, seine Stimme von einer Mischung aus Verärgerung und Enttäuschung geprägt. „Es ist eine lange Geschichte, Olivia. Mein Halbbruder hat anscheinend eine Affäre gehabt, was zu einem Skandal in den Medien führte. Dadurch ist der Aktienkurs der Familienfirma stark gefallen. Und als wäre das nicht genug, hat mein Vater das Haus gekauft, in dem wir wohnen, ohne uns davon zu informieren."

Ich hörte aufmerksam zu, während Timmy fortfuhr. „Doch das Schlimmste war das Abendessen. Mein Vater drängt mich, die Geschäftsführung des Unternehmens zu übernehmen, obwohl ich das nicht möchte. Wir haben uns heftig gestritten, und ich habe ihm klipp und klar gesagt, dass ich seine Pläne nicht unterstützen werde. Seitdem hat er mich mehrfach angerufen und wir haben wieder und wieder die gleiche Diskussion am Telefon geführt."

Ein Gefühl der Beklemmung legte sich auf meine Schultern, als ich Timmys Worte hörte. Es war schwer zu glauben, dass sich so viel hinter den Kulissen abspielte, während wir hier in unserer kleinen Welt lebten. Doch ich wusste, dass Timmy sich diese Entscheidungen nicht leicht gemacht hatte.

„Ich verstehe", sagte ich schließlich leise, meine Gedanken wirbelten. „Das klingt nach einer Menge Stress und Druck, den du durchmachen musst."

„Was möchtest du nun tun?", fragte ich vorsichtig, meine Stirn leicht gerunzelt vor Sorge. „ Es ist keine Option so ins Telefon zu schreien."

Timmy seufzte und strich sich durch sein Haar, seine Augen voller Zweifel. „Ich weiß es ehrlich gesagt nicht genau", antwortete er schließlich. „Ich hatte gehofft, dass sich die Situation mit der Zeit wieder entspannen würde, aber jetzt fühlt es sich alles nur noch komplizierter an. Ich kann nicht einfach so tun, als wäre nichts passiert, aber gleichzeitig weiß ich nicht, wie ich mit meinem Vater umgehen soll, wenn er so hartnäckig auf seinen Plänen beharrt."

Ich nickte verständnisvoll, während ich versuchte, meine eigenen Gedanken zu sortieren. Es war offensichtlich, dass Timmy in einer schwierigen Lage steckte, und ich konnte ihm nicht einfach eine Lösung präsentieren. Doch ich wollte ihm zeigen, dass er nicht allein war und dass wir gemeinsam eine Lösung finden würden.

„Wir werden das schon irgendwie schaffen", sagte ich sanft, umarmte ihn und legte meine Hand beruhigend auf seinen Rücken. „Vielleicht können wir in Ruhe darüber nachdenken und dann gemeinsam entscheiden, wie wir weiter vorgehen möchten. Du musst dich nicht allein damit herumschlagen, Timmy. Ich bin hier, und auch Amelie, um dich zu unterstützen."

Timmy ließ sich in meine Umarmung sinken, seine Schultern bebten leicht vor unterdrückten Emotionen. Still und leise flossen ihm die Tränen. Es brach mir das Herz zu sehen, wie sehr er unter all dem Druck litt, den sein Vater und die familiären Probleme auf ihn ausübten. Aber ich versprach mir selbst, dass ich für ihn da sein würde, egal was passierte.

„Manchmal frage ich mich, ob er mich jemals geliebt hat", begann Timmy leise, sein Blick starr auf den Boden gerichtet, als würde er dort eine Antwort suchen, die er nie bekommen hatte. „Nach dem Tod meiner Mutter war ich für ihn nur noch eine Verpflichtung. Kein Sohn, nur eine Verantwortung, die er so schnell wie möglich loswerden wollte." Er lehnte sich zurück, seine Schultern schwer, als trage er eine unsichtbare Last. „Ich erinnere mich noch genau an die Beerdigung. Alle trugen Schwarz, aber es war so laut – Stimmen, Schritte, die Gläser, die

77

klirrten. Es war, als würde die Welt einfach weitermachen, als wäre nichts passiert."

„Ich war elf, Liv", fuhr er fort, seine Stimme brüchig. „Elf. Und mein Vater hat mir bei der Beerdigung gesagt, ich solle mich zusammenreißen. ‚Timothée', hat er gesagt, ‚wir weinen nicht in der Öffentlichkeit.' Ich wollte ihm glauben, wollte stark sein, aber…" Er hielt inne und lachte bitter. „Ich habe es nicht geschafft. Als ich ihn dann endlich genug enttäuscht hatte, sodass er keine Erwartungen mehr an mich richtete, konnte ich zum ersten Mal aufatmen. Ich habe einfach akzeptiert, dass ich ihm egal bin. Doch jetzt ist Markus in Ungnade gefallen und ich soll zurück in die Familie kommen."

„Timmy…" meine Stimme war kaum mehr als ein Flüstern, doch er schüttelte den Kopf.

Die Worte hingen schwer in der Luft, und ich wusste, dass ich nichts sagen konnte, um diesen Schmerz zu lindern. Stattdessen legte ich meine Hand auf seinen Arm, ein leiser Trost, der mehr sagte, als Worte es je könnten.

„Danke, Olivia", sagte Timmy schließlich, seine Stimme brüchig vor den Tränen, die er kaum zurückhalten konnte. „Ich weiß nicht, was ich ohne dich machen würde."

Die Nacht verging langsam, gefüllt mit Gesprächen und Gelächter, als wir die letzten Mauern zwischen uns langsam abbrachen. Wir saßen auf dem Boden auf dem flauschigen Teppich und redeten über alles Mögliche - von unseren Träumen und Sehnsüchten bis hin zu den lustigen Momenten, die wir gemeinsam erlebt hatten.

Die Zeit schien stillzustehen, während wir uns in dieser kleinen Oase des Vertrauens und der Verbundenheit befanden. Ich fühlte mich sicher und geborgen in Timmys Nähe, als wir unsere Gedanken und Gefühle miteinander teilten.

Als die Gespräche langsam verebbten und die Erschöpfung uns übermannte, ließen wir uns beide auf den weichen Teppich sinken. Wir sahen uns tief in die Augen, und ich spürte eine ungesagte Verbundenheit zwischen uns.

Wir schwiegen eine Weile, nur das leise Atmen des anderen durchbrach die Stille. Doch schließlich, als mich die Müdigkeit überwältigte, flüsterte Timmy: „Danke, dass du immer für mich da bist, Liv."

Ein warmes Gefühl durchströmte mein Herz bei seinen Worten, und ich drückte seine Hand sanft. „Immer, Timmy", flüsterte ich zurück, bevor sich meine Augen langsam schlossen und mich der Schlaf umfing.

In dieser Nacht träumte ich von diesen Tag im Park aus unserer Kindheit, als ich Olivia meine Gefühle gestand. Die Sonne strahlte am Himmel, und der Wind trug den Duft von Blumen und frischem Gras herbei, als wir auf der Decke saßen.

Ich konnte mein Herz pochen hören, als ich Olivia anschaute, die so strahlend und schön aussah wie die Natur um sie herum. Mein Herzschlag wurde lauter, als ich den Mut fasste, meine Gefühle zu gestehen.

Mit zittriger Stimme begann ich: „Liv, es gibt etwas, das ich dir sagen möchte." Olivia lächelte sanft und legte ihre Hand auf meine. „Was ist es, Timmy? Du kannst mir alles sagen."

Mein Herz raste vor Aufregung, als ich fortfuhr: „Liv, Ich bin in dich verliebt. Dank dir ist mein Leben heller und schöner. Du bist wie ein Sonnenstrahl, der mein Herz erwärmt und meine Welt erhellt."

Olivia schaute mich mit großen Augen an, und ihr Lächeln wurde breiter. Mein Herz machte einen Sprung, als ich ihre warme Hand auf meiner spürte. Doch dann teilte sie mir mit: „Timmy, ich weiß nicht, was ich sagen soll. Du bedeutest mir so viel, und ich schätze dich sehr. Du bist wie ein kleiner Bruder für mich."

Obwohl ihre Worte mein Herz berührten, zwang ich mich, stark zu bleiben. „Liv, ich bin aber nicht dein Bruder. Ich liebe dich." Olivia lächelte wieder und drückte sanft meine Hand. „Danke, Timmy, deine Ehrlichkeit bedeutet mir sehr viel."

Trotz meines gebrochenen Herzens lächelte ich. Ich wusste, dass ich meine Gefühle offenbaren musste, auch wenn sie nicht erwidert wurden. Denn die Wahrheit zu sagen war ein Akt der Liebe, und Olivia würde immer einen besonderen Platz in meinem Herzen haben.

Ein paar Tage später verabredeten Olivia, Amelie und ich uns für einen Spieleabend.

Die Stimmung im Wohnzimmer war elektrisch, als wir uns um den Wohnzimmertisch versammelten, die Spielsteine vor uns ausgebreitet, bereit für eine epische Runde Risiko. Amelie, Olivia und ich saßen gegenüber, voller Vorfreude auf die bevorstehende Herausforderung, unsere Konkurrenzfähigkeit bereit, um das Spiel zu dominieren.

„Na, seid ihr bereit, von mir besiegt zu werden?", neckte Olivia, einen herausfordernden Blick aufsetzend, während sie die Würfel in der Hand hielt. Sie trug ein gemütliches Sweatshirt und Jeans, ihr Haar fiel ihr locker in Wellen über die Schultern. Ihre strahlend blauen Augen funkelten vor Begeisterung, während sie konzentriert die Würfel rollen ließ.

Amelie und ich tauschten einen verschwörerischen Blick aus, bevor wir beide gleichzeitig antworteten: „Das würden wir gerne sehen!"

Das Spiel begann mit einem Knall und sofort konnte ich die Entschlossenheit in Olivias Augen sehen, als sie jeden Zug mit Eifer plante. Doch trotz ihrer Strategie schien das Glück nicht auf ihrer Seite zu sein, und bald geriet ihre Zuversicht ins Wanken.

Amelie und ich tauschten erneut Blicke aus, dieses Mal voller Amüsement, als wir bemerkten, wie Olivias Miene bei jedem verlorenen Zug düsterer wurde.

„Wow, Olivia, scheint als hättest du heute nicht so viel Glück", bemerkte Amelie mit einem verschmitzten Grinsen.

„Es ist noch nicht vorbei!", erwiderte Olivia entschlossen, aber ich konnte das leichte Zittern in ihrer Stimme hören.

Als sich das Spiel dem Ende näherte und Olivias Niederlage unausweichlich schien, konnte ich sehen, wie sich ein triumphierendes Funkeln in Amelies Augen spiegelte. Wir hatten uns stillschweigend darauf geeinigt, gemeinsam gegen Olivia anzutreten, und es war klar, dass wir beide den Sieg anstrebten.

Schließlich, als das Spiel vorbei war und Amelie als Sieger hervorging, brach Olivia in ein theatralisches Gejammer aus, begleitet von einem melodramatischen Seufzen und wilden Gesten.

„Das ist doch unfair! Ihr habt euch gegen mich verschworen. Ich hätte gewinnen sollen!", klagte Olivia, während sie versuchte, ihre Niederlage zu verarbeiten.

Amelie und ich konnten uns vor Lachen kaum halten, als wir sie trösteten und ihr versicherten, dass es nur ein Spiel war und dass sie beim nächsten Mal gewinnen würde. Wie konnte eine erwachsene Frau, die mit beiden Beinen im Leben stand, nur so eine schlechte Verliererin sein? Für mich war es ein unterhaltsamer Abend voller Spaß und Gelächter, und ich konnte mir nichts Schöneres vorstellen, als gemeinsam Zeit zu verbringen und die kleinen Freuden des Lebens zu genießen. Nachdem das Spiel vorbei war und die Spannung des Wettstreits sich gelegt hatte, machte ich mich auf den Weg zur Nachtschicht im Krankenhaus. Ich verabschiedete mich von Amelie und Olivia, die noch über den Ausgang des Spiels kicherten, und machte mich auf den Weg hinaus in die kühle Nachtluft.

Die Straßen waren ruhig, als ich durch das vertraute Viertel zur U-Bahnstation schlenderte. Der kalte Winterwind strich sanft über mein Gesicht, und die klaren Sterne über mir leuchteten hell am Nachthimmel. Meine Gedanken wanderten zurück zu dem Spielabend, den ich gerade erlebt hatte. Es war schön, eine Pause vom Stress der Arbeit zu haben und Zeit mit Amelie und Olivia zu verbringen. Trotz Olivias Niederlage beim Spiel konnte ich ihre Freude und ihr Lachen spüren, und es war beruhigend zu wissen, dass wir uns gegenseitig ärgern konnten und uns auch über die kleinen Momente des Lebens amüsieren konnten.

Als ich die U-Bahnstation erreichte und in den dreckigen Waggon stieg, überfluteten mich die Gedanken und hallten durch die Stille der Nacht. In dieser Dunkelheit, umgeben von rostigen Schienen und dem Echo meiner eigenen Schritte, fühlte ich mich wie ein Gefangener meiner eigenen Gedanken. Die Stadt schlief, aber ich war hellwach, zerrissen zwischen dem, was ich fühlte, und dem, was ich nie zu sagen wagte.

Ich konnte nicht aufhören, über Olivia nachzudenken - über ihre strahlenden Augen, ihr herzliches Lachen und die Art und Weise, wie sie das Leben mit Leidenschaft und Hingabe umarmte. In den vergangenen Wochen war sie wieder zu einem unverzichtbaren Teil meines Lebens geworden, und ich konnte nicht leugnen, dass sich etwas in mir verändert hatte.

Sie war wie ein Engel in meiner Hölle. Während die Bahn durch diese dunklen Tunnel fuhr, durch eine Welt aus Beton und Verzweiflung, war sie das einzige Licht, das durch die Risse drang. Aber Engel gehörten nicht in die Unterwelt, oder? Sie gehörten nicht zu jemandem wie mir. Manchmal fragte ich mich, ob ich sie nur herunterzog. Ob meine Liebe zu ihr nicht wie eine Kette war, die sie an meine Dunkelheit band. Sie verdiente jemanden, der ihr die Welt zeigen konnte, nicht jemanden, der sich versteckte und versuchte, seine Gefühle zu begraben.

Es war mir klar geworden, dass ich mich in sie verliebt hatte. Ihre Anwesenheit brachte Licht in meine dunkelsten Tage, und ihre Nähe berührte mein Herz auf eine Weise, die ich nie für möglich gehalten hatte. Jedes Lächeln, jede Geste, jede zufällige Berührung führte dazu, dass mein Herz schneller schlug und meine Gedanken sich nur um sie drehten.

Aber was war Liebe wert, wenn sie im Schatten leben musste? Wenn sie nie das Licht der Wahrheit erblicken durfte? Ich trug diese Gefühle wie einen Stein in meiner Brust, schwer und drückend, aber gleichzeitig das Wertvollste, was ich besaß.

Jede Tag kämpfte ich den gleichen Kampf. Den Kampf zwischen dem Wunsch, ihr alles zu sagen, und der Angst, alles zu verlieren. Zwischen der Hoffnung, dass sie vielleicht... vielleicht könnte sie... und der bitteren Realität, dass manche Träume nicht für Menschen wie mich bestimmt waren.

Doch gleichzeitig überwältigte mich die Angst. Die Angst davor, meine Gefühle preiszugeben und möglicherweise unsere Freundschaft zu gefährden. Die Angst davor, verletzt zu werden und den kostbaren Zusammenhalt, den wir aufgebaut hatten, zu verlieren.

Diese Angst war wie ein Gift, das durch meine Adern floss. Sie lähmte mich, hielt mich in diesem Teufelskreis gefangen. Denn was war schlimmer – die Möglichkeit der Zurückweisung oder die Gewissheit, dass ich für immer schweigen würde? Was war grausamer – ein "Nein" oder die ewige Frage nach dem "Was wäre wenn?"

Vielleicht war ich ein Feigling. Vielleicht verdiente ich sie nicht, weil ich nicht mutig genug war zu kämpfen. Aber diese Liebe... sie brannte in mir wie ein Feuer, das nie erlöschen wollte. Auch wenn ich sie niemals aussprach, auch wenn sie für immer mein Geheimnis blieb.

Aber trotz dieser Ängste und Bedenken konnte ich nicht leugnen, dass ich sie liebte - auf eine Weise, die tiefer war als alles, was ich je zuvor gefühlt hatte. Während die U-Bahn durch die dunklen Tunnel ratterte und das monotone Geräusch der Räder mich umgab, war ich mir einer Sache sicher: Ich vergötterte Olivia.

Sie war mein Engel in einer Welt voller Dämonen. Und auch wenn ich niemals ihre Flügel berühren durfte, auch wenn ich für immer aus der Ferne zusehen musste – die Tatsache, dass sie existierte, dass sie atmete, dass sie lachte, machte selbst diese dunklen Tunnel erträglicher. Denn manchmal reichte es schon, einen Engel zu kennen, auch wenn man nie lernte zu fliegen.

Als ich am darauffolgenden Nachmittag die Wohnung wieder betrat, traf mich sofort ein unangenehmer Geruch - verbranntes Essen. Mein Herzschlag beschleunigte sich, und ich folgte dem Geruch, der aus der Küche kam. Dort sah ich Amelie, die mit einem besorgten Gesichtsausdruck vor dem Rauch aus dem Ofen stand. „Was ist passiert?", fragte ich alarmiert.

Amelie seufzte und deutete auf den Ofen. „Olivia ist eingeschlafen und hat ihre Lasagne vergessen. Die ist total verbrannt."

Ich schluckte schwer und eilte zu Olivia, die tief schlafend auf dem Sofa lag, umgeben von einem leichten Dunst verbrannten Essens. „Olivia, wach auf", rief ich besorgt und schüttelte sie sanft an den Schultern. Olivia murmelte etwas Unverständliches und rieb sich die Augen. Ihr mittelblondes Haar fiel unordentlich über ihre Schultern, leicht zerzaust von dem Schläfchen. Als sie den Rauch bemerkte, fuhr sie erschrocken hoch. „Oh nein, die Lasagne!", rief sie und sprang auf, um in die Küche zu rennen.

Ich folgte ihr und öffnete das Fenster, um den Rauch abziehen zu lassen. Die Lasagne war leider komplett verkohlt und nicht mehr zu retten.

„Oh Mann, das tut mir so leid", sagte Olivia mit einem verlegenen Lächeln. „Ich war einfach so müde und bin eingeschlafen..."

Amelie und ich tauschten einen amüsierten Blick aus. „Mach dir keine Sorgen, Liv", beruhigte Amelie sie. „Passiert den Besten von uns. Aber vielleicht sollten wir beim nächsten Mal gemeinsam kochen, damit so etwas nicht wieder passiert."

Der Rauch verzog sich langsam, und wir konnten wieder frei atmen. Doch anstatt uns über das Missgeschick zu ärgern, beschlossen wir, gemeinsam zu kochen, um den Abend aufzuhellen.

Ich schlug vor, dass jeder von uns einen Gang zubereitet, und die anderen stimmten begeistert zu. Amelie und Olivia machten sich daran, die Zutaten für einen Salat vorzubereiten, während ich mich um das Hauptgericht kümmerte.

In der Küche herrschte bald eine fröhliche Atmosphäre. Das Klappern von Messern auf Schneidebrettern mischte sich mit unserem Gelächter und den Scherzen, die wir uns gegenseitig zuwarfen. Amelie schnappte

85

sich eine Handvoll Salatblätter und schleuderte sie mir spielerisch entgegen, während ich lachend versuchte, ihnen auszuweichen.

Ich amüsierte mich köstlich über unsere albernen Streiche und schlug vor, eine Koch-Challenge zu veranstalten - wer den besten Gang zubereitet, gewinnt.

Mit vereinten Kräften zauberten wir ein Festmahl auf den Tisch - knackigen Salat mit einem Hauch von Zitrone, aromatische Pasta mit frischem Basilikum und köstliche Desserts, die zum Reinlegen aussahen.

Als wir schließlich am Esstisch saßen und unser selbstgekochtes Mahl genossen, war die Stimmung so ausgelassen und fröhlich wie schon lange nicht mehr. Wir lachten über unsere Missgeschicke und neckten uns weiterhin mit gutmütigen Sticheleien.

Nachdem wir uns gemeinsam an unserem selbstgekochten Mahl erfreut hatten, spürte ich eine unbeschreibliche Leichtigkeit in mir, die mich dazu trieb, etwas Wichtiges zu sagen. Mein Blick wanderte von Amelie zu Olivia, und ein warmes Gefühl der Dankbarkeit erfüllte mein Herz.

„Ich muss euch beiden etwas sagen", begann ich, meine Stimme ruhig, aber mit einem Hauch von Emotion. „Ich kann mich nicht erinnern, wann ich das letzte Mal so glücklich war wie heute. Ihr beide bedeutet mir unheimlich viel, und ich liebe euch sehr."

Ein Moment der Stille folgte meinen Worten, und ich spürte, wie meine Gefühle sich in meinen Blicken und Gesten ausdrückten. In diesem Moment war es mir wichtig, dass die beiden Frauen in meinem Leben wussten, wie viel sie mir bedeuteten.

Amelie und Olivia sahen mich mit einem Ausdruck der Überraschung und Zuneigung an, und ich wusste, dass meine Worte sie berührt hatten.

Es war ein gewöhnlicher Tag im Büro, doch plötzlich bemerkte ich eine Bewegung aus dem Augenwinkel. Mein Blick wanderte zu Phil, der mit Vanessa sprach. Das Lächeln auf ihren Lippen und die Art und Weise, wie sie sich einander näherten, ließen mich innehalten.

Ein seltsames Gefühl der Unruhe breitete sich in mir aus, als ich beobachtete, wie Vanessa mit Phil flirtete. Ich sah, wie er Vanessa zuhörte, ein Lächeln, das früher allein mir gehört hatte. War das nur Eifersucht? Oder war da mehr? Eine Mischung aus Eifersucht und Verunsicherung durchdrang meine Gedanken. Über den Streit und den Vorfall im Restaurant hatten wir keine Chance zu reden. An meinem Geburtstag hatten wir keinen Moment Zweisamkeit. Auch an diesem Tag hatten wir zuvor nur über die Arbeit gesprochen. Hatte ich etwas übersehen? War da mehr zwischen ihnen?

Versuchend, meine Emotionen zu kontrollieren, zwang ich mich, ruhig zu bleiben und mich auf meine Arbeit zu konzentrieren. Doch das Bild von Phil und Vanessa ließ mich nicht los. Es war, als ob ein Schatten über mich fiel, und ich wusste nicht, wie ich damit umgehen sollte.

Ich versuchte, die aufkommenden Zweifel zu unterdrücken und mich auf meine Aufgaben zu fokussieren, aber die Gedanken an Phil und Vanessa ließen mich nicht los. Tief atmend versuchte ich, die aufkommenden Gefühle zu ordnen und eine Antwort auf die Frage zu finden, die mir durch den Kopf ging: Was war zwischen Phil und Vanessa wirklich los? Als ich abends nach Hause kam, hing der Gedanke an Phil und Vanessa und den Vorfall im Restaurant immer noch wie ein schwerer Schleier über meinen Gedanken. Ich starrte auf mein Handy. Meine Finger zitterten, als ich Phils letzte Nachricht öffnete. „Gute Nacht, Süße. Ich denke an dich." Warum klang das plötzlich so leer?

Ich sah Timmy in der Küche, wie er gerade dabei war, Tee zuzubereiten. Sein ruhiges Wesen und sein aufmerksamer Blick gaben mir sofort das Gefühl von Geborgenheit. Er trug eine bequeme Jeans und ein lässiges Sweatshirt, das seine athletische Figur betonte. Sein dunkles Haar war lässig gestylt, und seine braunen Augen wanderten aufmerksam von mir zur Tasse zurück. Ein sanftes Lächeln spielte um seine Lippen, während er eine zweite Tasse aus dem Schrank holte und heißes Wasser aufgoss. Der Duft von frisch gebrühtem Tee umgab ihn.

„Hey Timmy", begann ich zögerlich, meine Stimme von einem Hauch der Verunsicherung durchzogen. „Kann ich kurz mit dir reden?"

Timmy drehte sich zu mir um und stellte die Teekanne auf den Tisch. Seine Augen ruhten auf mir, voller Anteilnahme und Bereitschaft zuzuhören.

„Natürlich, Olivia", erwiderte er ruhig. „Was gibt's?"

Ich seufzte und ließ mich auf einen Stuhl sinken, während ich versuchte, meine Gedanken zu ordnen. „Es geht um Phil", begann ich schließlich, meine Worte bedacht wählend. „Meine Kollegin Vanessa…Ich habe heute im Büro gesehen, wie sie miteinander umgehen. Es war... anders."

Timmys Miene wurde ernst, als er mich aufmerksam anblickte. „Anders? Inwiefern?"

Ich zögerte einen Moment, bevor ich fortfuhr. „Sie haben miteinander geflirtet, Timmy. Phil und ich hatten letztens einen riesigen Streit und... ich weiß einfach nicht, was ich davon halten soll."

Ein Ausdruck der Besorgnis huschte über Timmys Gesicht, als er meine Worte aufnahm. Er legte sanft eine Hand auf meine Schulter. „Olivia, das tut mir leid zu hören. Ich verstehe, dass das für dich eine schwierige Situation ist."

Ich spürte die Wärme seiner Berührung und fühlte mich in diesem Moment verstanden und unterstützt. „Ich weiß einfach nicht, wie ich damit umgehen soll", gestand ich ihm leise.

Timmy lächelte aufmunternd. „Olivia, Phil wäre schön blöd dich Traumfrau gehen zulassen."

Seine Worte waren wie ein Lichtblick in meiner Verwirrung, und ich fühlte mich dankbar, jemanden wie Timmy an meiner Seite zu haben.

Als ich aus einem unruhigen Schlaf erwachte, fühlte ich mich für einen Moment desorientiert. Scheinbar war ich mal wieder auf dem Sofa eingeschlafen. Die Stimmen von Phil und Timmy drangen gedämpft an meine Ohren, und ich spürte, wie ein Schauer der Verunsicherung meinen Rücken hinab lief.

Ich blieb regungslos liegen und lauschte ihren Worten, die wie ein ferner Echo durch den Raum drangen. Timmy sprach mit einer ruhigen, aber bestimmten Stimme, und ich konnte die Ernsthaftigkeit in seinem Tonfall spüren.

„Phil, Olivia schläft schon", sprach Timmy, seine Worte bedacht wählend. „Ich habe gesehen, wie sehr sie in letzter Zeit belastet ist. Sie verdient jemanden, der sie respektiert und unterstützt. Wenn du das nicht tust, dann werde ich mich einmischen müssen."

Die Worte trafen mich wie ein Schlag. Timmy hatte mir gegenüber immer ein beschützendes und fürsorgliches Verhalten gezeigt, aber seine direkte Ansprache an Phil überraschte mich dennoch. Ein Gefühl der Dankbarkeit und der Verwirrung überkam mich zugleich.

Phil schwieg für einen Moment, und ich spürte die Anspannung in der Luft. Dann hörte ich seine Stimme, von einem Hauch von Zorn durchzogen: „Meine Beziehung mit Olivia geht dich gar nicht an, Timmy."

Timmys Antwort war ruhig, aber bestimmt: „Das mag sein, Phil. Aber sie ist mir ein ganz besonderer Mensch und ich werde nicht ewig zusehen, wie du sie verletzt. Sie braucht jemanden, der für sie da ist, der sie unterstützt und respektiert. Wenn du das nicht sicherstellen kannst, dann werde ich dafür sorgen, dass Olivia erkennt, was für ein Mensch du bist."

Die Worte hallten in der Stille des Raumes wider, und ich spürte eine Mischung aus Verlegenheit und Bewunderung für Timmy, der sich so klar für mich einsetzte. Es war ein Moment der Offenbarung, der mich sowohl berührte als auch zum Nachdenken brachte.

Die Gedanken wirbelten unkontrolliert in meinem Kopf, als ich langsam die Augen öffnete und sah Phil und Timmy am Ende des Flurs stehen, ihre Gesichter im gedämpften Licht des Wohnzimmers. Ich konnte nicht anders, als mich von der Couch zu erheben und mit zittrigen Schritten auf die beiden zuzugehen. Timmy trat zur Seite, um mir Platz zu machen, und sein Blick war voller Ernst und Unterstützung, als er mich passieren ließ.

„Phil, lass uns reden!" Meine Stimme klang ruhig, aber mein Herz schlug so laut in meiner Brust, dass ich dachte, es würde Timmy und Phil hören können.

Phil wandte seinen Blick langsam von Timmy ab, und für einen Moment konnte ich den Ausdruck der Wut in seinen Augen erkennen, bevor er sein Gesicht zu einem Lächeln zwang. „Natürlich, Babe. Entschuldigst du uns, Mitbewohner?"

Ich spürte den Druck seiner Augen auf mir, und ich zwang mich, ihm direkt ins Gesicht zu sehen, während ich meine Gedanken ordnete. „Was machst du hier, Phil?"

Ein Hauch von Verwirrung huschte über sein Gesicht, gefolgt von einer Mischung aus Überraschung und Verteidigung. „Ich wollte dich sehen, Babe. Warum fragst du das?"

Ein Seufzen entkam meiner Kehle, als ich die Worte suchte, um meine Gefühle auszudrücken. „Es ist nur... Ich habe das Gefühl, dass etwas nicht stimmt. In letzter Zeit streiten wir oft, du wirkst abgelenkt und desinteressiert, und ich habe gesehen, wie du mit Vanessa umgehst."

Sein Stirnrunzeln verstärkte sich, und seine Miene wurde ernst. „Mit Vanessa? Olivia, wir arbeiten zusammen, das ist alles. Ich bin ab und zu am Telefon, weil es berufliche Angelegenheiten gibt, die ich klären muss. Das hat nichts mit uns zu tun."

„Ich will nur, dass du glücklich bist, Olivia." Phils Stimme war weich, fast sanft, doch in seinen Augen glitzerte etwas Kaltes.

„Glücklich?" Ich legte den Kopf schief und sah ihn an, versuchte, die Bedeutung hinter seinen Worten zu erkennen.

„Genau." Er lächelte, aber es war ein leeres, kontrolliertes Lächeln. „Ich tue so viel für dich, Olivia. Ich habe alles für uns gegeben. Und doch machst du immer wieder alles kompliziert."

„Kompliziert?" Meine Stimme erhob sich unwillkürlich, und ich verschränkte die Arme vor der Brust. „Du nennst es kompliziert, wenn ich nicht sehen will, wie du mit anderen flirtest?"

Sein Blick verfinsterte sich, aber sein Ton blieb ruhig, fast bedrohlich ruhig. „Ich sage nur, dass du … Weißt du, Olivia, manchmal bist du… wie soll ich es sagen? Etwas irrational."

Das Wort traf mich wie ein Schlag, und ich spürte, wie Wut in mir aufstieg. „Irrational?"

„Nicht böse gemeint", fügte er hinzu, seine Stimme jetzt butterweich. „Ich will nur, dass du verstehst, dass ich dir helfen will. Ich bin doch der Einzige, der dich wirklich versteht."

„Helfen?" Meine Kehle schnürte sich zu, doch ich zwang mich, ruhig zu bleiben.

Seine Augen blitzten auf, und für einen Moment war da nichts Sanftes mehr. Doch dann setzte er sein beruhigendes Lächeln wieder auf, als

wäre nichts passiert. „Du siehst alles falsch, Olivia. Aber das bist ja du –
immer auf der Suche nach einem Problem, wo keins ist."
Ein Kloß bildete sich in meinem Hals, und meine Hände fingen an zu
zittern, als ich versuchte, meine Unsicherheit zu unterdrücken. „Es tut
mir leid, Phil. Es ist nur... ich fühle mich einfach unsicher."
Seine Hand legte sich sanft auf meine Schulter, und sein Lächeln wirkte
beruhigend, aber mein Verstand war noch aufgewühlt. „Ich verstehe,
Babe. Aber du musst dir keine Sorgen machen. Du bedeutest mir alles,
und ich werde immer für dich da sein."
Die Worte klangen wohltuend, aber sie konnten die Zweifel nicht
vertreiben, die in meinem Kopf kreisten. Doch in diesem Moment
beschloss ich, ihm vorerst zu glauben und meine Ängste
beiseitezuschieben. Ich zwang mich zu einem schwachen Lächeln,
obwohl mein Herz vor Unruhe schlug.
„Danke, Phil", flüsterte ich leise, während er mich fest in seine Arme
zog. Es fühlte sich sicher an, aber die Unsicherheit nagte weiterhin an
mir.
Als Phil mich in seine Arme hielt, spürte ich eine Mischung aus
Erleichterung und Unsicherheit. Seine Worte hatten mich vorerst
beruhigt, aber der Schatten der Zweifel blieb bestehen.
Timmys Worte hallten noch immer in meinem Kopf wider, und ich
konnte nicht anders, als über seine Warnung nachzudenken. Er hatte sich
so deutlich für mich eingesetzt, und das bedeutete mir viel. Doch
gleichzeitig war ich mir unsicher, ob ich wirklich bereit war, die Wahrheit
über Timmys Gefühle zu erfahren.
Als Phil sich schließlich von mir löste und mir einen sanften Kuss auf die
Stirn drückte, spürte ich eine Welle der Zuneigung, die meine Zweifel
vorübergehend verdrängte. Vielleicht war ich einfach zu besorgt,
vielleicht waren meine Ängste unbegründet.
Wir verbrachten den Abend zusammen, lachten und scherzten wie
immer. Doch trotz der oberflächlichen Leichtigkeit spürte ich, wie die
Unsicherheit in mir nagte, wie ein Schatten, der mich nicht loslassen
wollte.
Als ich schließlich ins Bett ging, fühlte ich mich zerrissen zwischen
Hoffnung und Angst. Ich wollte Phil vertrauen, ich wollte glauben, dass
alles in Ordnung war. Aber gleichzeitig konnte ich die Stimme der
Vernunft nicht ignorieren, die mir sagte, dass etwas nicht stimmte.

Die Nacht verging unruhig, und als ich am nächsten Morgen aufwachte, fühlte ich mich müde und erschöpft. Die Gedanken an Phil und Vanessa drängten sich wieder in meinen Kopf, und ich wusste nicht, wie ich damit umgehen sollte.

Als ich mich schließlich auf den Weg zur Arbeit machte, war mein Kopf ein Wirrwarr aus Emotionen. Ich wusste nicht, was ich tun sollte, aber ich wusste, dass ich nicht einfach so weitermachen konnte. Irgendetwas musste sich ändern, aber ich wusste nicht, wie.

Als ich schließlich im Büro ankam, spürte ich eine Mischung aus Erleichterung und Anspannung. Phil kam später und als er mich sah, lächelte er mich warm an. Doch trotz seines freundlichen Gesichtsausdrucks spürte ich eine Distanz zwischen uns, eine Unsicherheit, die ich nicht ignorieren konnte.

Wir sprachen nicht über den Vorfall im Restaurant, wir sprachen nicht über Vanessa. Stattdessen gingen wir einfach weiter, als wäre nichts geschehen, als wären meine Ängste irrelevant.

Aber sie waren es nicht. Sie waren da, präsent in jedem Blick, in jedem Wort, in jedem Atemzug. Und je mehr ich versuchte, die Ängste zu ignorieren, desto stärker wurden sie.

Ich wusste nicht, wie lange ich das noch aushalten konnte. Ich wusste nicht, wie lange ich noch so tun konnte, als wäre alles in Ordnung, als wäre ich nicht zutiefst verunsichert und verletzt.

Als ich mich zurückerinnerte, sah ich wieder mich und Timmy im Wohnzimmer spielen, als plötzlich eine Vase vom Tisch fiel und in tausend Scherben zerbrach. Mama kam herbeigeeilt und sah sich den Schaden an, während sie die Hände in die Hüften stemmte.

„Was ist hier passiert?" fragte sie streng, ihre Augen bohrten in mich. Die unerwartete Konfrontation mit Mamas strenger Stimme ließ mein Herz schneller schlagen, und meine Hände wurden feucht. Eine Mischung aus Scham und Angst erfüllte mich, als ich versuchte, die Unschuld in meinem Blick zu bewahren, obwohl meine Gedanken wild umherwirbelten. Ich wollte mich verteidigen, doch meine Worte blieben mir im Hals stecken, erstickt von der Macht der Autorität meiner Mutter. Ich zögerte einen Moment und antwortete dann zögerlich: „Ich weiß es nicht, Mama. Ich habe die Vase nicht angerührt."

Susanne schaute sich suchend um und bemerkte schließlich Timmy, der still in der Ecke stand und besorgt auf den Boden starrte. „Timmy, hast du die Vase kaputt gemacht?" fragte sie mit erhobener Stimme.

Als der Verdacht schließlich auf Timmy fiel und ich sah, wie er sich in die Ecke zurückzog, konnte ich seine Beklommenheit spüren, als ob sie mir direkt ins Herz stach. Timmy senkte den Blick und nickte langsam. „Es tut mir leid. Ich wollte nicht, dass das passiert." Sein zerknirschtes Eingeständnis löste eine Mischung aus Mitleid und Bedauern in mir aus. Ich fühlte mich machtlos, unfähig, ihm in dieser Situation zu helfen.

Susanne seufzte schwer und schüttelte den Kopf. „Das war eine teure Vase, Timmy. Du musst vorsichtiger sein. Und Olivia, du solltest besser aufpassen, damit so etwas nicht wieder passiert."

Mein Inneres tobte vor Emotionen - Scham, Mitleid, Hilflosigkeit. Doch vor allem fühlte ich eine tiefe Verbindung zu Timmy, der so verzweifelt und verletzlich aussah. Es war, als würde sein Schmerz sich mit meinem eigenen verweben, und ich sehnte mich danach, ihn zu trösten, ihn zu beschützen. Doch in diesem Moment blieb mir nichts anderes übrig, als meine Mutter zu beschwichtigen und zu versprechen, dass ich in Zukunft besser aufpassen würde. Der plötzliche Übergang von der stickigen Erinnerung an die Konfrontation und den Vorfall mit der Vase zu der lebendigen Gegenwart der Musik, die durch die Wohnung dröhnte, war wie ein Lichtstrahl, der die Dunkelheit durchdrang. Die schwere Last der

Vergangenheit schien sich für einen Moment zu lichten, als Timmy und ich gemeinsam in die choreografierte Bewegung des Putzens und Polierens eintauchten. Jeder Strich des Staubwedels, jeder Schwung des Lappens, wurde von der pulsierenden Energie der Musik begleitet, die uns vorantrieb.

In diesem Moment des gemeinsamen Tuns spürte ich die Verbindung zu Timmy intensiver als je zuvor. Unsere Blicke trafen sich, und ich konnte die gleiche Entschlossenheit in seinen Augen sehen, die auch in meinen loderte. Gemeinsam bewegten wir uns im Einklang mit dem Rhythmus der Musik, und in dieser Symbiose fühlte ich mich stark, gestärkt durch die Gemeinschaft und den Zusammenhalt, den wir teilten. Ein Wirbelwind aus Klängen und Bewegungen, begleitet von unseren lauten Gesängen, erfüllte die Luft und trieb uns voran, während wir uns durch die Zimmer bewegten und versuchten, die Wohnung auf Vordermann zu bringen. Es war ein seltsam befriedigendes Gefühl, zusammen zu putzen, unsere gemeinsame Arbeit von einem Hauch von Spaß durchzogen. Plötzlich passierte das Unvermeidliche - ich stieß den Eimer mit Putzwasser um, und das Wasser ergoss sich über den Boden, bildete glitzernde Pfützen auf den Fliesen und machte alles rutschig. Für einen Moment herrschte Stille, dann brachen wir beide in Gelächter aus. Es war einfach zu komisch, wie tollpatschig wir waren.

„Ich glaube, ich bin einfach zu ungeschickt für diesen Job", scherzte ich und versuchte gleichzeitig, das Wasser aufzuwischen.

Timmys warmes Lächeln traf mich wie eine Welle der Ermutigung. „Ich liebe dich und deine tollpatschige Art, Liv. Sie macht dich besonders." Seine Worte berührten mich, aber gleichzeitig spürte ich eine schwere Last in meiner Brust.

„Timmy, es tut mir leid", begann ich zögernd, meine Gedanken sorgfältig sortierend. „Ich bin immer noch mit Phil zusammen, und ich möchte unsere Beziehung nicht gefährden. Sag so etwas bitte nicht, das ist mir unangenehm."

Der Ausdruck auf Timmys Gesicht verriet mir, dass meine Worte ihn getroffen hatten, und es zerriss mir das Herz, ihn so zu sehen. Doch ich musste ehrlich sein, auch wenn es schwer war.

„Ich verstehe", sagte er schließlich mit einem gezwungenen Lächeln. „Ich werde versuchen meine Gedanken nicht immer laut auszusprechen, Liv."

Seine Worte klangen so endgültig, und ich konnte nicht anders, als zu hoffen, dass unsere Freundschaft stark genug war, um diese Veränderung zu überstehen. Nach dieser Unterhaltung war die Anspannung greifbar. Um der Situation zu entfliehen, ging ich früher als üblich ins Bett.

Die Dunkelheit des Raumes wirkte erdrückend, während ich im Bett lag und über meine Gefühle nachdachte. Warum konnte Phil nicht einfach die Worte aussprechen, die ich mir so sehr wünschte? Warum war es so schwer für ihn, seine Liebe zu zeigen? Die Gedanken wirbelten in meinem Kopf, und ich fühlte mich zunehmend verloren in einem Meer aus Unsicherheit.

In diesem Moment tauchte Timmys Bild in meinem Geist auf. Seine Worte, seine Gesten der Zuneigung – sie waren so klar und einfach. Timmy hatte nie gezögert, mir zu sagen, wie viel ich ihm bedeutete. Er musste nicht laut aussprechen, was er für mich empfand. Seine Liebe war so unkompliziert, so offen und ehrlich. Im Vergleich dazu fühlte sich meine Beziehung zu Phil plötzlich kompliziert und undurchsichtig an.

Ein Teil von mir sehnte sich nach der Einfachheit und Klarheit, die ich mit Timmy hatte. Die Gewissheit, geliebt zu werden, ohne Zweifel und Ungewissheit. Doch ein anderer Teil von mir zögerte, sich von Phil zu lösen. Die Jahre der gemeinsamen Erlebnisse und Erinnerungen hingen wie ein schwerer Vorhang über mir, und der Gedanke, sie hinter mir zu lassen, erschreckte mich.

Eine Welle der Verzweiflung durchströmte meinen Körper, als ich mich in meinem Bett hin und her wandte. Warum musste Liebe so kompliziert sein? Warum konnte ich nicht einfach die Gewissheit haben, dass Phil mich genauso liebte, wie ich ihn? Doch je mehr ich darüber nachdachte, desto klarer wurde mir, dass ich die Antworten auf meine Fragen vielleicht niemals finden würde.

Die Nacht verging unruhig, und als ich am nächsten Morgen aufwachte, fühlte ich mich erschöpft und verwirrt. Die Gedanken an Timmy und Phil wirbelten in meinem Kopf herum, und ich wusste nicht, was ich tun sollte.

TDie Erinnerung an diesen sonnigen Tag im Park kehrte in meinen Träumen zurück. Olivia und ich spielten im Park, als das ältere Kind mein Spielzeug einfach weggenommen hatte. Diese Ohnmacht machte sich wie ein Klumpen in meiner Brust breit, und ich spürte erneut den Schmerz und die Frustration.

Plötzlich tauchte Olivia vor meinem inneren Auge auf, entschlossen und mutig, als sie zu mir kam und mein Spielzeug zurückforderte. Ihre Stimme, fest und entschlossen, hallte in meinen Erinnerungen wider. Ihre Entschlossenheit und ihre Stärke erfüllten mich mit einer Mischung aus Bewunderung und Dankbarkeit. In diesem Moment war ich nicht nur traurig und verletzt, sondern auch stolz und erleichtert.

„Warum hast du das gemacht, Liv? Du hättest Ärger bekommen können", fragte ich sie damals verwirrt, aber sie lächelte nur sanft und legte beruhigend eine Hand auf meine Schulter. Es war, als ob ein warmes Licht in mein Herz drang und die Dunkelheit meiner Unsicherheit vertrieb.

„Weil es wichtig ist, für die Menschen einzustehen, die man liebt", erklärte sie mir mit ruhiger Überzeugung. „Manchmal müssen wir mutig sein und für das kämpfen, was uns wichtig ist."

Ihre Worte durchdrangen meine Gedanken, und ich erkannte die Bedeutung von Mut und Entschlossenheit, um für sich selbst einzutreten. In diesem Moment wusste ich, dass ich mich immer auf Olivia verlassen konnte, um mir beizustehen, und diese Gewissheit erfüllte mich mit einer tiefen Dankbarkeit. Während ich mich an diesen Moment zurückerinnerte, spürte ich eine tiefe Verbundenheit zu Olivia. Sie war nicht nur meine Schwester, sondern auch meine Beschützerin, meine Verbündete in schweren Zeiten.

Als ich das Wohnzimmer betrat, spürte ich sofort eine unheilvolle Spannung in der Luft. Die Stille der Wohnung umhüllte mich wie ein dichter Nebel, während mein Blick durch den Raum wanderte. Plötzlich fiel mein Blick auf einen Schatten, der sich im Halbdunkel abzeichnete - Phil.

Sein Anblick ließ mein Herz schneller schlagen, während ich spürte, wie sich meine Muskeln anspannten. Der Mann, der so viel Kontrolle über

Olivias Leben hatte, stand dort mit einer selbstgefälligen Leichtigkeit, die mich innerlich aufwühlte.

Mein Blick verfinsterte sich, als ich den Mann betrachtete, der oft bis spät in die Nacht mit Olivia arbeitete und damit unseren Alltag beeinflusste. Ein Hauch von Eifersucht und Misstrauen durchzog meine Gedanken, aber ich zwang mich, ruhig zu bleiben und die Kontrolle zu behalten.

„Ah, Mitbewohner", begrüßte Phil mich mit einer spöttischen Untertönigkeit, die mir die Zähne aufeinanderpressen ließ. „Ich dachte, du wärst nicht hier." Seine Worte trugen eine unterschwellige Botschaft, die mir klar machte, dass ich in seinem Spiel nur eine Nebenrolle spielte. Ich zwang mich zu einem höflichen Lächeln, obwohl mein Inneres brodelte. Phil schien in letzter Zeit mehr über Olivias Leben zu bestimmen als sie selbst, und dieser Gedanke erfüllte mich mit einer Mischung aus Ohnmacht und Frustration.

„Ja, ich bin hier", antwortete ich knapp, meine Stimme ruhiger, als ich mich fühlte. Ich stand fest, bereit für das, was kommen würde, und hoffte, dass ich die Kontrolle über meine eigenen Gefühle behalten konnte.

Plötzlich durchbrach meine Stimme die Stille des Raumes. „Wo ist Olivia?", fragte ich bemüht, es beiläufig klingen zu lassen. „Bei der Arbeit", antwortete er kühl. Ein Funken Provokation loderte in mir auf. „Sollte der Chef nicht vor den Angestellten auf der Arbeit sein?", fragte ich, den Blick fest auf ihn gerichtet.

Seine nächsten Worte ließen mich erstarren. „Stört es dich, dass Olivia mit ihrem Chef ausgeht oder dass Olivia nicht mit dir ausgeht? Wenn es das zweite ist… zieh aus!", sagte er und fixierte mich mit einem Blick, der mir Gänsehaut bereitete.

Ich konnte nicht antworten. Die Worte lagen auf meiner Zunge, doch sein arroganter Blick verriet, dass jede Antwort, die ich geben würde, ihm Genugtuung versprechen würde. Es störte mich, dass Olivia lieber mit einem Arschloch wie Phil ausgeht, anstatt mit mir. Ich wusste, dass ich die bessere Wahl war, aber Olivia musste es noch erkennen.

Ohne ein Wort zu sagen, verließ er das Wohnzimmer und kehrte in Olivias Zimmer zurück. Für einen gefühlten ewigen Moment blieb ich wie angewurzelt stehen. Wie konnte sie nur so einen Arsch lieben? Er war ihrer Liebe nicht würdig. Doch während die Zweifel in mir wuchsen, loderte auch ein Funke Entschlossenheit auf. Ich würde nicht zulassen, dass dieser Mann sie weiterhin manipulierte und kontrollierte. Es war an der Zeit, dass Olivia die Wahrheit erkannte und die Unterstützung erhielt, die sie brauchte, um sich von ihm zu lösen.

Mit einem letzten entschlossenen Blick wandte ich mich ab und verließ das Wohnzimmer. Die Entschlossenheit brannte in mir wie ein Feuer, und ich wusste, dass ich bereit war, alles zu tun, um Olivia zu helfen, die Wahrheit zu erkennen und sich von dieser toxischen Beziehung zu befreien. Wir würden für einander da sein. So wie wir früher immer für einander da waren in den schlimmsten Momenten unseres Lebens. Wie an dem Tag, wo der Anruf kam. Ich und Olivia saßen im Wohnzimmer und spielten gemeinsam ein Brettspiel, als das Telefon läutete. Susanne hob ab, und ihr Gesichtsausdruck wurde plötzlich ernst. Eine ungewohnte Anspannung lag in der Luft, während Susanne mit einem besorgten Ton sprach.

„Was ist los, Mama?", fragte Olivia nervös, als Susanne auflegte.

Ihre Mutter sah sie mit einem gequälten Ausdruck an: „Timmy, Olivia, es tut mir leid, euch das sagen zu müssen, aber es gab einen Autounfall. Sie sind beide ins Krankenhaus gebracht worden."

Ein Schock durchzuckte meinen Körper, und ich spürte, wie sich ein Klumpen in meinem Magen bildete. Neben mir sah ich, wie Olivia blass wurde und ihre Augen sich mit Tränen füllten.

„Was ist passiert? Ist Papa in Ordnung?", fragte Olivia mit zitternder Stimme.

Susanne versuchte ruhig zu bleiben, obwohl ihre Stimme zitterte. „Es ist noch unklar, wie schwer seine Verletzungen sind. Aber die Ärzte tun alles, um ihm zu helfen."

Eine Welle der Angst brach über mich herein: „Was ist mit meiner Mama?". Susanne schüttelte den Kopf, sie konnte nicht sprechen, da sie bereits in Tränen ausbrach und Olivia im Arm hielt.

„Wir müssen zu ihnen ins Krankenhaus gehen", sagte ich entschlossen, unwissend, was mich erwarten würde.

Enttäuschung und Verwirrung spiegelten sich in unseren Gesichtern wider, als Amelie plötzlich die Einladung zur Wohnungsbesichtigung erwähnte und unsere Picknickpläne zunichte machte. Es war schwer zu glauben, dass sie etwas so Wichtiges vergessen hatte, besonders da sie diejenige war, die die Idee für unser gemeinsames Abenteuer im Park hatte. Der Frühling war allmählich gekommen und wir wollten den ersten sonnigen Tag des Jahres mit einem Picknick willkommen heißen.

„Ähm, was ist mit unserem Picknick im Park?", fragte ich vorsichtig, während Olivia mir zustimmend nickte, offensichtlich enttäuscht von Amelies plötzlicher Absage.

Amelie seufzte bedauernd und zuckte mit den Schultern. „Es tut mir leid, aber ich kann die Gelegenheit zur Wohnungsbesichtigung einfach nicht verpassen. Es könnte meine Chance sein, endlich eine neue Wohnung zu finden."

Ihre Worte klangen vernünftig, aber dennoch war die Enttäuschung über ihre Absage nicht zu übersehen. Es war schwer zu akzeptieren, dass unsere Pläne durch äußere Umstände vereitelt wurden, besonders wenn wir uns alle so sehr darauf gefreut hatten.

„Das ist verständlich, Amelie", sagte ich schließlich mit einem gezwungenen Lächeln. „Wir können das Picknick ein anderes Mal machen. Deine Wohnungssuche ist wichtiger."

Olivia nickte zustimmend, doch ich konnte sehen, dass auch sie enttäuscht war. Dennoch versuchten wir, Verständnis für Amelies Situation aufzubringen und ihr unsere Unterstützung anzubieten, auch wenn es bedeutete, unsere eigenen Pläne zurückzustellen.

Trotz der Spannungen zwischen uns seit dem Geständnis meiner Gefühle für sie beschlossen Olivia und ich, ohne Amelie zum Picknick im Park zu gehen. Es fühlte sich wie ein Akt der Rebellion an, eine kleine Flucht aus der Realität unserer alltäglichen Probleme.

Wir schlenderten gemeinsam durch den Park, und obwohl unsere Gespräche etwas steif und unbeholfen waren, genossen wir die ruhige Atmosphäre und die ersten wärmenden Sonnenstrahlen auf unserer Haut. Die Grünflächen des Parks waren belebt von spielenden Kindern und fröhlichen Gesprächen, die eine angenehme Ablenkung von unseren eigenen Gedanken boten.

Während wir auf einer Decke in der Frühlingssonne saßen und unser Picknick genossen, begannen wir langsam, uns wieder zu entspannen und uns gegenseitig zu öffnen. Es war, als ob die friedliche Umgebung des Parks unsere Spannungen löste und es uns ermöglichte, uns wieder näher zu kommen.

„Es tut mir leid, dass es zwischen uns in letzter Zeit so angespannt war", brach ich schließlich das Schweigen, meine Worte leise und vorsichtig. Olivia sah mich an, ein Hauch von Traurigkeit in ihren Augen. „Es ist okay, Timmy. Ich weiß, dass es für dich nicht einfach war. Ich war nur überrascht und wusste nicht, wie ich reagieren sollte, daher bin ich dir ein wenig aus dem Weg gegangen."

Ein Hauch von Erleichterung durchströmte mich bei ihren Worten, und ich lächelte leicht. „Du sollst wissen, dass ich nichts unternehmen werde, womit du dich unwohl fühlst. Ich habe dich bereits geliebt, als wir Kinder waren. Dass wir viele Jahre getrennt voneinander waren, hat mich die Gefühle vergessen lassen, doch sie sind wieder da. Bitte fühle dich nicht schuldig mir gegenüber und behandele mich wieder ganz normal."

Wir verbrachten den Rest des Nachmittags damit, uns über alles Mögliche zu unterhalten, von unseren Kindheitserinnerungen bis hin zu albernen Witzen, die wir mal gehört hatten. Als die Dämmerung einbrach und die Kälte sich bis in die Knochen eindrang, kehrten wir zurück in die Wohnung, wo ein fröhliches Lachen hallte, als Amelie den Sektkorken knallen ließ und verkündete, dass sie endlich eine neue Wohnung gefunden hatte. Die Freude war greifbar, als wir gemeinsam auf die gute Nachricht anstießen.

„Das ist großartig, Amelie!" rief ich aus, meine Stimme von echter Begeisterung durchdrungen. „Wir werden dich vermissen, aber wir freuen uns auch, dass du endlich eine eigene Wohnung gefunden hast." Olivia stimmte mir zu, und wir umarmten uns alle herzlich, als Zeichen unserer Unterstützung für Amelie in ihrem neuen Lebensabschnitt. Amelie strahlte vor Glück, ihre Augen leuchteten vor Aufregung. „Danke, dass ihr immer für mich da wart. Ich weiß das wirklich zu schätzen."

Wir feierten den Rest des Abends gemeinsam, voller Vorfreude auf die Zukunft und dankbar für die gemeinsame Zeit, die wir miteinander verbringen durften.

Es war ein seltsames Gefühl, die Couch zu sehen, auf der Amelie monatelang geschlafen hatte, während sie nach einer neuen Bleibe suchte. Die Leere, die sie hinterlassen würde, wurde jedoch sofort von der Euphorie der bevorstehenden Veränderungen überlagert.

Der Umzugstag war angebrochen, und wir hatten uns entschlossen, Amelie bei ihrem Neuanfang zu unterstützen. Mit Kartons bewaffnet betraten wir ihre alte Wohnung, um ihr beim Packen und Abholen ihrer Sachen zu helfen. Doch die Atmosphäre war gespannt, als wir auf Jannis trafen, Amelies zukünftigen-Ex-Mann.

Sein Verhalten gegenüber Amelie war schwer mit anzusehen, während sie den Kontakt zu ihm suchte, um die letzten Details des Umzugs zu klären, würgte er die Gespräche ab und zeigte sich desinteressiert. Es war ein beklemmendes Gefühl, Zeuge dieser Interaktion zu sein, und ich konnte nicht anders, als mit Empathie für Amelie zu fühlen.

Während wir gemeinsam Kartons packten und Möbel abbauten, bemerkte ich, wie Amelie immer wieder versuchte, mit Jannis ins Gespräch zu kommen. Ihre Worte waren ruhig und bestimmt, doch ihre Augen verrieten eine tiefe Traurigkeit und Unsicherheit.

Es war offensichtlich, dass Amelie die Scheidung nicht wollte und dass die Entscheidung von Jannis ausging.

„Es tut mir leid, dass du das durchmachen musst, Amelie", flüsterte ich ihr leise zu, als wir uns kurz von den anderen entfernten. „Aber du bist stark, und du wirst das schaffen. Wir sind immer für dich da, egal was passiert."

Amelie lächelte schwach, ihre Augen feucht vor Tränen. „Danke, Timmy. Das bedeutet mir wirklich viel."

Gemeinsam setzten wir den Umzug fort, wissend, dass wir Amelie auf ihrem Weg in ein neues Leben unterstützen würden, egal was kommen mochte. Jeder Karton, den wir trugen, und jedes Möbelstück, das wir verpackten, schien eine Erinnerung an vergangene Zeiten und eine Verbindung zu ihrer Vergangenheit zu sein.

Als wir schließlich alles verpackt hatten und Amelie bereit war, ihre alte Wohnung für immer zu verlassen, spürte ich eine Mischung aus Trauer und Hoffnung. Trauer über das, was verloren gegangen war und Hoffnung, dass Amelie ihr Glück anderweitig finden würde.

Als wir schließlich die Tür zu ihrer neuen Wohnung öffneten und die leeren Räume betraten, legte sich die angespannte Stimmung schnell. Es war ein frischer Start, ein neues Kapitel, das darauf wartete, geschrieben zu werden.

Und während wir gemeinsam begannen, Amelies neue Wohnung einzurichten und ihr beim Einleben zu helfen, spürte ich, wie sich ein Gefühl der Vorfreude und der Aufregung in ihr ausbreitete.

O Als wir in dem gemütlichen Café saßen, bemerkte ich, dass Timmy nicht so fröhlich wirkte wie sonst. Seine Augen hatten einen müden Ausdruck, und sein Lächeln schien gezwungen. Eine ungewohnte Schwere lag in der Luft um uns herum, und ich konnte spüren, dass etwas ihn beschäftigte.

„Timmy, ist alles in Ordnung?" fragte ich vorsichtig, meine Stirn besorgt gerunzelt.

Er hob den Blick von seinem Kaffee und zwang sich zu einem Lächeln. „Ja, alles ist gut", antwortete er schnell, doch ich konnte die Unruhe in seiner Stimme spüren.

Ich ließ mich nicht so leicht abspeisen. „Bist du sicher?" hakte ich nach, meine Stimme sanft aber bestimmt.

Timmys Lächeln verblasste, und er seufzte leise. „Es ist nur... In drei Tagen ist der Todestag meiner Mutter."

Der Klang seiner Worte durchdrang die Stille des Cafés und hinterließ eine bedrückende Atmosphäre zwischen uns. Ich spürte, wie sich mein Herz zusammenzog, als ich sah, wie Timmy mit seinen Gedanken kämpfte. Ich erinnerte mich zurück an den Tag der Beerdigung, als ich neben Timmy stand und die Trauer in seinen Augen sah, fühlte ich einen schmerzhaften Stich in meinem eigenen Herzen. Sein bleiches Gesicht und die tiefe Erschöpfung spiegelten den Verlust wider, den er empfand. Die Umarmungen der Verwandten und die traurigen Gesichter der Anwesenden verstärkten nur das Gefühl der Leere um uns herum.

Ich legte sanft meine Hand auf Timmys Schulter und drückte sie liebevoll. Ich wusste, dass ich ihm in dieser schweren Zeit beistehen musste, auch wenn Worte kaum ausreichten, um seinen Schmerz zu lindern.

„Es tut mir so leid, Timmy", flüsterte ich leise, meine Stimme brach fast vor Traurigkeit. „Deine Mutter war eine wundervolle Frau. Sie wird immer einen besonderen Platz in unseren Herzen haben."

Timmy nickte stumm, unfähig zu sprechen, seine Augen gefüllt mit Tränen. Ich spürte seinen Schmerz, seinen Verlust, und ich wünschte, ich könnte ihn davon befreien.

Ich zog ihn sanft in eine Umarmung, und Timmy ließ sich in meinen Armen nieder, während er seine Tränen freien Lauf ließ. Ich umarmte ihn fest, und in diesem Moment fühlte ich mich verbunden mit seinem Schmerz, verbunden mit ihm in seiner Trauer.

Gemeinsam standen wir da, umhüllt von dem Abschiedsschmerz, der uns langsam umfing.

„Ich verstehe", sagte ich leise, als ich mich gedanklich wieder in der Gegenwart befand, meine Hand weiterhin auf seiner ruhend. „Das muss eine schwierige Zeit für dich sein."

Timmy nickte, und ich konnte die Traurigkeit in seinen Augen sehen.

„Es ist nur so, dass ich irgendwo tief im Inneren die Hoffnung hatte, dass ich mich meinem Vater langsam annähern könnte, doch er verhält sich weiterhin wie ein Arsch", murmelte er, als ob er in Gedanken versunken wäre.

Ich legte meine andere Hand auf seine, um ihn zu trösten. „Es ist okay, darüber zu reden, Timmy. Ich bin hier für dich", sagte ich sanft.

Wir schwiegen einen Moment lang, und ich ließ ihn in Ruhe seine Gedanken sortieren. Schließlich sah er mich an, ein Hauch von Dankbarkeit in seinem Blick. „Danke, Olivia", flüsterte er leise. „Es bedeutet mir viel, dass du hier bist und mich trösten möchtest, obwohl auch du einen Verlust erleben musstest."

Ich erinnerte mich schmerzhaft an meinen eigenen Verlust, der im Zusammenhang mit dem Tod seiner Mutter stand, doch dann lächelte ich ihm aufmunternd zu. „Immer, Timmy", sagte ich fest. „Du musst nicht allein durch diese schweren Zeiten gehen. Wir sind eine Familie, erinnerst du dich?"

Kurzerhand schlug ich vor, mit ihm gemeinsam ihr Grab zu besuchen. Ein zarter Ausdruck der Überraschung huschte über Timmys Gesicht, als er meine Worte hörte. Er schien für einen Moment zu zögern, dann nickte er langsam. „Das... das wäre schön", sagte er leise, seine Stimme von Emotionen gefärbt.

Ich war froh, dass er mein Angebot angenommen hatte. „Es wird gut sein, gemeinsam dort zu sein", erwiderte ich sanft. „Wir können Erinnerungen teilen und uns an sie beide erinnern."

Ein Hauch von Dankbarkeit glitt über Timmys Gesicht, und er griff nach meiner Hand. „Danke, Olivia", sagte er leise. „Für alles."

Ich drückte seine Hand fest und lächelte ihm aufmunternd zu. „Für dich immer, Timmy", erwiderte ich, bereit, ihn auf diesem emotionalen Weg zu begleiten, egal was kommen mochte.

Drei Tage später umgab uns die kühle Morgenluft, als wir gemeinsam den Friedhof betraten. Die Sonne brach durch die Wolken, und ein sanfter Wind strich durch die Bäume, die über die Grabsteine ragten. Ich spürte eine Mischung aus Trauer und Trost, als wir uns dem Grab von Timmys Mutter näherten.

Meine Mama stand ein wenig abseits, um uns Raum zu geben, aber ihre Präsenz allein war tröstlich. Ich sah, wie sie versuchte, ihre Trauer nicht anmerken zu lassen. Timmys und meine Mutter waren nicht nur in einem Angestelltenverhältnis, sondern auch Freundinnen. Der Todestag seiner Mutter war auch der Tag, an dem ich mit meinen Vater zum letzten Mal sprechen konnte.

Timmy verharrte einen Moment vor dem Grab, seine Gedanken von Erinnerungen und Emotionen erfüllt. Timmy legte sanft eine Blume auf das Grab und senkte den Kopf. Seine Augen waren geschlossen, als ob er in stille Andacht versunken wäre. Ich legte meine Hand auf seine Schulter, um ihm meine Unterstützung zu zeigen.

„Ich vermisse sie so sehr", flüsterte Timmy schließlich, seine Stimme kaum mehr als ein Hauch.

Ich drückte seine Schulter sanft und fühlte eine Welle der Trauer. „Ich weiß", erwiderte ich leise. „Aber sie ist immer noch bei uns, in unseren Herzen und Erinnerungen," sagte meine Mutter, die zu uns gekommen war.

Wir verharrten noch einen Moment in Stille, bevor wir uns langsam abwandten, um den Friedhof zu verlassen. Auf dem Weg zum Ausgang legte Timmy seinen Arm um mich, und wir gingen Seite an Seite. Im Anschluss gingen wir zu dritt in einem kleinen Bistro brunchen und schwelgten in Erinnerungen an die Verstorbenen.

Als wir klein waren, Timmy und ich im Wohnzimmer saßen, umhüllte uns eine stille Traurigkeit hielt Timmy ein altes Fotoalbum in den Händen und starrte auf die Bilder seiner verstorbenen Mutter, die sie mit warmen Lächeln und liebevollen Umarmungen zeigten.

„Ich vermisse Mama so sehr, Olivia", murmelte Timmy mit gebrochener Stimme, Tränen in den Augen.

Ich legte sanft eine Hand auf Timmys Schulter und zog ihn in eine liebevolle Umarmung. „Ich weiß, Timmy. Ich vermisse meinen Vater auch jeden Tag", antwortete ich leise, meine eigene Traurigkeit in meinen Augen.

Timmy schniefte und wischte sich die Tränen aus den Augen. „Warum musste sie gehen, Liv? Es tut so weh."

Ich seufzte und zog Timmy näher an mich heran. „Manchmal passieren Dinge in unserem Leben, die wir nicht verstehen können, Timmy."

Timmy nickte langsam, während er versuchte, meine Worte zu verstehen. „Aber was machen wir jetzt, Liv? Wie sollen wir mit dieser Traurigkeit umgehen?"

Ich lächelte sanft und strich Timmy über das Haar. „Es ist wichtig, dass wir uns an die guten Zeiten mit deiner Mama erinnern und sie in unseren Herzen behalten. Wir können über sie sprechen und Geschichten über sie erzählen."

Timmy sah mich mit feuchten Augen an. „Aber es tut immer noch so weh."

Ich nickte verständnisvoll. „Timmy. Es ist in Ordnung zu trauern und zu weinen. Aber mit der Zeit wird der Schmerz nachlassen, und wir werden lernen, mit dem Verlust umzugehen. Wir sind nicht allein, Timmy. Wir haben uns gegenseitig, und wir werden uns gegenseitig durch diese schwierige Zeit hindurch tragen."

Timmy lächelte schwach, dankbar für die liebevolle Unterstützung. Mit mir an seiner Seite fühlte er sich etwas weniger allein in seiner Trauer und wusste, dass wir zusammen stark sein würden.

Nach einem anstrengenden Arbeitstag in der Notaufnahme kehrte ich endlich nach Hause zurück. Die Atmosphäre der Klinik lag noch immer wie ein schwerer Schleier über meinen Gedanken, und die Ereignisse des Tages ließen mich nicht so leicht los. Als ich die Tür öffnete, durchflutete mich die warme, vertraute Atmosphäre unserer Wohnung. Der Geruch von Olivenöl und Gewürzen hing in der Luft, während das gedämpfte Licht dem Raum eine beruhigende Stimmung verlieh.

Mein Blick fiel sofort auf das Sofa, wo Olivia friedlich schlief, umgeben von Decken und Kissen. Ihr Gesicht strahlte eine gewisse Ruhe aus, die mich sofort beruhigte. Sie sah so friedlich aus, als ob alle Sorgen und Ängste des Tages in diesem Moment verschwunden wären.

Ein sanftes Lächeln breitete sich auf meinen Lippen aus, als ich mich leise näherte, um sie nicht zu wecken. Ihr lockiges Haar fiel weich über ihre Schultern, und ihr gleichmäßiger Atem verriet mir, dass sie tief und fest schlief.

Ich ließ mich vorsichtig neben sie auf das Sofa sinken und betrachtete sie einen Moment lang schweigend. Die Gedanken an den heutigen Tag verblassten langsam, während ich mich von ihrer ruhigen Präsenz umfangen fühlte.

Ich holte ein Buch heraus und begann zu lesen, während sie neben mir schlief.

Nach einer Weile hob sie langsam den Kopf und öffnete ihre Augen, noch halb im Schlaf. Ein verschlafenes Lächeln spielte um ihre Lippen, als sie mich erkannte.

„Hey", murmelte sie leise, ihre Stimme von der Müdigkeit des Schlafs gefärbt.

„Hey", erwiderte ich sanft, meine Hand streichelte liebevoll über ihre Wange. „Hast du gut geschlafen?"

Sie nickte verschlafen und schmiegte sich näher an mich heran, ihre Hand fand den Weg zu meiner.

„Es tut mir leid, dass ich eingeschlafen bin. Wir wollten doch gemeinsam kochen", sagte sie leise, mit einem Hauch von Reue in ihrer Stimme.

Ich schüttelte den Kopf und lächelte. „Es ist in Ordnung. Du hast einen langen Tag hinter dir. Ich bin froh, dass du dich ausruhen konntest."

Wir saßen eine Weile schweigend da, die Wärme des Augenblicks umgab uns wie eine schützende Decke. In diesem Moment gab es keine Sorgen, keine Ängste, nur wir beide.

Langsam schloss Olivia wieder die Augen, und ich spürte, wie die Müdigkeit sie wieder einholte. Ich stand auf, um sie behutsam ins Bett zu bringen, und deckte sie liebevoll zu, bevor ich mich in mein Zimmer begab. Die Stille der Nacht umhüllte mich, als ich mich auf mein Bett legte, meine Gedanken noch immer von den Ereignissen des Tages erfüllt. Doch während ich dort lag, spürte ich eine tiefe Dankbarkeit für die friedliche Präsenz von Olivia in meinem Leben.

Es war ein Gefühl der Geborgenheit und des Friedens, das mich umgab, und ich wusste, dass ich in diesem Moment genau da sein wollte, an ihrer Seite, um sie zu beschützen und zu unterstützen, genauso wie sie es für mich tat.

Ich erinnerte mich, als die Sterne am Himmel zu funkeln begannen, saßen Olivia und ich damals am Ufer eines ruhigen Sees. Das sanfte Plätschern des Wassers und das Zirpen der Grillen umgaben uns in der Stille der Nacht.

„Olivia, warum tut es manchmal weh?" fragte ich, während ich in die Ferne starrte, meine Augen von einem Hauch der Traurigkeit erfüllt.

Olivia legte sanft einen Arm um meine Schultern und zog mich näher an sich heran. „Manchmal tut es weh, weil das Leben manchmal schwierig sein kann", begann sie ruhig. „Aber genauso wie die Sonne nach einem Regen wieder scheint, so vergeht auch der Schmerz."

Ich runzelte die Stirn, und meine Augen füllten sich mit Verwirrung. „Aber was ist, wenn der Schmerz nicht weggeht?"

Olivia lächelte sanft und strich mir über das Haar. „Der Schmerz mag zwar eine Weile bleiben, aber mit der Zeit wird er schwächer. Er wird dich nicht für immer festhalten, denn das Leben ist voller Möglichkeiten und Chancen für Glück und Freude."

Ich nickte langsam, als ich über Olivias Worte nachdachte. „Also wird es besser, wenn ich traurig bin?"

Olivia nickte und umarmte mich fester. „Ja, es wird besser. Du musst nur Geduld haben und darauf vertrauen, dass die guten Zeiten kommen werden. Und ich werde immer hier sein, um dich zu unterstützen und dich aufzumuntern, egal was passiert."

Die Erinnerung an diesen besonderen Weihnachtsabend kehrte in meine Gedanken zurück, als ich die Abendschicht an Heiligabend übernahm, da meine Kollegen alle Heiligabend mit ihren Liebsten verbringen wollten. Die Kälte des Abends drang durch die Scheiben, während ich mich an das Gefühl der Einsamkeit erinnerte, das mich damals ergriffen hatte. Plötzlich durchbrach ein sanftes Klopfen an der Tür meine Gedanken, und als ich öffnete, stand Olivia vor mir, mit einem strahlenden Lächeln auf den Lippen. Die Erinnerung an ihre warme Einladung an diesem einsamen Weihnachtsabend erwärmte mein Herz, und ich lächelte schwach.

„Frohe Weihnachten, Timmy!" sagte sie fröhlich, und ich spürte, wie sich meine Traurigkeit ein wenig erleichterte. „Komm doch einfach mit zu uns. Meine Familie freut sich bestimmt, dich bei unserem Weihnachtsfest dabei zu haben."

Die Erinnerung an die Wärme und den Zusammenhalt, den ich bei ihrer Familie gefunden hatte, ließ mich die Einsamkeit des jetzigen Moments ein wenig vergessen. Doch zugleich fühlte ich auch eine Mischung aus Dankbarkeit und einem Hauch von Scham, dass ich nicht bei meiner eigenen Familie sein konnte. Trotzdem überwog die Dankbarkeit für Olivias herzliche Geste und die Hoffnung darauf, dass dieser Abend die Einsamkeit des Festes etwas lindern würde.

Als ich spät am Heiligabend von der Spätschicht nach Hause kam, wurde ich von einem warmen Licht und fröhlichem Gelächter empfangen. Die Wohnung war in festlichen Farben geschmückt, und der Tisch im Wohnzimmer war reich gedeckt mit köstlichem Essen und dampfendem Glühwein. Amelie, Olivia und ihre Mutter Susanne saßen um den Tisch herum, strahlten vor Vorfreude und luden mich herzlich ein, mich zu ihnen zu gesellen. Das warme Ambiente und die herzliche Atmosphäre um mich herum erfüllten mich mit einem Gefühl der Geborgenheit, das ich schon lange nicht mehr gespürt hatte.

„Timmy, schön, dass du endlich da bist!", rief Olivia mir entgegen und winkte mich herbei. „Wir haben auf dich gewartet."

Ich ließ meinen Blick durch den Raum schweifen und war begeistert von der festlichen Pracht. „Das sieht ja alles wunderbar aus!", sagte ich und ging zu ihnen hinüber.

„Komm, setz dich zu uns", lud Amelie mich ein und klopfte auf den Stuhl neben sich. „Wir haben noch Platz für dich."

Als ich mich zu ihnen setzte, fühlte ich mich wie ein Teil ihrer Familie. Die freundlichen Blicke, das herzliche Lachen und die liebevolle Atmosphäre um mich herum ließen mich fühlen, als wären die drei meine echte Familie.

„Guten Abend, Timmy", begrüßte mich Susanne mit einem liebevollen Lächeln. „Wir freuen uns, dass du es geschafft hast, rechtzeitig zu kommen."

„Ja, es war ein langer Tag", antwortete ich und lächelte dankbar. „Aber ich bin froh, hier zu sein."

In diesem Moment fühlte ich mich nicht mehr allein, nicht mehr isoliert von meinen eigenen Verwandten, mit denen ich keinen Kontakt mehr hatte. Stattdessen umgab mich ein Gefühl der Verbundenheit und Zugehörigkeit, das mich tief berührte.

Während wir gemeinsam das Festessen genossen und uns in angeregten Unterhaltungen verloren, fühlte ich mich von Dankbarkeit erfüllt. Dankbar dafür, dass ich an diesem besonderen Abend nicht allein war, sondern von Menschen umgeben, die mich mit offenen Armen aufnahmen und mir das Gefühl gaben, dazuzugehören.

Als die Feier langsam zu Ende ging und sich der Abend dem Ende neigte, begleitete ich Susanne zur U-Bahn. Der kalte Wind strich durch die Straßen, während wir langsam die leeren Gehwege entlang gingen. Ein Gefühl der Dankbarkeit erfüllte mich, als ich neben ihr ging, und ich wusste, dass ich ihr noch etwas Wichtiges sagen musste.

„Danke, Susanne", begann ich zögernd, meine Worte sorgfältig wählend. „Für alles, was du für mich getan hast. Du bist wie eine Mutter für mich, und ich schätze deine Fürsorge und deine Liebe sehr."

Susanne lächelte warm und legte sanft ihre Hand auf meine Schulter. „Oh Timmy, du bist ein so lieber Junge. Es war mir eine Freude, dich zu unterstützen und für dich da zu sein. Du bist wie ein Sohn für mich und ich werde immer für dich da sein."

Ein warmes Gefühl der Verbundenheit durchströmte mich, als ich ihre Worte hörte, und ich wusste, dass ich die richtigen Worte gefunden hatte. Es war wichtig für mich, Susanne zu sagen, wie viel sie mir bedeutete und wie dankbar ich für ihre Liebe und Fürsorge war.

Als wir schließlich die U-Bahnstation erreichten und uns verabschiedeten, fühlte ich eine tiefe Dankbarkeit und Demut für das Geschenk der Familie, das mir an diesem besonderen Abend gegeben wurde. Es war ein Abend, den ich für immer in meinem Herzen tragen würde, ein Abend der Liebe und des Zusammenhalts, der mir zeigte, dass ich einen Ort gefunden hatte, an dem ich dazugehörte.

Während ich nach Hause ging, erfüllt von einem Gefühl der Wärme und der Geborgenheit, wusste ich, dass ich diesen besonderen Abend nie vergessen würde. Er würde für immer in meinem Herzen bleiben als ein Zeichen der Liebe und der Hoffnung.

Und so trat ich mit einem Lächeln auf den Lippen und einem warmen Gefühl im Herzen in die stille Nacht, bereit, mich den Herausforderungen des Lebens zu stellen, die Erinnerungen an diesen Abend würden für immer in meinem Herzen bleiben und mich in schweren Zeiten stärken. Als ich zurück in der Wohnung ankam, saß Amelie auf dem Sofa und schaute Fernsehen. Ich gesellte mich zu ihr und sie verriet, dass Phil vorbeigekommen war, kaum das Susanne weg war, als würde er sie meiden wollen. Amelie und ich schauten noch eine Folge der Sitcom gemeinsam, bis ich in Bett ging, da ich am nächsten Tag wieder die Frühschicht hatte, um meine Kollegen mit Familie über die Feiertage zu entlasten.

O Die Zeit verging langsam, während ich stundenlang auf Phil wartete. Ich hatte mich schick gemacht, das Abendessen vorbereitet und das Wohnzimmer liebevoll dekoriert für unseren zweiten Jahrestag, aber er war immer noch nicht aufgetaucht. Der Klang des tickenden Uhrzeigers wurde zu einem unerbittlichen Begleiter in der Stille des Raumes, und mit jeder vergehenden Minute wuchs meine Enttäuschung und Frustration.

Jedes Ticken der Uhr war wie ein Schlag gegen mein Herz. Ich starrte auf mein Handy, als könnte ich ihn durch pure Willenskraft dazu bringen, eine Nachricht zu schicken. Nur eine einzige Nachricht, die mir erklärte, wo er war. Aber das Display blieb dunkel, genauso wie meine Hoffnung. Warum kümmerte er sich nicht um mich? Die Frage bohrte sich tiefer und tiefer in mein Bewusstsein. Ich hatte mir solche Mühe gegeben – das Kleid, das er einmal schön gefunden hatte, das Essen, das er liebte, die Kerzen, die ich aufgestellt hatte, weil er einmal gesagt hatte, sie würden romantisch wirken. Aber für wen hatte ich das alles gemacht? Für einen Geist, der nie auftauchte?

Die Abendsonne hatte längst ihren Höhepunkt erreicht und war hinter den Horizont getaucht, als ich resigniert aufstand und durch das Zimmer schlenderte. Mein Herz war schwer vor Enttäuschung, während die Erinnerungen an all die Male durch meinen Kopf wirbelten, in denen er mich versetzt hatte.

Wie oft hatte ich schon so dagestanden? Wie oft hatte ich schon diese Kälte in meiner Brust gespürt, diese Leere, die sich ausbreitete, wenn ich wieder einmal realisierte, dass ich allein war? Es war, als würde ich für jemanden kämpfen, der bereits den Kampf aufgegeben hatte – oder vielleicht nie gekämpft hatte.

Ich erinnerte mich an die Anfangszeit, als er noch pünktlich war, als er noch aufgeregt war, mich zu sehen. Wann hatte sich das geändert? Wann war ich zur Nebensache geworden, zur Option, die man ignorieren konnte, ohne Konsequenzen zu fürchten?

Seine Entschuldigungen und leeren Versprechungen hallten in meinem Kopf wider, während ich mich fragte, ob ich jemals eine Priorität in seinem Leben sein würde. Die Schatten der Zweifel und Selbstzweifel

114

umhüllten mich, und eine einsame Träne rollte über meine Wange, als ich mir die Frage stellte, ob ich es verdient hatte, so behandelt zu werden. "Es tut mir leid, ich hatte viel zu tun." "Nächstes Mal wird es anders." "Du weißt doch, wie wichtig du mir bist." Leere Worte, die wie Schatten durch mein Gedächtnis geisterten. Worte ohne Taten, Versprechungen ohne Substanz. Warum glaubte ich ihm immer wieder? Warum hoffte ich immer noch?

Vielleicht lag es an mir. Vielleicht war ich nicht interessant genug, nicht wichtig genug, nicht liebenswert genug. Vielleicht verdiente ich es wirklich nicht, dass sich jemand um mich kümmerte. Diese Gedanken waren wie Gift, aber sie fühlten sich vertraut an, wie eine alte, schmerzhafte Freundin.

Die Leere in meinem Herzen war greifbar, als ich mich auf das Sofa sinken ließ und den Blick aus dem Fenster schweifen ließ. Die Dunkelheit der Nacht senkte sich langsam über die Stadt, und mit jedem vergehenden Moment schwand auch meine Hoffnung auf ein glückliches Ende dieses Abends.

Draußen gingen Menschen spazieren, Hand in Hand, lachend, liebevoll. Sie hatten, was ich mir so verzweifelt wünschte – jemanden, der sie sah, der sie wertschätzte, der für sie da war. Ich presste meine Handflächen gegen das kalte Glas und fragte mich, ob ich jemals so glücklich sein würde.

Die Kerzen waren fast heruntergebrannt, das Essen längst kalt geworden. Alles, was ich mit Liebe vorbereitet hatte, war umsonst gewesen. Wieder einmal. Wie ein Ritual der Selbstverleugnung, das ich immer wieder durchführte, in der Hoffnung auf ein anderes Ergebnis.

Allein gelassen mit meinen Gedanken und einer ungewissen Zukunft vor mir, spürte ich die Last der Einsamkeit und des Verrats schwer auf meinen Schultern lasten. Es war ein weiterer Abend des Wartens, ein weiterer Abend der Enttäuschung, und ich fragte mich, wie lange ich noch die Last dieses gebrochenen Versprechens tragen würde.

Wie lange würde ich noch warten? Wie lange würde ich noch hoffen? Wie lange würde ich noch akzeptieren, dass seine Gleichgültigkeit meine Normalität war? Irgendwann musste ich doch aufhören zu fragen, warum er sich nicht um mich kümmerte, und anfangen zu fragen, warum ich mich selbst nicht genug kümmerte, um zu gehen.

Aber heute Nacht war ich noch nicht bereit für diese Antwort. Heute Nacht würde ich nur hier sitzen, in der Dunkelheit meiner eigenen Enttäuschung, und darauf warten, dass sich etwas änderte – auch wenn ich längst wusste, dass die Veränderung von mir kommen musste.

Die Dunkelheit der Nacht hatte sich wie ein schweres Tuch über die Wohnung gelegt, als das schrille Läuten der Türklingel die Stille zerriss. Mein Herz machte einen Sprung – eine Mischung aus Hoffnung und Vorahnung, die mir den Atem stocken ließ. Als ich die Tür öffnete, schlug mir eine Wand aus Alkoholgestank entgegen, so durchdringend, dass ich unwillkürlich zurückwich.

Phil taumelte über die Schwelle, seine Augen glasig und unfokussiert, sein einst so gepflegtes Äußeres verwahrlost. Sein Hemd hing schief, die Haare waren zerzaust, und an seinem Kinn klebten noch Reste von dem, was einmal Selbstrespekt gewesen war.

Ein Vulkan der Wut explodierte in meiner Brust. Die stundenlange Warterei, die unbeantworteten Nachrichten, die zermürbende Sorge – alles brach aus mir heraus wie Lava aus einem Berg. „Wo zum Teufel warst du die ganze verdammte Nacht?", schrie ich, meine Stimme eine Octave höher als gewöhnlich, durchzogen von einer Schärfe, die selbst mich überraschte.

Phil schwankte wie ein Schiff im Sturm, seine Hände griffen ins Leere, suchten nach Halt. Ein dümmliches Grinsen breitete sich auf seinem Gesicht aus – das Grinsen eines Mannes, der glaubte, charmant zu sein, während er alles zerstörte, was ihm wichtig sein sollte.

„Oh, Babe", lallte er, seine Zunge schwer wie Blei, „mach doch kein solches Drama. War nur... nur mit den Jungs unterwegs. Paar Drinks, weißt du?" Er gestikulierte wild mit den Händen, als könnte er seine Worte aus der Luft greifen.

Das Blut rauschte in meinen Ohren wie ein Wasserfall. „Ein paar Drinks?", wiederholte ich, jede Silbe wie ein Messerstich. „EIN PAAR DRINKS?" Meine Stimme überschlug sich beinahe. „Ich habe hier sechs Stunden auf dich gewartet! Sechs Stunden, Phil! Ich habe mir Sorgen gemacht, ich dachte, dir wäre etwas passiert!"

Seine Reaktion war ein Schulterzucken – ein verdammtes Schulterzucken, als wäre mein Schmerz nicht mehr wert als ein lästiges Summen einer Fliege. „Komm schon, Süße", säuselte er mit einer Stimme, die einmal zärtlich geklungen hatte und nun nur noch abstoßend war. „Sei nicht so... so steif. Das Leben ist zu kurz. Wir sollten Spaß haben."

Die Worte trafen mich wie Ohrfeigen. Die Fassade der Beherrschung, an der ich so verzweifelt festgehalten hatte, zerbrach wie dünnes Eis. „Spaß haben?", keuchte ich, meine Stimme bebte vor ungezügelter Wut. „Du nennst das Spaß? Mich zu versetzen, mich warten zu lassen wie einen Hund, der auf sein Herrchen wartet? Du kommst hier hereingetorkelt wie... wie..." Die Worte blieben mir im Hals stecken.

Und dann – dann tat er das Unvorstellbare. Seine schwitzigen Hände griffen nach mir, seine Finger krallten sich in meine Arme. Der Alkoholgeruch aus seinem Mund war überwältigend, ekelerregend. „Komm schon, Baby", hauchte er, seine Stimme eine perverse Karikatur der Verführung. „Lass uns das im Bett klären. Du weißt, wie gut wir zusammen sind..."

Seine Hand wanderte nach unten, und in diesem Moment sah ich rot. Purer, blutroter Zorn durchströmte mich wie flüssiges Feuer.

„FASS MICH NICHT AN!", brüllte ich mit einer Stimme, die ich nicht als meine eigene erkannte. Ich stieß ihn so hart weg, dass er gegen die Wand taumelte. „Wie kannst du es wagen? WIE KANNST DU ES WAGEN, mich anzufassen, nachdem du mich so behandelt hast?"

Phil blinzelte überrascht, als würde er nicht verstehen, warum ich nicht in sein besoffenes Spiel einsteigen wollte. „Was... was ist denn dein Problem? Sind wir nicht zusammen? Ich dachte, wir könnten das einfach..." Seine Worte verloren sich im Nebel seines alkoholisierten Hirns.

„Einfach was? Einfach so tun, als wäre nichts passiert? Als wäre es normal, dass du mich wie Dreck behandelst?" Tränen der Wut brannten in meinen Augen, aber ich ließ sie nicht fallen. Nicht vor ihm. Nicht jetzt.

Genau in diesem Moment hörte ich schwere Schritte im Flur. Timmy erschien im Türrahmen wie ein Schutzengel – seine Augen blitzten vor Entschlossenheit, seine Kiefer waren angespannt, seine ganze Haltung sprach von kaum gezügelter Wut.

„Was zum Teufel geht hier vor?", seine Stimme war leise, aber in der Stille nach dem Sturm klang sie wie Donner. Seine Augen wanderten zwischen Phil und mir hin und her, nahmen die Situation in Sekundenschnelle auf.

Phil richtete sich schwankend auf, seine betrunkene Arroganz flammte wieder auf. „Das... das geht dich einen Scheißdreck an, Kumpel. Das ist zwischen mir und meiner Freundin." Er spuckte die Worte aus wie Gift.

Timmy trat einen Schritt näher, und obwohl er kleiner war als Phil, schien er in diesem Moment größer zu werden, seine Präsenz füllte den ganzen Raum. „Nein", sagte er mit eiskalter Ruhe. „Das ist keine Privatangelegenheit, wenn du hier reinkommst, betrunken bist und Olivia belästigst. Das ist inakzeptabel."

Die Luft knisterte vor Spannung. Phil versuchte sich aufzurichten, seine Hände ballten sich zu Fäusten. „Wer bist du denn, dass du mir sagst, was ich zu tun habe? Das ist meine Freundin!"

„DEINE Freundin?", zischte Timmy, und zum ersten Mal hörte ich echte Wut in seiner Stimme. „Männer, die ihre Frauen respektieren, kommen nicht stockbesoffen nach Hause und versuchen, sie zu begrabschen, wenn sie wütend sind."

Phil lachte, ein hässliches, höhnisches Geräusch. „Oh, ich verstehe. Der kleine Timmy spielt den Ritter in glänzender Rüstung, was?" Seine Augen verengten sich zu Schlitzen. „Weißt du was, Kumpel? Ich sehe, wie sie dich ansieht. Und ich sehe, wie du sie ansiehst."

Mein Herz setzte einen Schlag aus. Die Worte hingen in der Luft wie ein Damoklesschwert.

„Es ist faszinierend", fuhr Phil mit einer Stimme fort, die plötzlich messerscharf war – der Alkohol schien seine heimtückische Ader zu schärfen statt zu trüben. „Wie sie dich anstarrt, als wärst du der

118

verdammte Messias. Als könnte der große, starke Timmy sie vor der bösen Welt beschützen."

„Phil, hör auf", flüsterte ich, aber meine Stimme war schwach, kraftlos.

„Nein, nein, nein", höhnte er und wackelte mit dem Finger wie ein betrunkener Prediger. „Ich denke, es ist Zeit für ein bisschen Ehrlichkeit hier. Du bist in ihn verliebt, Olivia. Du warst es schon immer. Ich war nur der Platzhalter, bis dein kleiner Prinz zurückkehrt."

Die Worte trafen mich wie Schläge. Meine Wangen brannten vor Scham und Wut. „Du hast keine Ahnung, wovon du redest", stammelte ich. „Du bist betrunken und redest Unsinn."

Phil trat näher, und plötzlich war seine Stimme leise, fast flüsternd – was sie noch bedrohlicher machte. „Doch, Olivia. Ich weiß genau, was ich sehe. Ich bin vielleicht betrunken, aber ich bin nicht blind. Du siehst ihn an, wie du mich nie angesehen hast. Du lächelst für ihn, wie du es für mich nie getan hast."

Die Stille, die folgte, war ohrenbetäubend. Ich konnte mein eigenes Herz schlagen hören, konnte Timmys angespannte Atmung spüren.

„Du hast recht", sagte Timmy plötzlich, seine Stimme ruhig aber fest. „Sie sieht mich anders an. Weißt du warum? Weil ich sie nie betrunken angeschrien, nie versetzt, nie respektlos behandelt habe. Weil ich sie wie einen Menschen behandle, nicht wie einen Besitz."

Phil lachte wieder, aber diesmal klang es verzweifelt. „Oh, wie nobel von dir. Der perfekte Gentleman, was? Aber rate mal was – am Ende des Tages bin ich derjenige, der mit ihr ins Bett geht. Ich bin derjenige, der—"

„RAUS!", schrie ich mit einer Stimme, die das ganze Gebäude hätte wecken können. „RAUS AUS MEINER WOHNUNG! SOFORT!"

Phil starrte mich an, als hätte ich ihn geschlagen. Zum ersten Mal an diesem Abend schien er zu begreifen, dass etwas unwiderruflich zerbrochen war.

„Liv... Baby, ich—"

„NEIN!", unterbrach ich ihn. „Nenn mich nicht Baby.. Du gehst jetzt. Du bist vollkommen betrunken."

Die Worte hingen in der Luft wie ein endgültiges Urteil. Phil öffnete und schloss seinen Mund wie ein Fisch auf dem Trockenen, suchte nach Worten, die nicht kommen wollten.

Timmy trat vor, nicht aggressiv, aber unerbittlich. „Du hast sie gehört. Es ist Zeit zu gehen."

Phil sah zwischen uns hin und her, sein Gesicht durchlief eine ganze Bandbreite von Emotionen – Wut, Verwirrung, dann etwas, das wie trotzige Verachtung aussah. Er richtete sich auf, als würde er noch etwas sagen wollen, aber Timmy trat einen weiteren Schritt vor.

„Geh jetzt", sagte Timmy ruhig, aber mit einer Autorität, die keinen Widerspruch duldete.

Phil lachte bitter, schüttelte den Kopf und taumelte zur Tür. „Das ist noch nicht vorbei", murmelte er, mehr zu sich selbst als zu uns. „Das ist noch lange nicht vorbei."

Dann war er weg. Die Tür fiel ins Schloss, aber die Spannung blieb im Raum hängen wie dichter Rauch.

Ich stand da, zitternd vor Adrenalin und emotionaler Erschöpfung, meine Gedanken wirbelten chaotisch durcheinander. Was Phil gesagt hatte – über meine Gefühle für Timmy – hallte in meinem Kopf nach wie ein Echo, das nicht verstummen wollte.

Timmy wandte sich mir zu, seine Augen voller Sorge. „Liv, es tut mir so leid, dass du das durchmachen musstest", sagte er leise. „Aber du warst unglaublich stark. Du hast dich nicht unterkriegen lassen."

Ich nickte stumm, aber in mir tobte ein Sturm aus Verwirrung, Scham und einer seltsamen Erleichterung. Phil mochte betrunken gewesen sein, aber seine Worte... hatten sie einen wahren Kern?

„Ich... ich brauche etwas Zeit zum Nachdenken", flüsterte ich schließlich. Timmy nickte verständnisvoll. „Natürlich. Ich bin hier, wenn du mich brauchst. Immer."

Als wir uns voneinander lösten, blieb eine unbehagliche Stille zwischen uns – gefüllt mit unausgesprochenen Wahrheiten und Fragen, die noch keine Antworten hatten. Die Begegnung mit Phil hatte etwas in Bewegung gesetzt, etwas, das nicht mehr rückgängig zu machen war. Aber was das bedeutete, das würde erst die Zukunft zeigen.

In unserem Versteck unter der Treppe herrschte Stille, während das laute Poltern und Geschrei von oben durch das Haus drang. Die Geräusche von Glasscherben und umgestoßenen Möbeln erfüllten die Luft, und ich spürte die Angst in meinen Augen.

„Es wird gleich vorbei sein, Timmy", flüsterte Olivia leise, ihre Stimme zitternd vor Furcht. Sie legte ihre Hand sanft auf meine Schulter und drückte sie beruhigend. „Wir müssen nur still bleiben, bis dein Vater sich beruhigt hat."

Ich nickte stumm, mein Herz pochte laut vor Angst. Ich wusste, dass mein Vater manchmal so wurde, wenn er zu viel getrunken hatte - aggressiv und gewalttätig. Es brach mir das Herz zu sehen, wie er unter dem Verlust meiner geliebten Mutter litt, und ich fürchtete mich davor, dass wir beide das nächste Ziel seines Zorns sein könnten.

Die Minuten vergingen wie Stunden, während wir uns in unserem Versteck verbargen, und schließlich verstummten die Geräusche von oben. Ein unheimliches Schweigen legte sich über das Haus, und Olivia und ich hielten den Atem an, als ob wir darauf warteten, dass das Unheil erneut zuschlug.

Langsam und vorsichtig krochen wir aus unserem Versteck hervor, erleichtert, dass die Situation vorerst vorbei schien. Olivia nahm meine Hand fest in ihre und führte mich leise die Treppe hinauf, wobei wir jeden Schritt mit äußerster Vorsicht setzten, um nicht gehört zu werden. Als wir die Tür zum Wohnzimmer öffneten, fanden wir meinen Vater schlafend auf dem Sofa vor, eine leere Whiskyflasche in seiner Hand. Sein Gesicht war von Erschöpfung gezeichnet, und ich konnte den Schmerz und die Verzweiflung in seinen Augen sehen.

Ich wusste, dass Martin ein guter Mensch war, der nur von seinen Dämonen geplagt wurde, und ich fühlte Mitleid mit ihm, obwohl ich auch Angst vor ihm hatte. Doch in diesem Moment war Olivia entschlossen, mein Schutzengel zu sein, und sie schwor mir, immer an meiner Seite zu stehen und mich zu beschützen, egal was passieren würde.

Mein Herz raste wie damals, als ich die Auffahrt zu dem imposanten Anwesen meines Vaters entlangfuhr. Jeder Meter fühlte sich an wie ein Schritt in die Konfrontation, ein Kampf, den ich unweigerlich führen musste. Als ich aus dem Auto stieg, schien die Luft um mich herum erstickend, beladen mit der Erwartung eines bevorstehenden Sturms. Die Tür schwang auf, und mein Vater stand bereits dort, sein Gesicht eine Maske aus Enttäuschung und Zorn. „Timothée", sagte er knapp, ohne einen Moment zu verlieren. „Was führt dich hierher?"

Im Wohnzimmer angekommen, versuchte ich das Gespräch zu eröffnen, auf das ich mich wochenlang vorbereitet hatte. Meine Hände ballten sich automatisch zu Fäusten, als ich seinem Blick standhielt. „Wir müssen reden", begann ich, meine Stimme fest und entschlossen.

„Es geht darum, dass ich nicht in die Fußstapfen treten will, die du für mich vorgesehen hast."

Ein Ausbruch der Wut verzerrte das Gesicht meines Vaters, und seine Augen funkelten vor Zorn. „Wieder einmal erweist du der Familie eine Schande", donnerte er. „Du und deine lächerlichen Entscheidungen."

Ich atmete tief durch, kämpfte darum, ruhig zu bleiben, obwohl das Feuer des Zorns in mir loderte. „Es geht hier um mein Leben, Vater. Ich werde selbst bestimmen, wie ich es lebe", erklärte ich, meine Stimme ruhig, aber bestimmt.

Seine Reaktion war ein verächtliches Schnauben, das mir durch Mark und Bein ging. „Du denkst, du kannst einfach dein eigenes Leben führen, ohne Rücksicht auf die Familie?", spottete er. „Das ist lächerlich."

Trotz des steigenden Zorns in mir zwang ich mich, ruhig zu bleiben. „Es geht nicht darum, dich oder die Familie zu enttäuschen", sagte ich mit fester Stimme. „Es geht darum, meinen eigenen Weg zu gehen, meine eigenen Träume zu verfolgen."

Inmitten unserer hitzigen Auseinandersetzung bemerkte ich plötzlich eine Veränderung an meinem Vater. Sein Gesicht verzerrte sich vor Schmerz, und er griff sich an die Brust, als wäre er von einem unsichtbaren Feind angegriffen worden. Ein Röcheln entwich seinen Lippen, und sein Körper begann zu zittern.

Ein kalter Schauer lief mir über den Rücken, als ich erkannte, dass mein Vater in ernsten Schwierigkeiten steckte. Ein Herzanfall - diese Vermutung schoss mir sofort durch den Kopf, und ich handelte instinktiv, gestärkt durch mein Wissen und meine Ausbildung als Krankenpfleger.

„Vater!" rief ich alarmiert, während ich zu ihm eilte und seine schlaffe Gestalt stützte. Meine Hände fanden schnell ihren Weg zu seinem

Handgelenk, um den Puls zu überprüfen, während mein Geist klar und fokussiert blieb, trotz der Angst, die in mir aufstieg.

Schnell ergriff ich mein Handy und wählte den Notruf, während ich meinem Vater beistand und versuchte, ihm Mut zuzusprechen. „Bleib bei mir, Vater", flüsterte ich, während ich auf das Signal des Notrufs wartete. „Alles wird gut."

Die Minuten vergingen wie Stunden, bis endlich die Rettungskräfte eintrafen und meinen Vater mitnahmen. Ich begleitete ihn ins Krankenhaus, wo er sofort behandelt wurde. Das nächstliegende Krankenhaus war auch das Krankenhaus, in dem ich arbeitete.

Während ich besorgt an der Seite meines Vaters im Krankenhaus saß, kamen meine Arbeitskollegen neugierig auf mich zu. Verwundert über ihr plötzliches Erscheinen in dieser stressigen Situation, bemerkte ich ihre neugierigen Blicke und spürte die Fragen förmlich in der Luft.

„Timmy, was ist hier los?", fragte einer meiner Kollegen verwirrt, während er einen Blick auf meinen Vater warf, der von den Ärzten behandelt wurde.

Ich seufzte und zwang mich zu einer ruhigen Antwort, obwohl mein Geist immer noch von Sorge und Angst erfüllt war. „Es tut mir leid, dass ihr das mitbekommen musstet", begann ich und versuchte, meine Gedanken zu ordnen. „Mein Vater hatte einen Herzinfarkt. Sie behandeln ihn gerade."

Die Augen meiner Kollegen weiteten sich vor Überraschung, und ich spürte ihre Blicke, die zwischen meinem Vater und mir hin und her huschten. Plötzlich schien ein Licht der Erkenntnis aufzugehen, und einer von ihnen sprach aus, was sie alle zu denken schienen.

„Dein Vater... Martin von Bergen? Der Geschäftsmann? Von Bergen Qualitätshandwerk ?" fragte er, und ich nickte bestätigend.

Die Reaktion meiner Kollegen war eindeutig - Überraschung und Verwunderung mischten sich in ihren Gesichtern, als sie sich bewusstwurden, mit wem sie es zu tun hatten. Einige von ihnen begannen, mir Fragen zu stellen, um ihre Neugierde zu befriedigen. Verärgert darüber, dass meine Privatsphäre so durchbrochen wurde, versuchte ich meine Verärgerung zu verbergen, während ich meinen Kollegen antwortete: „Ja, das ist mein Vater. Aber es tut mir leid, ich möchte nicht darüber sprechen. Ich muss mich jetzt um ihn kümmern."

Meine Kollegen schienen die Botschaft zu verstehen, und einige von ihnen senkten den Blick, während andere sich entschuldigend abwandten. Ich spürte die unangenehme Stille, die zwischen uns lag, und wünschte mir, dass ich diese Situation hätte vermeiden können.

Als die Ärzte meinen Vater in den Behandlungsraum brachten, nutzte ich die Gelegenheit, um mich von meinen Kollegen zu verabschieden und mich wieder auf meinen Vater zu konzentrieren. Es war nicht der richtige Zeitpunkt für neugierige Fragen und unerwartete Enthüllungen über meinen familiären Hintergrund.

Nachdem der Arzt mich informierte, dass es meinem Vater gut ging und dass er noch etwas länger im Krankenhaus bleiben müsse, fühlte ich eine Mischung aus Erleichterung und Erschöpfung. Es war ein Glücksgefühl zu wissen, dass mein schnelles Handeln Schlimmeres verhindert hatte.

„Vielen Dank „, antwortete ich, während ich versuchte, meine Sorgen zu verbergen.

Der Arzt nickte zustimmend und fügte hinzu: „Du hast wirklich gut reagiert, Timmy. Dein schnelles Handeln hat wahrscheinlich Schlimmeres verhindert. Aber jetzt solltest du nach Hause gehen und dir etwas Ruhe gönnen. Wir kümmern uns um den Rest."

Ich nickte dankbar und machte mich auf den Weg nach draußen. Meine Gedanken waren bei meinem Vater, aber auch bei den Ereignissen der letzten Stunden, die mich emotional und körperlich erschöpft hatten. Es war Zeit, nach Hause zu gehen und mich auszuruhen.

Die kühle Nachtluft umhüllte mich, als ich langsam durch den stillen Park schlenderte. Der Mond warf sein sanftes Licht auf die Schaukeln und Bänke, die im Dunkeln ruhten. Ein leichter Wind strich durch die Bäume, und ich konnte das leise Rascheln der Blätter hören. Plötzlich bemerkte ich eine Gestalt auf einer der Schaukeln. Meine Schritte verlangsamten sich, als ich näher kam und erkannte, wer dort saß: Olivia. Ihre Silhouette hob sich schwach gegen den Nachthimmel ab, während sie sanft hin und her schwang. Ein seufzendes Geräusch entwich mir, als ich die traurige Figur erblickte. Was mochte sie wohl hierher geführt haben, mitten in der Nacht und allein?

Ein Gefühl der Besorgnis ergriff mich, als ich sah, wie sie ihren Kopf senkte und sich in sich selbst zu verschließen schien. Ich zögerte einen Moment, bevor ich mich leise näherte und mich neben sie setzte.

Ich konnte ihre Schmerzen fast körperlich spüren, als würden sie von ihr auf mich überspringen. Wie oft hatte ich sie schon so gesehen? Wie oft hatte ich dabei zugesehen, wie Phil ihre Seele Stück für Stück zerbrach? Aber diesmal fühlte es sich anders an. Diesmal wollte ich nicht nur zuschauen.

„Hey", sagte ich leise, und meine Stimme brach die Stille der Nacht. „Alles in Ordnung?"

Olivia hob den Kopf und sah mich mit traurigen Augen an. Ihr Blick war glasig, und ich konnte die Spuren von Tränen auf ihren Wangen erkennen. Sie trug eine gemütliche Kapuzenjacke und Leggings, ihre Haare waren locker in einen Zopf gebunden. „Hey, Timmy", antwortete sie leise. „Ja, alles bestens."

Lügen. Ich konnte die Lügen in ihren Augen sehen, genau wie sie wahrscheinlich die Wahrheit in meinen sehen konnte. Aber manchmal waren Lügen leichter zu ertragen als die Realität. Manchmal brauchte man Zeit, um bereit für die Wahrheit zu sein.

Doch ihre Stimme klang gebrochen, und ich wusste, dass etwas sie quälte. Ein Kloß bildete sich in meinem eigenen Hals, als ich sah, wie sie versuchte, ihre Tränen zu verbergen.

Ich setzte mich neben sie und legte eine Hand auf ihre Schulter. „Du kannst mir alles erzählen, weißt du", sagte ich sanft. „Wenn etwas dich bedrückt, bin ich hier, um zuzuhören."

Ich wollte sie heilen. Nicht nur trösten, nicht nur da sein – ich wollte all diese Risse in ihrem Herzen wieder zusammenfügen. Ich wollte der Grund sein, warum sie wieder lächelte, warum sie wieder an die Liebe glaubte. Aber konnte ich das? Konnte ich jemanden heilen, der sich weigerte zu glauben, dass er geheilt werden konnte?

Olivia seufzte und ließ ihren Blick zu Boden sinken: „Phil…" Ihre Augen füllten sich mit Feuchtigkeit, und ein glänzender Schleier aus Tränen legte sich über ihre Augen. Sie musste nicht mehr sagen, ich konnte mir bereits alles denken, als ich die Worte aussprach, ohne zuvor darüber nachgedacht zu haben: „Gib dem Trottel den Laufpass. Er hat dich nicht verdient!"

Die Worte kamen aus einem Ort tiefer Frustration, aus Jahren des Zusehens, wie sie sich selbst klein machte für jemanden, der sie nie wertgeschätzt hatte. Aber gleichzeitig wusste ich, dass Heilung nicht durch Wut geschah. Sie geschah durch Liebe, durch Geduld, durch das Verständnis, dass manche Wunden Zeit brauchten.

Olivia rang sichtlich mit ihren Gefühlen, während sie versuchte, die Tränen zurückzuhalten. Ich spürte den Druck meiner eigenen Worte, die sich wie ein Sturm in der Stille der Nacht entfalteten.

„Es muss nicht ich sein, den du datest. Ich möchte nur, dass du jemanden findest, der dich wertschätzt", fuhr ich fort, meine Stimme nun leiser, aber beharrlich. „Jemanden, der dich nicht fallen lässt, wenn es schwierig wird, oder deine Güte ausnutzt. Jemanden, der nicht mitten in der Nacht anruft, um die Beziehung für den Erfolg seiner Firma auszunutzen. Finde jemanden, der deine Liebe würdig ist."

Auch wenn ich log. Auch wenn jede Faser meines Seins schrie, dass ich derjenige sein wollte. Dass ich derjenige war, der sie heilen konnte, der sie lieben konnte, wie sie es verdiente. Aber Heilung konnte nicht erzwungen werden. Sie musste gewählt werden.

Die Worte hingen schwer in der Luft, während Olivia mich mit einem intensiven Blick durchdrang. Selbst in ihrer Verletzlichkeit und Tränenpracht strahlte sie eine unbeschreibliche Schönheit aus. Plötzlich durchzuckte mich ein Impuls der Verzweiflung und der Hingabe zugleich.

„Ich liebe dich", flüsterte ich leise, und meine Arme umfingen sie sanft. Es war das erste Mal, dass Olivia sich nicht gegen meine Liebeserklärung wehrte, sondern sich in meine Nähe fallen ließ. Der Duft ihrer Haare und ihre Nähe erfüllten mich mit einem Gefühl der Vollkommenheit.

In diesem Moment spürte ich, wie sich etwas in ihr verschob. Nicht die große Offenbarung, nicht die dramatische Wendung – sondern etwas Kleineres, Sanfteres. Als würde ein winziger Riss in ihrer Mauer entstehen, durch den das Licht eindringen konnte. Vielleicht war das, wie Heilung begann. Nicht mit großen Gesten, sondern mit kleinen Momenten der Wahrheit.

Ein unkontrollierbarer Strom von Emotionen brach aus ihr heraus, und sie ließ all ihre aufgestauten Gefühle und Tränen frei. In diesem Moment, umgeben von den Trümmern ihrer zerschmetterten Liebe. Es war an der Zeit für Olivia, die Wahrheit zu erkennen, und ich würde an ihrer Seite sein, um sie dabei zu unterstützen.

Ich konnte ihre Tränen spüren, warm und salzig auf meiner Schulter. Jede einzelne war ein Stück ihres Schmerzes, den sie endlich loslassen konnte. Und ich? Ich würde jede einzelne auffangen, würde da sein, während sie sich selbst wieder zusammensetzte. Das war es, was Liebe bedeutete – nicht nur die schönen Momente zu teilen, sondern auch die zerbrochenen.

In diesem Moment fühlte es sich an, als ob die Zeit stillstand, als ob die Welt um uns herum für einen Augenblick den Atem anhielt. Die Worte, die ich ausgesprochen hatte, hingen schwer in der Luft, und ich spürte das Gewicht ihrer Bedeutung in jedem einzelnen Buchstaben.

Olivia schluchzte leise in meiner Umarmung, ihre Tränen benetzten meine Schulter, während ich sie festhielt. Es war ein Augenblick der Reinigung, ein Augenblick der Offenbarung, der uns näher brachte, als wir es je für möglich gehalten hätten.

Heilung war kein Ziel, erkannte ich. Es war ein Prozess. Und vielleicht war ich nicht derjenige, der sie heilen konnte – vielleicht konnte das nur sie selbst. Aber ich konnte bei ihr sein, während sie den Weg fand. Ich konnte der sichere Hafen sein, zu dem sie zurückkehren konnte, wenn die Welt zu schwer wurde.

Ich konnte den Druck ihres Körpers gegen meinen spüren, die Wärme ihres Atems auf meiner Haut. Es war, als ob sich zwei Seelen in einem Augenblick der Verletzlichkeit und der Ehrlichkeit miteinander vereinten, als ob all unsere Ängste und Zweifel in diesem Moment verblassten und nur die reine Essenz unserer Gefühle übrig blieb.

„Timmy", flüsterte sie meinen Namen, und ihre Stimme klang brüchig, aber entschlossen. „Ich... ich weiß nicht, was ich sagen soll."

Ich drückte sie sanft von mir weg, um ihr in die Augen zu sehen, und ich spürte, wie mein Herz vor Aufregung pochte. „Du musst nichts sagen", erwiderte ich leise. „Ich wollte nur, dass du weißt, wie ich mich fühle." Und dass ich hier bin. Dass ich warten werde, so lange es dauert. Dass meine Liebe geduldig ist, dass sie nicht fordert oder drängt. Dass sie einfach da ist, wie ein ruhiger Strom, der bereit ist, ihre Wunden zu waschen, wann immer sie bereit ist, sich heilen zu lassen.

Ein schwaches Lächeln spielte um ihre Lippen, und ich konnte sehen, dass meine Worte sie berührt hatten, vielleicht sogar etwas in ihr verändert hatten. Es war ein winziger Hoffnungsschimmer inmitten der Dunkelheit, ein Lichtstrahl, der uns den Weg weisen konnte, auch wenn der Weg vor uns noch ungewiss war.

„Danke, Timmy", sagte sie schließlich, ihre Stimme leise, aber aufrichtig. „Für alles."

Ich lächelte und nahm ihre Hand in meine. „Für dich würde ich alles tun", sagte ich leise und küsste ihre Hand.

„Ich liebe dich," flüsterte ich erneut: „Ich will nur, dass du weißt, dass du Liebe verdienst. Wenn Phil dir die Liebe nicht geben kann, servier ihn ab! Er ist deiner Liebe nicht würdig!" wiederholte ich, damit sie endlich verstand.

Aber vor allem wollte ich, dass sie verstand, dass sie sich selbst heilen konnte. Dass sie stark genug war, dass sie es wert war. Und dass ich, egal was passierte, immer hier sein würde – nicht als ihr Retter, sondern als jemand, der an ihre Fähigkeit glaubte, sich selbst zu retten.

Der trübe Nachmittag hing an diesem Tag vor 10 Jahren schwer in der Luft, als ich mit einem Koffer in der Hand in der Eingangshalle stand. Meine Augen brannten vor Tränen, und ich kämpfte darum, meine Emotionen unter Kontrolle zu halten.

Wo hatte ich den Fehler gemacht? Die Frage bohrte sich wie ein Messer durch meine Gedanken. Hätte ich anders sein können? Weniger rebellisch, weniger schwierig?

Susanne, die Haushälterin, Olivia und Amelie, ihre Töchter, standen besorgt neben mir, ihre Gesichter spiegelten Traurigkeit und Bedauern wider.

„Es tut mir leid, dass es so gekommen ist, Timmy", sagte Susanne leise, ihre Stimme brach leicht. „Wir werden dich sehr vermissen."

Sie hätte mich retten können, dachte ich verzweifelt. Wenn ich nur gewusst hätte, wie ich um Hilfe bitten sollte. Wenn ich nur die richtigen Worte gefunden hätte, um zu erklären, was in mir vorging.

Ich nickte, unfähig zu sprechen, und drückte Susanne fest in einer Umarmung. Sie war wie eine Mutter für mich gewesen, mehr noch, seit mein Vater sich nach dem Tod meiner Mutter nicht mehr um mich gekümmert hatte, war Susannes Familie meine ganze Welt geworden. Hätte ich ihr sagen sollen, wie sehr ich sie brauchte? Hätte es etwas geändert?

Olivia trat einen Schritt näher und legte sanft ihre Hand auf meine Schulter. „Ich werde dich auch vermissen, Timmy. Du bist wie ein Bruder für mich."

Die Worte trafen mich wie Schläge. Ein Bruder. Aber Brüder lässt man nicht einfach gehen. Brüder rettet man. Warum konnte ich mich nicht selbst retten? Warum war ich so verloren, so unfähig, die Schritte zu finden, die mich von diesem Abgrund weggeführt hätten?

Ich schluckte schwer und versuchte, meine Tränen zurückzuhalten. Ich wusste, dass meine Zeit hier vorbei war, dass mein Vater entschieden hatte, mich auf ein Internat zu schicken, weit weg von diesem Zuhause, das ich so sehr liebte.

Es gibt einen Punkt, an dem man hätte eingreifen können, dachte ich bitter. Einen Moment, wo alles anders hätte werden können. Aber der war vorbei, und ich hatte ihn verpasst. Wir alle hatten ihn verpasst.

„Ich werde euch beide vermissen", brachte ich mühsam hervor, meine Stimme brüchig vor Emotionen. „Ihr seid meine Familie, außer euch habe ich niemanden."

Und jetzt verliere ich euch auch.

Susanne umarmte mich noch einmal fest und strich mir beruhigend über den Rücken. „Du wirst immer ein Teil unserer Familie sein, Timmy. Vergiss das nie."

Aber wie rettet man jemanden, der schon am Fallen ist? Die Frage würde mich noch Jahre verfolgen. Wie hätte sie wissen sollen, was die richtigen Worte gewesen wären?

Olivia nickte zustimmend. „Ja, egal wo du bist, wir werden immer für dich da sein. Versprichst du, uns ab und zu anzurufen oder zu schreiben?"

Ich nickte, unfähig, Worte zu finden. Vielleicht hätte ein einziges Gespräch alles verändert. Ein Moment der Ehrlichkeit. Aber ich hatte nie gelernt, um Hilfe zu bitten, hatte nie gelernt, dass Schwäche manchmal Stärke bedeutet.

Mit einem letzten Blick auf das Zuhause, das mir so viel bedeutet hatte, und die Drei, die mir wie eine Familie waren, drehte ich mich um und ging langsam zur Tür.

Irgendwo auf dem Weg hatte ich die Fähigkeit verloren, gerettet zu werden. Oder vielleicht hatte ich sie nie besessen.

Der Abschied war schmerzhaft, aber ich wusste, dass ich stark sein musste. Vielleicht würde ich eines Tages zurückkehren. Und ich war zurückgekehrt. All der Schmerz sollte nun vergessen werden. So hoffte ich jedenfalls.

Aber manche Wunden heilen nie ganz. Manche Fragen nach verpassten Chancen und ungesprochenen Worten bleiben für immer.

In den folgenden Tagen verschmolz mein Leben vollständig mit den sterilen Gängen und dem rhythmischen Summen der Geräte im Krankenhaus. Ich war unermüdlich tätig, getrieben von einer Mischung aus beruflicher Pflicht und einer tief verwurzelten Unruhe, die mich keine Sekunde zur Ruhe kommen ließ. Stets war ich mir bewusst, dass nur wenige Stockwerke über mir mein Vater in seinem Bett lag und sich langsam erholte – eine Tatsache, die jedem meiner Schritte eine zusätzliche Bedeutung verlieh.

Die Ironie war nicht zu übersehen: Während ich andere Menschen pflegte und ihnen in ihren schwersten Stunden beistand, rang mein Vater mit seiner eigenen Sterblichkeit. Jeder Patient, den ich an diesen Tagen versorgte, wurde zu einem Spiegel dieser Realität. Die ältere Dame mit der Lungenentzündung, deren Hand ich hielt, während der Arzt die Diagnose stellte, erinnerte mich an die Fragilität des Alters. Der junge Mann mit dem gebrochenen Arm, dem ich den Schmerz zu lindern suchte, ließ mich an die Zerbrechlichkeit des menschlichen Körpers denken. Das Kind mit Fieber, dessen Stirn ich kühlte, während die Eltern ängstlich warteten, brachte mich dazu, über die Angst der Angehörigen nachzudenken – eine Angst, die ich selbst nur zu gut kannte.

Jeder Patient wurde zur Erinnerung daran, wie kostbar es ist, sich um die Gesundheit anderer zu kümmern, und wie dankbar ich war, meinen Beitrag leisten zu können. Als Krankenpfleger war ich derjenige, der die ersten Symptome beurteilte, Vitalzeichen überwachte, Medikamente verabreichte und vor allem – Trost spendete. Es war, als würde ich durch meine Arbeit nicht nur anderen helfen, sondern auch einen stillen Pakt mit dem Schicksal eingehen: Lass mich diese Menschen versorgen, und verschone meinen Vater.

Meine Kollegen bemerkten meine Hingabe. Sarah, die normalerweise sparsam mit Lob war, zog mich nach einer besonders hektischen Schicht zur Seite. "Du arbeitest in letzter Zeit wie besessen, Timmy", sagte sie, ihre dunklen Augen voller Sorge. "Aber vergiss nicht, dass auch du nur ein Mensch bist."

Ich nickte mechanisch, aber ihre Worte prallten an mir ab wie Regentropfen an einer Fensterscheibe. Ruhe war ein Luxus, den ich mir nicht leisten konnte – nicht jetzt, nicht während mein Vater hier lag. Während meiner knappen Pausen, die ich mir wie kostbare Edelsteine aus einem übervollen Zeitplan herausschnitt, besuchte ich regelmäßig das Zimmer meines Vaters. Der Weg von der Notaufnahme zur kardiologischen Station wurde zu einer vertrauten Pilgerreise, die ich mehrmals täglich antrat. Ich kannte jeden Knarzer im Linoleumboden, jede Kurve in den Gängen, jedes Gesicht des Pflegepersonals, das mich mit zunehmendem Verständnis und Respekt grüßte.

Das Zimmer meines Vaters lag am Ende des Ganges, mit einem Fenster, das einen Blick auf den kleinen Krankenhausgarten freigab. Wenn ich die Tür öffnete, roch es immer nach Desinfektionsmittel und einem schwachen Hauch des Aftershaves, das er seit Jahren benutzte – ein vertrauter Duft, der mich sofort in die Kindheit zurückversetzte.

Bei jedem Besuch brachte ich nicht nur meinem Vater, sondern auch mir selbst ein wenig Trost. Es war ein eigenartiger Tausch: Ich kam, um ihm Kraft zu geben, und ging gestärkt wieder weg. Seine Dankbarkeit für meine Anwesenheit war spürbar, lag wie eine warme Decke über dem ansonsten so kühlen Krankenzimmer. Seine Augen, die in den ersten Tagen nach dem Anfall matt und leblos gewirkt hatten, bekamen allmählich wieder ihren alten Glanz zurück.

Besonders bewegend war es für mich, wenn andere Patienten oder Besucher auf dem Gang mich erkannten. "Da ist Pfleger Timmy", hörte ich eine Frau zu ihrer Tochter sagen. "Er war so einfühlsam zu deinem Großvater, als er hier war." Solche Momente erreichten auch meinen Vater, und ich konnte seinen Stolz förmlich in der Luft fühlen, wenn er hörte, wie positiv die Kollegen im Krankenhaus über mich sprachen. Helena, eine erfahrene Kardiologie-Pflegekraft mit grauen Haaren und warmen Augen, erzählte ihm einmal von einer Reanimation, bei der ich Sarah unterstützt hatte. "Ihr Sohn war unglaublich", sagte sie zu ihm, während sie seine Medikamente vorbereitete. "Er hat die

Herzdruckmassage übernommen, als der Arzt sich um die Intubation kümmerte. Seine Ruhe und Professionalität haben den Unterschied gemacht. Der Patient lebt heute noch."

Mein Vater hörte solche Geschichten mit einer Mischung aus Stolz und Erstaunen, als könne er kaum glauben, dass dieser respektierte Krankenpfleger derselbe rebellische Jugendliche war, den er einst verstieß.

An seinem letzten Tag im Krankenhaus – die Ärzte hatten grünes Licht für seine Entlassung gegeben – herrschte eine besondere Atmosphäre in seinem Zimmer. Die Anspannung der letzten Tage wich langsam einer vorsichtigen Erleichterung. Seine Sachen waren bereits gepackt, die Entlassungspapiere unterschrieben. Nur noch wenige Stunden, dann würde er nach Hause gehen können.

Ich saß in dem unbequemen Krankenhaussessel neben seinem Bett, müde von einer Doppelschicht, aber glücklich, diese letzten Momente mit ihm teilen zu können. Das Nachmittagslicht fiel schräg durch das Fenster und tauchte den Raum in ein goldenes Licht.

Plötzlich sah er mich mit einem bedeutungsvollen Blick an, als wolle er etwas Wichtiges sagen. Seine Augen, die in den letzten Tagen oft verschleiert gewirkt hatten, waren klar und fokussiert. Ich erkannte diesen Blick – es war derselbe, mit dem er mich als Kind angesehen hatte, wenn er mir eine wichtige Lektion erteilen wollte.

Ich wartete geduldig, während die Sekunden des Schweigens vergingen. Irgendwo auf dem Gang klingelte ein Telefon, eine Schwester rief nach Dr. Patterson, und das stetige Piepen der Monitore bildete eine beruhigende Hintergrundmelodie. Aber in unserem kleinen Raum war es still, erfüllt von einer Erwartung, die beinahe greifbar war.

„Du leistest hier eine großartige Arbeit, Timmy", sagte er schließlich mit einem schwachen, aber aufrichtigen Lächeln. Seine Stimme war noch etwas heiser, aber sie trug eine Wärme in sich, die ich seit Jahren nicht mehr gehört hatte. „Es erfüllt mich mit Stolz zu sehen, wie respektiert und geschätzt du hier bist."

Die Worte trafen mich unvorbereitet. Ich hatte so lange auf eine Anerkennung gewartet, ohne es mir einzugestehen, dass sie, als sie endlich kam, mich beinahe überwältigte. Jahrelang hatte ich mich gefragt, ob er stolz auf mich war, ob er sah, was ich erreicht hatte, ob die Entscheidungen, die er getroffen hatte, als ich noch ein Kind war, letztendlich die richtigen gewesen waren.

Ich erwiderte sein Lächeln, obwohl meine Gedanken von einer komplexen Mischung aus Erleichterung, Sorge und einer tiefen, fast schmerzhaften Dankbarkeit erfüllt waren. Die Verantwortung, die ich in den letzten Tagen gespürt hatte – als Sohn, als Arzt, als der einzige Mensch, der zwischen ihm und der Einsamkeit stand – lastete immer noch schwer auf meinen Schultern.

„Danke, Vater", antwortete ich leise, meine Stimme kaum mehr als ein Flüstern. „Aber jetzt ist es wichtiger, dass du dich ausruhst und wieder gesund wirst."

Mein Vater nickte zustimmend und schloss für einen Moment die Augen, als ob er meine Worte aufnehmen und verarbeiten müsste. Seine Gesichtszüge entspannten sich, und für einen Augenblick sah er aus wie der Mann, den ich als Kind gekannt hatte – stark, unerschütterlich, unverwundbar.

In diesem Moment herrschte zwischen uns eine tiefe Stille, die unsere Verbundenheit stärker denn je unterstrich. Es war nicht die unangenehme Stille der unausgesprochenen Vorwürfe oder der verpassten Chancen, die unsere Beziehung so viele Jahre geprägt hatte. Es war eine friedliche Stille, erfüllt von gegenseitigem Verständnis und einer neu gefundenen Wertschätzung füreinander.

.

Die Straßenlichter tauchten das Pflaster in ein warmes Glühen, als wir die belebte Bar betraten. Das Gemurmel der Gäste und das Klappern von Geschirr und Gläsern erfüllte die Luft, während wir uns durch die Menge kämpften. Die Atmosphäre war lebendig und einladend, und ich spürte, wie die Anspannung von uns abfiel, als wir uns an einem Tisch niederließen.

Olivia, Amelie und ich tauschten freudige Blicke aus, unsere Gesichter von einem breiten Lächeln erhellt. Es war eine Wohltat, endlich wieder zusammenzukommen und für einen Abend die Sorgen des Alltags zu vergessen.

„Prost!" rief Amelie fröhlich und hob ihr Glas in die Luft. „Auf Freundschaft und gute Zeiten!"

Wir stießen an, das Klirren unserer Gläser vermischte sich mit dem fröhlichen Lachen der anderen Gäste. Für einen Moment schien die Zeit stillzustehen, während wir uns in angeregte Gespräche vertieften und gemeinsam über alte Geschichten lachten.

Die Bar war gefüllt mit einer Vielzahl von Menschen, jeder mit seiner eigenen Geschichte und seinen eigenen Träumen. Während wir an unserem Tisch saßen und uns unterhielten, erzählte ich von meiner Begegnung im Krankenhaus und wie stolz mein Vater auf mich war. Ihre Gesichter strahlten vor Freude, und ich fühlte mich glücklich, dass ich sie an meinem Glück teilhaben lassen konnte.

Amelie berichtete begeistert von ihrer neuen Wohnung und wie gut sie sich dort eingelebt hatte. Sie schwärmte von der gemütlichen Einrichtung und den netten Nachbarn, die sie kennengelernt hatte.

Doch als der Blick zu Olivia wanderte, bemerkte ich, dass sich ein trauriger Schleier über ihre Augen gelegt hatte. Ich spürte, dass etwas sie bedrückte, doch bevor ich etwas sagen konnte, griff sie nach ihrem Glas und nahm einen großen Schluck.

„Lasst uns anstoßen!", rief sie mit einem künstlichen Lächeln, das nicht bis zu ihren Augen reichte. „Auf das Leben und die Freundschaft!"

Wir stießen an, doch ich konnte nicht ignorieren, wie sie immer tiefer ins Glas schaute und ihre Worte unbeschwerter wurden. Es war offensichtlich, dass sie versuchte, ihren Kummer zu betäuben, und ich spürte einen Stich der Besorgnis in meinem Herzen.

„Aber Liv, geht es dir wirklich gut?" fragte ich sanft und legte meine Hand auf ihre.

Sie zögerte einen Moment, bevor sie nickte. „Natürlich geht es mir gut! Es ist nur... nun ja, das Leben ist manchmal kompliziert, wisst ihr?"

Amelie und ich tauschten besorgte Blicke aus, doch bevor wir etwas sagen konnten, bestellte Olivia schon die nächste Runde Getränke. Ich spürte, wie sich ein Kloß in meinem Magen bildete, während ich sah, wie sie versuchte, ihre Sorgen in Alkohol zu ertränken.

Trotz der steigenden Betrunkenheit war Olivias Energie ansteckend. Sie sprang von ihrem Stuhl auf und zog mich und Amelie mit einem breiten Grinsen auf die kleine Tanzfläche der Bar. Die Musik dröhnte laut durch den Raum, und das schwache Licht ließ das Ambiente verführerisch wirken.

Ich lachte und ließ mich von ihrem Enthusiasmus mitreißen, während wir wild zu der Musik tanzten. Amelie, die ebenfalls in guter Stimmung war, tanzte neben mir und wirbelte fröhlich herum. Die Leute um uns herum schauten amüsiert zu, während wir unser eigenes kleines Fest feierten.

Olivia tanzte wild und unbeschwert, ihre Arme hoch in die Luft gestreckt und ein strahlendes Lächeln auf den Lippen. Ich konnte nicht anders, als mitzumachen, als sie mich in ihre Tanzschritte einbezog. Die Sorgen der Welt schienen für einen Moment vergessen, während wir uns im Rhythmus der Musik bewegten.

Wir tanzten und lachten, bis uns die Erschöpfung einholte und wir uns erschöpft auf unsere Stühle zurückfallen ließen.

Ein gut aussehender Fremder betrat die Tanzfläche und steuerte direkt auf uns zu. Sein selbstbewusstes Lächeln und sein charmantes Auftreten zogen sofort Amelies Aufmerksamkeit auf sich. Sie lächelte zurück, als er sie ansprach, und begann, leicht mit ihm zu flirten.

Ich beobachtete die Szene mit einem amüsierten Grinsen, während Olivia sich in ihr Getränk vertiefte und ich mich darauf konzentrierte, nicht allzu offensichtlich zu starren. Der Fremde schien nett zu sein, und Amelie schien sein Interesse zu erwidern.

Schließlich gesellte sich der Fremde zu unserer Gruppe, und wir alle prosteten uns zu. Die Stimmung wurde noch ausgelassener, als wir weiter tranken und uns angeregt unterhielten. Es fühlte sich an, als würden wir uns schon kennen, und die Gespräche flossen leicht und ungezwungen.

Wir lachten viel und genossen die Gesellschaft des Fremden, der sich als Khaby vorstellte. Mir fiel sofort Khabys beeindruckende Statur auf. Er war groß und sportlich gebaut, und seine dunkle Hautfarbe verlieh ihm eine markante Ausstrahlung, die eine Menge Aufmerksamkeit auf sich zog.

Während wir miteinander sprachen und lachten, konnte ich nicht umhin, sein offenes Lächeln und seine lockere Art zu schätzen. Trotzdem spürte ich eine gewisse Zurückhaltung in mir, eine leichte Vorsicht, die mich davon abhielt, mich völlig gehenzulassen.

Vielleicht lag es daran, dass ich Khaby noch nicht gut kannte, oder vielleicht war es einfach ein instinktives Gefühl der Wachsamkeit bezüglich Olivia. Dennoch war ich dankbar für seine Gesellschaft und genoss es, ihn in unserer Runde zu haben.

Mit dem Fortschreiten des Abends und dem Nachfließen des Alkohols stieg die Stimmung in der Bar weiter an. Die Musik wurde lauter, und die Lichter flackerten über die kleine Tanzfläche. Inmitten des Trubels war es Olivia, die erneut die Initiative ergriff und uns alle zum Tanzen animierte.

Ihr fröhliches Lachen und ihre energiegeladene Persönlichkeit zogen uns mit, und bald befanden wir uns gemeinsam auf der Tanzfläche. Die Musik pulsierte durch den Raum, und wir ließen uns von dem Rhythmus mitreißen, während wir uns im Takt bewegten.

Es war ein Moment purer Freude und Ausgelassenheit, während wir uns von der Musik treiben ließen.

Olivia bewegte sich rhythmisch zur Musik, die durch den Raum dröhnte. Sie trug ein schickes, funkelndes Kleid, das ihre kurvige Figur betonte, und ihre Haare fielen in weichen Wellen über ihre Schultern. Ihre strahlend blauen Augen leuchteten vor Freude und Aufregung, während sie sich im Takt der Musik drehte. Ihr Gesicht strahlte pure Lebensfreude aus, und ihr Lachen war ansteckend. Umgeben von den anderen Partygästen, die ebenfalls tanzten und lachten, war Olivia der Mittelpunkt des Geschehens, ihre Energie und Ausstrahlung zogen alle Blicke auf sich. Während ich meinen Blick von Olivia kaum abwenden konnte, bemerkte ich aus den Augenwinkeln, wie Khaby sich Amelie auf der Tanzfläche näherte. Seine Bewegungen waren selbstsicher und geschmeidig, als er sich ihr langsam annäherte und sie mit einem charmanten Lächeln ansah.

Amelie schien zunächst überrascht, aber ihr Lächeln verriet, dass sie seine Aufmerksamkeit genoss. Ich konnte sehen, wie sie sich langsam auf das Spiel einließ, während Khaby mit ihr tanzte und sichtlich mit ihr flirtete.

Ein Hauch von Vorsicht durchzuckte mich, als ich sah, wie sie lachte und sich ihm öffnete. Doch gleichzeitig freute ich mich für sie und genoss es, zu sehen, wie sie sich entspannte und den Moment genoss.

Das wollte ich auch. Aber mit der Frau, die ich so liebte: Olivia. Ich trat dichter auf sie zu, bewegte mich synchron und wagte es. Ein Schauer durchfuhr mich, als ich Olivia fest umarmte und wir eng umschlungen tanzten. Doch plötzlich spürte ich, wie sich ihr Körper verkrampfte und sie sich von mir löste. Einen Moment lang sah ich sie besorgt an, bevor ich bemerkte, dass sie sich auf meinen T-Shirt erbrochen hatte.

Ein Gefühl der Beklommenheit überkam mich, als ich realisierte, was gerade passierte. Mit einem raschen Reflex zog ich sie weg von der Tanzfläche, weg von den neugierigen Blicken der anderen Gäste. Meine Gedanken wirbelten durcheinander, als ich versuchte, einen klaren Kopf zu bewahren und Olivia zu helfen.

Ich führte sie zu einem ruhigeren Bereich der Bar, weg von den Menschen. Dort half ich ihr, sich hinzusetzen, während ich besorgt ihre Stirn strich und ihr beruhigend zuredete. Es war offensichtlich, dass der Alkohol seinen Tribut forderte, und ich machte mir Sorgen um ihre Gesundheit.

Die anderen bemerkten schnell, was passiert war, und kamen zu uns, um zu helfen. Amelie war bei Olivia und versuchte, sie zu beruhigen, während Khaby und ich uns um das Chaos auf meinem T-Shirt kümmerten. Es war eine unangenehme Situation, aber inmitten des Durcheinanders spürte ich die Verbundenheit zwischen uns allen, während wir uns gegenseitig unterstützten.

Ich lächelte und wandte mich an Amelie und Khaby. „Hey, ich denke, ich werde Olivia nach Hause bringen. Ihr beide solltet hierbleiben und den Abend genießen. Habt eine tolle Zeit zusammen."

Amelie nickte zustimmend, ihre Augen funkelten vor Freude. „Bring sie bitte sicher nach Hause."

Khaby lächelte ebenfalls und legte seine Hand auf Amelies unteren Rücken. „Ja, wir werden uns amüsieren, versprochen."

Ich nickte ihnen zu und half Olivia dabei, aufzustehen. „Passt gut auf euch auf", sagte ich lächelnd, bevor wir die Bar verließen und uns auf den Weg nach Hause machten.

Ich legte meinen Arm fest um Olivias Taille, um sie zu stützen, als wir die Bar verließen. Ihr Gang war schwankend, und sie lehnte sich schwer gegen mich. „Halte dich an mir fest, Liv", flüsterte ich sanft, während wir langsam die Straße entlang gingen.

Die Dunkelheit der Nacht umgab uns, und die Straßenlaternen warfen ein gedämpftes Licht auf unseren Weg. Olivias Schritte waren unsicher, und ich spürte, wie sie mehrmals beinahe das Gleichgewicht verlor. „Alles in Ordnung?" fragte ich besorgt, als ich ihren zittrigen Atem spürte.

Sie nickte schwach, doch ihre Bewegungen waren unkoordiniert. Ich musste mich darauf konzentrieren, sie aufrecht zu halten und gleichzeitig darauf achten, nicht selbst das Gleichgewicht zu verlieren.

Mit einem kleinen Seufzen kniete ich mich neben sie auf den Boden, meine Muskeln protestierten gegen die Position, denn durch das Tanzen waren meine Beine bereits müde. Dann beugte ich mich vor, um Olivia behutsam auf den Rücken zu heben. Sie fühlte sich schwer an, und ich musste mich anstrengen, um sie hochzuheben.

Als sie auf meinem Rücken saß, spürte ich das zusätzliche Gewicht, aber ich kämpfte gegen die Erschöpfung des Abends an und konzentrierte mich darauf, sie sicher nach Hause zu bringen. Ich richtete mich auf und spürte, wie ihre Arme sich um meinen Hals schlangen, um sich festzuhalten.

Mit bedächtigen Schritten machte ich mich auf den Weg, unsere Wohnung zu erreichen. Der Druck ihres Körpers auf meinem Rücken war ein ständiger Reminder ihrer Präsenz, und ich bemühte mich, sie so behutsam wie möglich zu tragen.

Ich setzte sie vorsichtig ab, um nach meinem Schlüssel zu suchen, während sie sich an der Tür anlehnte.

Als sie die Tür öffnete und wir in unsere Wohnung traten, spürte ich eine Mischung aus Erleichterung und Müdigkeit. Ich führte sie in ihr Zimmer zu ihrem Bett und half ihr, sich darauf zu setzen, bevor ich mich neben sie setzte.

„Alles in Ordnung?" fragte ich noch einmal besorgt, während ich ihre Hand sanft hielt.

Sie lächelte schwach und nickte. „Danke, Timmy. Du bist ein Lebensretter."

Ich lächelte zurück, obwohl ich wusste, dass ich noch mehr hätte tun müssen. Ich hätte sie davon abhalten müssen, sich so zu betrinken. Ich wusste doch wie es um ihre Gefühlswelt derzeit stand und war trotzdem unachtsam.

„Ruh dich jetzt aus", sagte ich leise und deckte sie mit einer Decke zu. „Ich bin hier, wenn du mich brauchst."

Dann ließ ich sie allein, in der Hoffnung, dass sie sich am nächsten Morgen besser fühlen würde.

Ich lag in meinem Bett und ließ die sanften Klänge der Musik mich in den Schlaf wiegen, als plötzlich Stimmen aus dem Wohnzimmer drangen. Ich erwachte aus meiner Trance und lauschte gespannt, während Neugier und Besorgnis mich gleichermaßen erfassten. Leise und behutsam erhob ich mich und ging in Richtung des Geschehens.

Als ich die Tür zum Wohnzimmer einen Spaltbreit öffnete, sah ich Martin und meine Mutter in einem hitzigen Gespräch vertieft. Mein Blick fiel auf Susanne, die mit gesenktem Kopf und Tränen in den Augen vor Martin stand.

„Es tut mir leid, Susanne, aber ich muss dich bitten zu gehen", hörte ich Martin von Bergen mit einer unerbittlichen Stimme sagen. „Es ist nicht persönlich, aber deine Anwesenheit erinnert mich zu sehr an den Verlust meiner Frau. Ich kann es einfach nicht ertragen."

Susannes schwere Worte drangen an meine Ohren, und mein Herz zog sich schmerzhaft zusammen. Das Gefühl des Verrats und des Verlustes hallte in der Stille des Raumes wider.

Plötzlich überwältigte mich ein Gefühl der Wut und des Unverständnisses gegenüber Martin von Bergen, der so kaltherzig und rücksichtslos handelte. Ich konnte nicht einfach tatenlos dabei stehen und zusehen, wie Susanne aus unserem Zuhause vertrieben wurde.

Mit entschlossenen Schritten trat ich ins Wohnzimmer und stellte mich zwischen Martin und meine Mutter. „Das ist ungerecht!", platzte es aus mir heraus, meine Stimme bebte vor Empörung. „Mein Vater lag im Koma, weil er der Chauffeur Ihrer Frau war und sie einen Unfall hatten. Wie konnten Sie uns einfach so vor die Tür setzen?"

Martins kalter Blick traf meinen, doch ich ließ mich nicht einschüchtern. Mein Entschluss, für das einzustehen, was richtig war, gab mir Kraft. „Sie handelten so rücksichtslos", fuhr ich fort, meine Stimme nun fester. „Sie dachten nur an Ihren eigenen Schmerz, aber wir hatten auch einen Verlust. Mein Vater sollte bei uns sein und nicht an Schläuche angeschlossen regungslos im Krankenhaus liegen."

Eine unbehagliche Stille legte sich über den Raum, als Martin schwieg und schließlich resigniert nickte. „Vielleicht hattest du Recht, Olivia", sagte er leise. „Aber meine Entscheidung stand fest. Ihr musstet gehen."

Ich fühlte mich machtlos und frustriert angesichts der Unbarmherzigkeit von Timmys Vater. Mein Mitgefühl für Martin wurde von meinem neu entfachten Hass überschattet, während mir bewusst wurde, dass dieser Kampf noch nicht vorbei war.

Es fühlt sich an, als würde die Zeit stillstehen. Amelie, Mama und ich saßen im kleinen Warteraum des Krankenhauses, unsere Hände fest ineinander verschränkt, während wir nervös auf Nachrichten über Papas Zustand warteten. Die Spannung in der Luft war fast greifbar, als der Arzt endlich zu uns trat.

„Entschuldigen Sie die Verzögerung", begann der Arzt mit einem ruhigen Tonfall, der die Ernsthaftigkeit der Situation widerspiegelte. „Wir haben die Ergebnisse der neuesten Untersuchungen. Der Zustand Ihres Mannes hat sich leider nicht verbessert, im Gegenteil, er hat sich verschlechtert."

Ein Kloß bildete sich in meinem Hals, und ich spürte, wie Mama nach meiner Hand griff, um sich gegenseitig Halt zu geben. Susannes Stimme bebte, als sie fragte: „Was bedeutet das genau?"

Der Arzt seufzte und senkte den Blick für einen Moment, bevor er antwortete. „Die Tests haben gezeigt, dass Ihr Ehemann einen Zustand erreicht hat, den wir als Hirntod bezeichnen. Sein Gehirn hat durch den Krampfanfall dauerhafte und irreparable Schäden erlitten, und es gibt keine Hoffnung auf Genesung. Er wird nie wieder aus dem Koma erwachen."

Die Worte des Arztes durchdrangen den Raum wie ein eisiger Windstoß, und ich spürte, wie sich eine unerträgliche Leere in mir ausbreitete. Die Tränen meiner Schwester und meiner Mutter verstärkten meine eigene Verzweiflung.

„Das tut mir so leid", flüsterte der Arzt, seine Stimme voller Mitgefühl. „Wir werden alles tun, um Sie in dieser schwierigen Zeit zu unterstützen."

Meine Gedanken wirbelten durcheinander, während ich versuchte, die Realität der Situation zu akzeptieren. Die Bilder meines Traums, Papas regungsloser Zustand seit zwei Jahren, sein Lächeln, seine Geschichten – all das würde nie wieder sein.

Die Stille im Raum war erdrückend, und trotz der Worte des Arztes fühlte sich alles unwirklich an, wie ein schrecklicher Albtraum, aus dem wir nicht aufwachen konnten. Mama und Amelie saßen neben mir, und gemeinsam waren wir von der traurigen Gewissheit umgeben, dass unser geliebter Vater nie wieder zu uns zurückkehren würde.

Dann wurde mir klar, dass ich nur träumte. Alles, was ich durchgemacht hatte, lag bereits Jahre zurück. Der Moment im Krankenhaus war längst vergangen. Ich musste mich kurz sammeln und meine Gedanken ordnen. Die Bilder meines Traums hafteten noch an mir: die leeren Wände unserer alten Wohnung, meine Mutter auf den Knien, während sie Kartons packte, und die kalten Augen von Timmys Vater, der uns mit einem Kopfnicken verabschiedete.

„Das war's", hatte er gesagt. „Ihr seid entbehrlich."

Langsam öffnete ich meine Augen und spürte einen dumpfen Schmerz in meinem Kopf, der mir zeigte, dass ich einen ziemlich schlimmen Kater hatte. Ein Seufzen entwich mir, als ich mich aufrichtete und meine Schläfen rieb, um die aufkommenden Kopfschmerzen zu lindern.

Die Sonnenstrahlen drangen durch die halbgeschlossenen Vorhänge und warfen ein sanftes Licht in das Zimmer, das mit einem leichten Schleier aus Zigarettenrauch gefüllt war.

Nach ein paar Minuten setzte ich mich auf und streckte mich, bevor ich mich mühsam aus dem Bett erhob. Der Raum drehte sich leicht, und ich musste mich am Bettrand festhalten, um nicht zu stolpern. Der Gedanke an gestern Abend ließ mich erröten, und ich hoffte, dass ich nicht zu peinlich gewesen war.

Langsam machte ich mich auf den Weg zur Küche, wobei ich mich an den Wänden entlang tastete, um mich zu stabilisieren. Als ich die Küche erreichte, sah ich eine dampfende Schüssel Suppe auf dem Herd stehen und spürte sofort, wie sich mein Magen vor Vorfreude zusammenzog. Der Duft von Kräutern und Gemüse erfüllte den Raum und weckte Erinnerungen an vergangene Tage.

Mit zittrigen Händen setzte ich mich an den Tisch und griff nach einem Löffel, um vorsichtig einen Schluck von der Suppe zu probieren. Der warme, beruhigende Geschmack umhüllte meine Sinne, und ich fühlte mich sofort etwas besser. Die Suppe war genau das, was ich brauchte, um meinen Kater zu vertreiben und meinen Magen zu beruhigen.

Plötzlich bemerkte ich einen Zettel neben der Schüssel und nahm ihn in die Hand. Eine zerknitterte Handschrift verriet, dass es von Timmy stammte. Ich lächelte leicht, als ich die Worte las: „Für den Kater. Ich hoffe, es hilft. Ich bin bereits auf der Arbeit. Ruf mich an, wenn du etwas brauchst. Pass auf dich auf. - Timmy" Die Zeilen waren wie eine warme Umarmung, die mich in meiner Not unterstützte.

Eine Welle der Dankbarkeit durchflutete mich, und ich spürte, wie sich meine Augen mit Tränen füllten. Timmy war immer so fürsorglich und aufmerksam, und ich fühlte mich gesegnet, ihn in meinem Leben zu haben.

Mit einem warmen Gefühl in meinem Herzen und einem etwas leichteren Kopf aß ich langsam die Suppe und genoss die Ruhe des Morgens. Es war ein kleiner Akt der Güte, der Timmys Fürsorge unterstreicht. Ich genoss die Suppe beim Serienschauen auf dem Sofa und ließ alles mit der Ruhe auf mich wirken.

Ich zögerte einen Moment, als das Telefon klingelte und Phils Name auf dem Display erschien. Ein kleiner Stich der Unsicherheit durchzuckte mich, aber ich atmete tief durch und entschied mich schließlich, den Anruf anzunehmen.

„Hey Phil", sagte ich, versuchte meine Stimme so normal wie möglich klingen zu lassen.

„Hey Babe", antwortete er, und ich konnte Freude in seiner Stimme hören. „Wie geht es dir?"

„Ähm, gut, danke", antwortete ich, obwohl ich wusste, dass es nicht ganz stimmte. „Und dir?"

„Mir geht's auch gut", sagte er schnell. „Ähm, hör mal, ich wollte fragen, ob wir heute Abend was unternehmen wollen. Vielleicht könnten wir etwas essen gehen oder so?"

Mein Herz begann schneller zu schlagen, als ich über seine Worte nachdachte. Es war schon eine Weile her, seit er betrunken bei mir auftauchte, was im Chaos endete. Aber andererseits war da auch eine gewisse Neugierde, und ich fragte mich, worüber er sich freute.

„Ähm, ich weiß nicht...um ehrlich zu sein bin ich etwas verkatert", begann ich zögernd.

„Bitte, Babe", unterbrach er mich schnell. „Es ist wichtig für mich. Ich möchte wirklich mit dir reden."

Ein innerer Konflikt tobte in mir, denn fit war ich nicht, aber schließlich gab ich nach. „Okay, Phil", sagte ich schließlich. „Lass uns treffen."

Ich hörte seine Freude durchs Handy: „Danke, Olivia. Ich werde dich um acht Uhr zuhause abholen, okay?"

„Okay", antwortete ich, und bevor ich Zeit hatte, etwas anderes zu sagen, hatte er bereits aufgelegt.

Ich legte mein Handy weg und lehnte mich zurück, während ich über die bevorstehende Begegnung nachdachte.

Die Liebe ist in der Tat eine merkwürdige, fast widersprüchliche Emotion – ein Paradox aus Stärke und Verletzlichkeit, aus Macht und völliger Hilflosigkeit. Sie kann uns zu den höchsten Höhen tragen und gleichzeitig in die tiefsten Abgründe stürzen lassen. In Momenten tiefster Verletzung und Enttäuschung kann es scheinen, als ob Vergebung unerreichbar wäre, als ob das gebrochene Herz niemals heilen könnte. Die Wunden brennen wie frische Schnitte, und der Schmerz scheint sich in jede Faser unseres Seins einzunisten.

Ich kannte dieses Gefühl nur zu gut. Die letzten Tage hatten sich wie eine Ewigkeit angefühlt, jede Stunde geprägt von dem Echo unserer letzten Auseinandersetzung. Jedes Mal, wenn mein Handy klingelte, hoffte ein Teil von mir, es wäre Phil – während ein anderer Teil von mir sich dagegen sträubte, auch nur seinen Namen auf dem Display zu sehen. Mein Stolz und mein verletztes Herz kämpften einen erbitterten Krieg gegeneinander.

Doch dann steht plötzlich die Person, die man liebt, mit Blumen und einem Geschenk vor der Tür, und die ganze sorgfältig aufgebaute emotionale Mauer beginnt zu bröckeln. Es ist, als würde ein einziger Sonnenstrahl durch dichte Regenwolken brechen und plötzlich scheinen alle Verletzungen und Missverständnisse zu verblassen – nicht zu verschwinden, aber ihre scharfen Kanten werden weicher, erträglicher.

Als die Türklingel an jenem Abend ertönte, spürte ich sofort, wie sich mein Magen zusammenzog. Ich war gerade dabei gewesen, mir einen Tee zu machen – eine simple Routine, die mir half, nicht über das Chaos in meinem Kopf und meinem Herzen nachzudenken. Durch den Türspion sah ich Phil, und mein Herz machte einen schmerzhaften Sprung. Er sah müde aus, seine normalerweise so perfekt gestylten Haare waren zerzaust, als hätte er sich stundenlang die Hände hindurchgefahren. In den Händen hielt er einen Strauß Pfingstrosen – meine Lieblingsblumen, die er sich tatsächlich gemerkt hatte.

Minutenlang stand ich einfach nur da, die Hand auf der Türklinke, und rang mit mir selbst. Ein Teil von mir wollte die Tür aufwerfen und ihm um den Hals fallen. Ein anderer Teil wollte ihn durch die geschlossene Tür anschreien, ihm sagen, dass er verschwinden sollte. Aber der größte

Teil von mir war einfach nur müde – müde vom Kämpfen, müde vom Verletzttsein, müde davon, so zu tun, als würde ich ihn nicht vermissen. Es ist das Paradox der Liebe, dass sie uns dazu bringt, über Schmerz und Enttäuschung hinwegzusehen und uns wieder für das Gute im anderen zu öffnen. Sie macht uns zu Optimisten wider besseres Wissen, zu Träumern, die an zweite Chancen glauben, auch wenn die erste so schmerzhaft endete. Manchmal können kleine Gesten der Zuneigung und Reue ausreichen, um die Mauern des Zorns niederzureißen und Platz für Vergebung und Heilung zu schaffen.

Als ich die Tür schließlich öffnete, trafen sich unsere Blicke, und ich sah meine eigene Zerrissenheit in seinen Augen gespiegelt. Er sah aus, als hätte er genauso wenig geschlafen wie ich, als hätten die letzten Tage auch für ihn eine Qual bedeutet.

"Ich weiß, dass ich kein Recht habe, hier zu sein", begann er, seine Stimme heiser vor Emotion. "Aber ich musste es versuchen. Ich musste dir sagen, wie leid es mir tut."

Die Pfingstrosen zitterten leicht in seinen Händen – ein Zeichen seiner Nervosität, das mich mehr berührte, als ich zugeben wollte. Phil war sonst immer so selbstsicher, so kontrolliert. Ihn so verletzlich zu sehen, ließ etwas in mir weicher werden.

Die Fähigkeit, zu verzeihen, ist ein kostbares Geschenk der Liebe, das uns ermöglicht, über Schwierigkeiten hinwegzukommen und uns wieder miteinander zu verbinden. Aber es ist auch ein Akt des Mutes – der Mut, sich wieder verletzlich zu machen, der Mut zu glauben, dass Menschen sich ändern können, der Mut, trotz der Narben wieder zu vertrauen.

Denn am Ende ist es die Liebe, die uns trägt und uns die Kraft gibt, auch die tiefsten Wunden zu heilen.

So stand Phil am Abend vor meiner Wohnungstür und flehte mich an, ihm zu vergeben und ihn am nachfolgenden Abend zu einer Benefizgala zu begleiten. Es würde der erste offizielle Anlass sein, bei dem ich als seine Freundin an seiner Seite stehen würde und nicht als seine Sekretärin – eine Grenze, die wir bisher nie überschritten hatten, eine Schwelle, die sowohl verlockend als auch beängstigend war.

"Diese Gala", sagte er, während er mir die Blumen entgegenstreckte, "sie bedeutet mir nichts ohne dich. Ich will, dass die ganze Welt weiß, wer du für mich bist. Nicht meine Assistentin, nicht meine Angestellte – sondern die Frau, die ich liebe."

Seine Worte waren voller Reue, während er mir versicherte, dass er seine Fehler erkannt hatte und bereit war, alles zu tun, um mein Vertrauen zurückzugewinnen. Aber mehr als das – sie waren voller Hoffnung, voller Versprechen für eine Zukunft, die ich mir in meinen schwächsten Momenten ausgemalt, aber nie zu erhoffen gewagt hatte. Die Bitte, ihn zu dieser Gala zu begleiten, war sein Versuch, unsere Beziehung auf eine neue Ebene zu heben, weg von den Grenzen des Büros und hin zu einer tieferen Verbundenheit.

Ich stand in der Tür und überlegte, ob ich ihm verzeihen konnte, ob ich bereit war, einen weiteren Schritt auf ihn zuzugehen. Mein Verstand warnte mich vor den Risiken, listete alle Gründe auf, warum das eine schlechte Idee war. Aber mein Herz – mein dummes, hoffnungsvolles Herz – flüsterte von zweiten Chancen und neuen Anfängen.

Die Erinnerungen an den Schmerz und die Enttäuschung waren noch frisch, wie offene Wunden, die bei der kleinsten Berührung zu bluten begannen. Ich konnte die Tränen noch schmecken, die ich in den letzten Nächten geweint hatte, konnte die Leere noch spüren, die sein Schweigen hinterlassen hatte. Doch da war auch ein Funke Hoffnung, dass wir gemeinsam über diese Hürde hinwegkommen könnten – ein winziges Licht in der Dunkelheit meiner Zweifel.

"Ich kann dir nicht versprechen, dass es einfach wird", hörte ich mich sagen, meine eigene Stimme fremd in meinen Ohren. "Ich kann dir nicht versprechen, dass ich nicht wieder verletzt werde oder dass wir nicht wieder streiten werden."

Phil nickte, seine Augen nie von meinen abgewandt. "Das verlange ich auch nicht. Ich verlange nur eine Chance – eine Chance, dir zu beweisen, dass es mir ernst ist."

Schließlich nickte ich langsam und gab ihm eine Chance, seine Worte in die Tat umzusetzen. Die Entscheidung fühlte sich an wie ein Sprung von einer Klippe – befreiend und erschreckend zugleich. Vielleicht war diese Gala der Anfang eines neuen Kapitels für uns, eine Chance, unsere Beziehung zu stärken und gemeinsam eine Zukunft aufzubauen. Oder vielleicht war es nur ein weiterer Schritt in Richtung Herzschmerz.

Es ist eine mutige Entscheidung, einem geliebten Menschen eine zweite Chance zu geben, besonders nachdem man verletzt wurde. Es bedeutet, die Kontrolle aufzugeben, die uns der Schmerz gibt – die kalte, harte Gewissheit, dass wir recht haben, dass wir die Verletzten sind. Aber manchmal ist es die Liebe, die uns dazu bewegt, die Vergangenheit loszulassen und uns auf eine neue Zukunft zu konzentrieren, auch wenn diese Zukunft ungewiss ist.

Als ich mich entschied, mit Phil zur Gala zu gehen, spürte ich eine Mischung aus Hoffnung und Nervosität, die so intensiv war, dass sie körperlich schmerzte. Mein Herz raste, als würde ich vor einem wichtigen Auftritt stehen. Es war eine Gelegenheit, unsere Beziehung auf eine neue Ebene zu heben, aber auch ein Risiko, wieder enttäuscht zu werden – vielleicht diesmal noch tiefer, weil ich bewusst die Tür zu meinem Herzen wieder geöffnet hatte.

In den Stunden nach seinem Besuch schwankten meine Gefühle wie ein Pendel zwischen Aufregung und Angst. Ich stellte mir vor, wie es sein würde, an seiner Seite zu stehen, nicht als die effiziente Sekretärin im Hintergrund, sondern als die Frau, die er liebte. Würden die Menschen uns komisch ansehen? Würden sie tuscheln und sich fragen, wie lange die Beziehung zwischen Chef und Angestellter wohl halten würde?

Aber dann dachte ich an den Ausdruck in seinen Augen, als er vor meiner Tür stand – verletzlich, hoffnungsvoll, voller Liebe. Und ich erkannte, dass die Meinung anderer Menschen nebensächlich war. Was zählte, war das, was zwischen uns war – diese merkwürdige, komplizierte, wunderbare Liebe, die uns trotz aller Hindernisse und Verletzungen immer wieder zueinander führte.

Die Liebe, so stellte ich fest, ist nicht nur eine Emotion – sie ist eine Entscheidung. Die Entscheidung, zu vertrauen, trotz der Angst vor Verletzung. Die Entscheidung, zu vergeben, auch wenn der Schmerz noch frisch ist. Die Entscheidung, zu hoffen, auch wenn die Vergangenheit uns Grund zur Vorsicht gibt.

Und so stand ich da, mit Phils Pfingstrosen in der Hand, und traf diese Entscheidung – für die Liebe, für uns, für die Möglichkeit einer gemeinsamen Zukunft.

Als wir uns am Abend für die Gala vorbereiteten, spürte ich eine gewisse Aufregung in der Luft. Phil war besonders aufgeregt, während er mir half, mein Kleid auszuwählen und mich für den Abend vorzubereiten.

Als wir schließlich die Gala betraten, fühlte ich mich wie in einem Märchen. Die glitzernden Lichter, die eleganten Kleider und die festliche Atmosphäre umgaben uns, während wir uns durch die Menschenmenge bewegten. Doch dieses Gefühl verging recht schnell.

In der Menschenmenge voller fröhlichem Gelächter, angeregten Gesprächen und interessierten Menschen fühlte ich mich so allein. Meine Begleitung war am anderen Ende des Raumes und schenkte irgendwelchen Hohen Tieren Sekt ein. Warum hatte ich nur geglaubt, dass dies ein Date sein würde? Warum hatte ich mir diese Flausen im Kopf zugelassen?

„Olivia!", rief Phil und winkte mich zu sich herüber. Im schnellen Schritt, obwohl mir bereits die Füße in den neuen High Heels schmerzten, lief ich zu Phil. „Martin von Bergen kommt wohl doch nicht, wenn du willst, kannst du schon nach Hause", sagte Phil leise zu mir, sodass nur ich es hören konnte.

„Was hat meine Anwesenheit denn mit der von den von Bergens zu tun?", wollte ich fragen, doch da dämmerte es mir. Ich hatte Phil nur erzählt, dass meine Mutter lange Zeit für die von Bergens gearbeitet hatte und ich in der Zeit bei ihnen gewohnt hatte. Doch ich hatte ihm nie erzählt, wie die Beziehung unserer Familien nach dem Vorfall mit Timmys Mutter sich grundlegend verändert hatte. Und sein Umgang mit Timmy zeigte mir, dass er auch nicht ahnte, dass Timmy Timothée von Bergen ist. Die Bitterkeit stieg in mir auf. Hatte ich mir diese Illusion nur selbst erschaffen? Hatte ich wirklich geglaubt, dass dieser Abend etwas Besonderes sein würde? Der Schmerz schnürte mir die Kehle zu, als die Wahrheit in mir einsickerte.

„Du hast mich nur gefragt, ob ich dich begleite, weil ich dich den von Bergens vorstellen sollte?", fragte ich ihn in normaler Lautstärke, obwohl ich die Antwort schon kannte. Der Mann und seine Frau, mit denen sich Phil bis eben noch angeregt unterhalten hatte, wurden hellhörig. Phil nahm mich fest an den Schultern und drehte uns weg, sodass wir uns gegenüberstanden. Neugierige Blicke richteten sich auf uns. „Bitte mach keine Szene, Babe!", bat er mich mit einem scharfen Ton in der Stimme. Die neugierigen Blicke der Umstehenden bohrten sich in meine Haut, während Phil und ich uns gegenüberstanden.

„Wie könnte ich denn keine Szene machen? Ich dachte, du willst mich dabei haben, weil wir seit 6 Jahren miteinander schlafen und ich dachte, dass wir eine Beziehung miteinander führen. Doch scheinbar ist es so, dass du mich nur als deine Sekretärin mit besonderer Dienstleistung ansiehst", antwortete ich. Meine Stimme fing an zu zittern, meine Augen wurden feucht. „Timmy hatte vollkommen recht! Du bist nichts weiter als ein arroganter Arsch, der Menschen nur zu seinen Gunsten benutzt und wenn sie nicht mehr von Nutzen sind, fallenlässt, ohne jegliche Rücksicht auf deren Gefühle."

Die Worte verließen meinen Mund, bevor ich sie zurückhalten konnte. Die Tränen stiegen mir in die Augen, und ich spürte, wie sich mein Herz zusammenzog. „Wie konnte ich nur so blind sein?" schluchzte ich.

„Ich will das hier nicht mehr." Meine Stimme war leise, aber fester als ich es erwartet hatte.

Phil sah mich an, als hätte ich gerade vorgeschlagen, die Welt auf den Kopf zu stellen. „Entschuldige, was hast du gerade gesagt?"

Ich spürte, wie mein Herz gegen meine Brust pochte, aber ich hielt seinem Blick stand. „Ich will das hier nicht mehr, Phil."

Er lachte, aber es war kein echtes Lachen – es war bitter, scharf, voller Spott. „Du kannst das nicht ernst meinen. Du brauchst mich."

„Nein." Das Wort kam schneller, als ich dachte, und es war wie ein Stein, der von einer Klippe fiel. „Ich brauche dich nicht. Nicht mehr."

Für einen Moment war er still, dann trat er einen Schritt näher, seine Augen verengt. „Das ist lächerlich, Olivia. Du bist nichts ohne mich. Du weißt das. Ich weiß das. Also hör auf mit diesem Unsinn und beruhig dich."

„Das reicht, Phil." Meine Stimme brach, aber ich machte keinen Schritt zurück. „Ich habe mich so lange in dir verloren, dass ich vergessen habe, wer ich bin. Und weißt du was? Ich will mich wiederfinden. Ohne dich."

Sein Gesicht verzog sich zu einem wütenden Ausdruck „Du wirst es bereuen, Olivia."

Ich löste mich aus seinem festen Griff und lief zum Ausgang. Phil machte keine Anstalten mir zu folgen. Meine Tränen rollten aus den Augen. Wie automatisch zückte ich mein Handy und rief Timmy an. Nach nur einem Klingeln ging er ran: „Liv? Alles in Ordnung?"

„Timmy, du hattest Recht. Wie konnte ich nur so blind sein? Kannst du mich abholen?", fragte ich schluchzend.

Ich ließ mich zu Boden sinken, das Handy noch in der Hand, während Timmys warme, beruhigende Stimme in mein Ohr drang. Seine Worte waren weich, voller Fürsorge. Ich schloss die Augen, ließ mich von seinem Mitgefühl einlullen und weinte hemmungslos. Die Tränen strömten unaufhaltsam, und zum ersten Mal ließ ich alles zu.

Wie oft hatte ich weggesehen? Wie oft hatte ich gedacht: Das ist normal.
So ist das eben. Er meint es ja nur gut. Und jedes Mal war da dieses
Ziehen in der Brust gewesen, dieses dumpfe Gefühl, das mir zuflüsterte:
Lauf. Aber ich war geblieben. Wegen eines Lächelns. Wegen fünf netter
Worte nach zehn kalten Tagen. Weil ich dachte, vielleicht bin ja ich das
Problem. Weil er mich gesehen hatte, damals, als niemand es tat. Aber
das tat er schon lange nicht mehr. Er sah nur sich. Mich sah er nur, wenn
ich funktionierte. Wenn ich lachte, wenn ich leistete. Wenn ich nicht
unbequem war. Und ich war so lange brav. So leise. Hatte meine Zweifel
geschluckt wie bittere Pillen. Hatte mich schön gemacht, angepasst,
durchgebissen. Ich hatte rote Flaggen gesammelt wie Liebesbriefe. Hatte
sie gefaltet, in eine Schublade gelegt und mir eingeredet, dass es
Sicherheit war. Dabei war es Stillstand. Ein goldener Käfig mit
Glaswänden – und ich war der Vogel, der immer wieder gegen die
Scheibe flog. Immer wieder. Immer wieder. Und jetzt sollte ich da
reingehen, lächeln, Händeschütteln, uns präsentieren, als wäre nichts?
Nein. Ich konnte das nicht mehr. Ich wollte das nicht mehr. Ich hatte
keine Kraft mehr, jemand zu sein, der ich nicht war, nur um an seiner
Seite bestehen zu können. Es war ein Wendepunkt, voller Verzweiflung
und Erkenntnis zugleich.
Die Einsamkeit schnitt tiefer als je zuvor, während ich mich nach Trost
sehnte. Und nur wenige Minuten später war es Timmy, der mich
festhielt. Er war völlig außer Atem, als wäre er den ganzen Weg zu mir
gerannt. Doch in seinen Armen fühlte ich mich zum ersten Mal seit
Langem nicht mehr verloren. Nicht mehr allein.Seine Augen weiteten
sich vor Entsetzen, als er das Blut an meiner Ferse bemerkte. Ich folgte
seinem Blick und sah das Riemchen meiner neuen Schuhe, das sich in
meine Haut gebohrt hatte. Der Schmerz war überwältigend, und Tränen
der Frustration traten in meine Augen.
Mit einem Ausdruck des Entsetzens auf seinem Gesicht bemerkte
Timmy meinen Zustand. „Du blutest ja!", stellte er fest, seine Stimme
voller Besorgnis. Ich konnte die Sorge in seinen Augen sehen, als er
meine verletzte Ferse betrachtete.
Ohne zu zögern, zog ich meine Schuhe aus und schleuderte sie mit aller
Kraft in den nächsten Mülleimer. Ein Akt der Befreiung, der für einen
Moment die Last auf meinen Schultern erleichterte. Doch die Tränen

ließen nicht nach, und der Schmerz in meinem Herzen war noch immer präsent.

Timmy kam zu mir, seine Präsenz beruhigend und tröstlich. Er bückte sich vor mir und bot mir seinen Rücken an. „Komm, spring auf. Ich bring dich nach Hause", sagte er, ohne mich anzusehen.

Erst wollte ich protestieren, doch dann lockte mich der Gedanke nicht laufen zu müssen und ich kletterte auf seinen Rücken. Die Wärme seines Körpers und der feste Griff seiner Arme um mich herum gaben mir ein Gefühl von Sicherheit und Geborgenheit. Timmy hob mich problemlos hoch und ging los. Mit jedem Schritt, den er machte, fühlte ich mich ein Stück weit getragen, als ob er nicht nur meinen Körper, sondern auch meine Sorgen und Ängste auf seinem Rücken trug.

In dieser unerwarteten Umarmung fühlte ich mich geborgen und beschützt. Timmy trug mich sanft durch die Straßen, während die Dunkelheit der Nacht um uns herum lag. Die Lichter der Stadt glitzerten im Dunkeln, und der Lärm des Alltags schien für einen Moment verstummt zu sein.

Ich legte meinen Kopf an seine Schulter und spürte die Wärme seines Körpers, die mich umgab. Seine Nähe war beruhigend, und ich konnte spüren, wie sich meine Angst langsam auflöste. In seinen Armen fühlte ich mich sicher und geliebt. Die Erkenntnis, dass ich mich seit Monaten nur noch wohl fühlte an Timmys Seite und unbehaglich an der von Phil, überkam mich. Wie hatte ich mich nur so selbst belogen? Warum hatte ich an dieser Beziehung festgehalten, die mir in letzter Zeit nur Kummer bereitet hatte?

Timmy war die Person, die mich liebte und für mich da war. Ich liebte ihn auch, doch hatte mir bis zu diesem Abend meine Gefühle nicht eingestanden.

Wir sprachen nicht viel auf dem Weg nach Hause. Es war nicht nötig. Die Stille zwischen uns war tröstlich.

Plötzlich spürte ich eine sanfte Berührung an meiner Schulter und hörte eine vertraute Stimme. „Timmy, wach auf. Ich muss mit dir reden", sagte Olivia mit einem ernsten Unterton in ihrer Stimme. Verwirrt setzte ich mich langsam auf und sah sie an. Ihre Augen wirkten ernst, und ich spürte, dass etwas nicht stimmte. „Was ist los, Liv? Ist alles in Ordnung?", fragte ich besorgt.

Sie seufzte und sah mich direkt an. „Timmy, ich habe eine Entscheidung getroffen. Ich möchte kündigen", sagte sie mit einem Ausdruck der Entschlossenheit auf ihrem Gesicht. Mein Herz setzte einen Schlag aus, als ihre Worte langsam bei mir ankamen. Es war wohl endgültig vorbei mit Phil. Ich hatte so lange darauf gewartet, dass sie versteht, dass er nicht gut für sie ist. „Bist du dir sicher?", fragte ich, während sich ein Gefühl der Unruhe in mir ausbreitete. Freude, aber auch Mitgefühl. Olivia hatte sich gestern wegen ihm die Augen ausgeheult. Sie arbeitet seit fast zehn Jahren für Phil.

Olivia zögerte einen Moment, bevor sie antwortete. „Ich möchte Phil nicht mehr sehen. Weder als Freund noch als meinen Chef. Ich hätte niemals etwas mit meinem Chef anfangen sollen", erklärte sie.

Ein Klumpen bildete sich in meinem Magen, als ich realisierte, was ihre Entscheidung bedeuten würde. „Wie viel verdienst du eigentlich?", fragte sie leise. Meine Gedanken begannen zu rasen. „Warum fragst du das so plötzlich?", wollte ich wissen.

Olivia lächelte schüchtern und sagte: „Na, einer von uns muss doch die Miete zahlen, sonst landen wir beide auf der Straße." Eine Mischung aus Angst und Sorge durchströmte meinen Körper, als ich über die Konsequenzen ihrer Entscheidung nachdachte. Doch gleichzeitig spürte ich auch eine tiefe Verbundenheit zu Olivia und ihren Bedürfnissen. Ich würde alles dafür tun, dass sie ihren Job kündigen kann. Meine Ersparnisse würden ausreichen, damit sie in Ruhe einen neuen Job suchen kann oder zur Not würde ich meinen Vater bitten, dass wir die Mietzahlungen verzögern.

Wir frühstückten gemeinsam und machten Pläne für ihre berufliche Zukunft. Olivia schien zu versuchen gute Laune vorzutäuschen, doch in den Momenten, wo sie sich unbeobachtet glaubte, wirkte sie zutiefst traurig. Der Morgen war grau und verheißungsvoll, als ich unsere kleine

Wohnung verließ. Durch die angelehnte Schlafzimmertür konnte ich Olivia am Schreibtisch sitzen sehen, ihre schlanken Finger tanzten nervös über die Tastatur ihres silbernen Laptops. Das sanfte Klackern der Tasten vermischte sich mit dem gedämpften Verkehrslärm von draußen, doch es war die Anspannung in ihren Schultern, die mich innehalten ließ. Ich wusste, woran sie arbeitete – ein Kündigungsschreiben. Wochenlang hatte sie sich mit der Entscheidung gequält, hatte nachts wach gelegen und mir ihre Sorgen anvertraut. Ihr Job fraß sie innerlich auf, die ständigen Überstunden, der cholerische Chef, die toxische Arbeitsatmosphäre. Doch die Angst vor der Ungewissheit hielt sie gefangen wie ein Vogel im goldenen Käfig.

Als ich näher trat, sah ich ihre zusammengebissenen Lippen, die kleine Falte zwischen ihren Augenbrauen, die immer dann erschien, wenn sie grübelte. Ihre Haare fielen ihr seidig über die Schulter, und ich widerstand dem Impuls, sie sanft zurückzustreichen und ihr zu sagen, dass alles gut werden würde. Stattdessen küsste ich sie leicht auf den Scheitel – sie roch nach dem Lavendelshampoo, das sie so liebte – und flüsterte: "Du schaffst das, meine Starke."

Sie blickte zu mir auf und lächelte schwach, doch ihre Augen verrieten die Angst, die in ihr nagte. "Ich weiß nicht, Tim. Was, wenn ich keinen anderen Job finde? Was, wenn wir die Miete nicht mehr zahlen können?" Ihre Stimme zitterte leicht, und mein Herz krampfte sich zusammen. Ich hätte so gern länger bei ihr bleiben wollen, hätte ihre Hände genommen und ihr versichert, dass wir gemeinsam durch alles durchkommen würden. Doch ein Blick auf die Uhr verriet mir, dass ich bereits zu spät dran war. Die Notaufnahme wartete nicht auf niemanden.

"Wir bekommen das hin", sagte ich und drückte ihre Schulter sanft. Doch als ich die Wohnung verließ und die Tür hinter mir schloss, nagte eine seltsame Unruhe an mir. Es war mehr als nur die übliche Sorge um ihre berufliche Situation – es war ein beklemmendes Gefühl, als würde sich ein unsichtbarer Schatten über diesen Tag legen.

Die Automatiktüren der Notaufnahme öffneten sich mit ihrem vertrauten Zischen, und sofort umfing mich die charakteristische Atmosphäre des Krankenhauses: das Summen der Klimaanlage vermischt mit gedämpften Stimmen, dem Piepen der Monitore und dem unterschwelligen Geruch von Desinfektionsmitteln. Es war eine Welt, die ich seit fünf Jahren kannte wie meine Westentasche, eine Welt, in der ich Ruhe und Sinn gefunden hatte.

Ich grüßte meine Kollegen beim Vorbeigehen – Sarah, die gerade Medikamente vorbereitete, winkte mir zu, während Dr. Herrmann über Patientenakten gebeugt stand. Die morgendliche Besprechung war bereits vorbei, und ich machte mich daran, die Nachtschicht-Übergabe zu studieren. Drei neue Patienten in der Beobachtung, zwei Entlassungen geplant für den Vormittag. Ein normaler Tag, dachte ich.

Doch kaum hatte ich meine Arbeitskleidung angezogen und die ersten Kontrollen gemacht, da zerriss das schrille Heulen von Sirenen die relative Ruhe. Es war nicht ungewöhnlich – Krankenwagen gehörten zu unserem Alltag wie der Kaffee am Morgen. Doch etwas an diesem Klang, der immer näher kam und schließlich vor dem Haupteingang verstummte, ließ mich aufhorchen.

"Großer Unfall auf der B27", rief Dr. Herrmann und eilte bereits in Richtung Eingang. "Mehrere Verletzte, einer schwer!"

Das vertraute Adrenalin schoss durch meine Adern wie ein elektrischer Strom. Meine Muskeln spannten sich an, mein Puls beschleunigte sich, und der professionelle Schalter in meinem Kopf legte sich um. In solchen Momenten war ich ganz in meinem Element – fokussiert, präzise, bereit für das, was auch immer durch diese Türen kommen mochte.

Ich positionierte mich mit den anderen an der Einfahrt, bereit, das Trauma-Team zu unterstützen. Die vertrauten Handgriffe liefen automatisch ab: Handschuhe überziehen, mentale Checkliste durchgehen, Blick auf die Monitore und das bereitgestellte Equipment. Dies war mein Bereich, meine Expertise. Hier konnte ich helfen, Leben retten, einen Unterschied machen.

Das Heulen der Sirenen schwoll wieder an, diesmal direkt vor der Tür. Ich hörte das Knarren der Rettungswagen-Türen, hastiges Rufen, das Rattern der Räder auf dem Asphalt. Jeden Moment würden sie hereinkommen, und ich würde bereit sein.

Die Eingangstüren wurden mit solcher Gewalt aufgerissen, dass sie gegen die Wände krachten und ein dumpfes Echo durch den Flur sandten. Das Erste, was ich sah, waren die angespannten Gesichter der Sanitäter, schweißnass und konzentriert, während sie eine Trage durch die Türen schoben. Das Quietschen der Räder vermischte sich mit dem hektischen Summen und Piepen der tragbaren Geräte, die den Zustand der Patientin überwachten.

"Platz da! Platz da!" rief einer der Sanitäter, und automatisch teilte sich unser Team, um den Weg freizumachen. Meine Augen folgten der Trage, suchten nach ersten Hinweisen auf die Art der Verletzung, den Zustand der Patientin, die Dringlichkeit der Situation.

Und dann sah ich sie.

Eine Frau, bewusstlos auf der weißen Trage liegend, umgeben von einer Aura der absoluten Dringlichkeit. Ihr Körper lag still, zu still, und über allem lag die bedrohliche Schwere eines Lebens, das am seidenen Faden hing. Etwas an ihr ließ mich innehalten – ein Hauch von Vertrautheit, der in meinem Unterbewusstsein zu kitzeln begann wie eine vage Erinnerung an einen vergessenen Traum.

Ihre Haare... die Art, wie sie über das Kissen fielen... die zarte Linie ihres Kinns...

Die Erkenntnis traf mich wie ein Schlag mit einem Vorschlaghammer direkt in die Brust.

Olivia.

Mein Herz setzte nicht nur einen Schlag aus – es hörte für einen Moment völlig auf zu existieren. Die Welt um mich herum verschwamm, als hätte jemand alle Farben ineinander laufen lassen, und ein ohrenbetäubendes Rauschen füllte meinen Kopf. Das konnte nicht sein. Das durfte nicht sein. Das war unmöglich.

Aber da lag sie, meine Olivia, die Frau, die mir gerade noch am Morgen ihre Sorgen anvertraut hatte, die Frau, deren Lavendelduft noch in meiner Nase lag. Ihr Gesicht war kreidebleich, fast durchscheinend, ihre Lippen hatten eine beunruhigende bläuliche Färbung angenommen. Die warmen, lebendigen Wangen, die ich so oft geküsst hatte, waren eingefallen und kalt.

Ihre Atmung... Gott, ihre Atmung. Sie war so flach und unregelmäßig, dass ich bei jedem mühsamen Atemzug fürchtete, er könnte ihr letzter sein. Ihr Brustkorb hob und senkte sich kaum merklich, und zwischen den Atemzügen entstanden lange, quälende Pausen, die eine Ewigkeit zu dauern schienen.

Aber das Bein... oh Gott, ihr Bein. Die Verletzung war so schwerwiegend, dass selbst ich als erfahrener Notfallpfleger einen Würgereiz unterdrücken musste. Der Knochen war sichtbar durch eine klaffende Wunde gebrochen, das Fleisch aufgerissen und blutig. Dunkelrotes Blut sickerte stetig heraus, tropfte auf den Boden und bildete eine sich ausbreitende Pfütze, die das weiße Linoleum rot färbte. Der metallische Geruch stieg mir beißend in die Nase und vermischte sich mit dem Geruch von Desinfektionsmitteln und Angst.

"Nein... nein, nein, nein..." Die Worte kamen aus meiner Kehle, obwohl ich nicht wusste, dass ich sie ausgesprochen hatte. Meine Beine bewegten sich wie von selbst, trugen mich zu ihr hin, während mein Verstand noch immer zu begreifen suchte, dass dies Realität war.

"Olivia!" Mein Schrei durchschnitt die hektische Atmosphäre der Notaufnahme. Köpfe drehten sich zu mir um, aber es war mir egal. Nichts war mir wichtiger als die bewusstlose Frau auf dieser Trage. Ich stürzte zu ihrer Seite, mein Herz schlug so wild und unregelmäßig, dass ich glaubte, es würde aus meiner Brust springen. Meine Hände zitterten unkontrollierbar, als ich nach ihrer suchte. Ihre Hand war so kalt, so leblos. Wo sonst Wärme und Leben pulsierte, fand ich nur eine erschreckende Kälte, die sich durch meine Finger bis in mein Herz ausbreitete.

"Olivia, bitte... bitte wach auf", flüsterte ich verzweifelt, während die Ärzte sie von der Trage auf ein Krankenbett hoben. Ihre Glieder hingen schlaff herab wie die einer zerbrochenen Puppe, und bei jedem Berührungspunkt schien sie noch zerbrechlicher zu werden.

Die Sanitäter berichteten in jenem nüchternen, professionellen Ton, der mich normalerweise beruhigte, jetzt aber wie Nadelstiche in meine Seele fuhr: "Weiblich, 28 Jahre, Frontalzusammenstoß mit einem PKW. Offener Unterschenkelbruch rechts, vermutlich mehrfach. Kopftrauma mit Bewusstlosigkeit seit Eintreffen am Unfallort vor circa 20 Minuten. Blutdruck instabil, Puls schwach aber regelmäßig."

Jedes Wort war wie ein weiterer Hammerschlag gegen meine Seele. Frontalzusammenstoß. Kopftrauma. Bewusstlos. Die medizinischen Begriffe, die ich täglich verwendete, bekamen plötzlich eine völlig neue, grausame Bedeutung, wenn sie sich auf die Frau bezogen, die ich liebte.

"Wie geht es ihr? Wird sie...?" Meine Stimme brach, und ich konnte den Satz nicht beenden. Die Frage, die mir auf der Zunge brannte, war zu schrecklich, um ausgesprochen zu werden.

Dr. Stracke, einer unserer erfahrensten Notfallmediziner, untersuchte sie bereits mit geübten Handgriffen. Sein Gesicht war eine Maske professioneller Konzentration, doch ich sah die Anspannung in seinen Augen. "Es sieht nicht gut aus, Timmy. Wir müssen sofort ein MRT des Kopfes machen – die Pupillen reagieren verzögert. Das Bein muss notoperiert werden, der Knochen ist komplett zertrümmert. Die Fragmente könnten lebenswichtige Arterien verletzt haben."

Seine Worte trafen mich wie physische Schläge. Jede medizinische Diagnose, die er aufzählte, war ein weiterer Riss in meiner Seele. In diesem Moment brach alles in mir zusammen – die professionelle Fassade, die ich mir über Jahre aufgebaut hatte, die Kontrolle, die ich immer über meine Emotionen gehabt hatte, die Illusion, dass ich auf alles vorbereitet war.

Die Angst war nicht mehr nur ein Gefühl – sie war ein lebendiges, atmendes Monster, das sich um meine Rippen schlang und mich zu ersticken drohte. Sie kroch durch meine Adern wie Gift, lähmte meine Gedanken und verwandelte jeden Atemzug in einen Kampf.

Inmitten des hektischen Chaos, während Ärzte und Pflegekräfte um sie herumwirbelten und Geräte anschlossen, nahm ich ihre kalte Hand in meine beiden Hände. Sie fühlte sich so klein an, so zerbrechlich. Ich beugte mich zu ihr hinunter, bis ich ihren schwachen Atem auf meiner Wange spüren konnte, und küsste sanft ihre Stirn. Ihre Haut war eiskalt und feucht von Schweiß.

"Ich liebe dich", flüsterte ich mit gebrochener Stimme direkt an ihr Ohr, als könnte meine Stimme sie aus der Dunkelheit zurückholen, in die sie versunken war. "Bitte kämpf. Bitte verlass mich nicht. Ich brauche dich..."

Die Tränen, die ich so lange zurückgehalten hatte, rannen nun ungehindert über meine Wangen und tropften auf ihre blasse Hand. Sie regte sich nicht, nicht einmal das leiseste Zucken ihrer Augenlider verriet, dass sie mich hören konnte. Sie lag einfach da, ihre Brust hob und senkte sich kaum merklich, während um sie herum der verzweifelte Kampf um ihr Leben tobte.

"Weg von hier, Timmy!" Sarahs Stimme durchschnitt meine Panik wie eine Säge durch Holz. Ihre Hand legte sich fest auf meine Schulter und zog mich zurück. "Du kannst hier nicht bleiben – du bist zu emotional beteiligt! Das hilft niemandem, am wenigsten ihr!"

Ihre Worte hallten in meinem Kopf wider wie Schläge gegen eine Glocke. Jeder Instinkt in mir schrie danach, bei Olivia zu bleiben, sie zu beschützen, ihre Hand zu halten und ihr zu zeigen, dass sie nicht allein war. Ich wollte bei ihr sein, wenn sie aufwachte, wollte das erste Gesicht sein, das sie sah.

Aber der kleine, rationale Teil meines Verstandes – der Teil, der mich fünf Jahre lang durch die schwierigsten Situationen in der Notfallmedizin geführt hatte – wusste, dass Sarah recht hatte. Meine Gefühle, so überwältigend und berechtigt sie auch waren, würden meine Fähigkeit, professionell zu handeln, völlig lahmlegen. Ich könnte ihr nicht helfen, wenn ich selbst ein emotionales Wrack war.

Der Gang weg von ihr war der qualvollste meines Lebens. Jeder einzelne Schritt fühlte sich an wie ein Verrat, als würde ich sie in ihrer dunkelsten Stunde im Stich lassen. Als würde ich ein Stück meiner Seele auf dieser Trage zurücklassen. Meine Beine fühlten sich an wie Blei, und ich musste mich zwingen, einen Fuß vor den anderen zu setzen.

Mit einem letzten, verzweifelten Blick zurück sah ich sie dort liegen, umringt von einem Kreis weißer Kittel und surrender Geräte. Sie wirkte so klein inmitten all der medizinischen Technologie, so verletzlich und allein. Das Bild brannte sich unauslöschlich in mein Gedächtnis ein.

"Olivia... meine geliebte, kostbare Olivia", flüsterte ich in Gedanken, während ich mich mechanisch in den hinteren Bereich der Notaufnahme begab. Ein Sturm aus Verzweiflung, hilfloser Wut und lähmender Angst tobte in mir und drohte mich zu verschlingen.

Ihr bewusstloses Gesicht verfolgte mich wie ein grausamer Geist – die geschlossenen Augen, die ich so gern wieder offen und voller Leben sehen wollte, die blassen Lippen, die normalerweise so warm und voller Lachen waren, die kleine Narbe an ihrem Kinn von einem Sturz in ihrer Kindheit, die ich so oft liebevoll geküsst hatte.

Der Anblick ihres verletzten Körpers hatte sich unauslöschlich in mein Gedächtnis eingebrannt. Das viele Blut auf dem weißen Laken, das wie ein makabres Kunstwerk aussah. Die unnatürliche, erschreckende Stellung ihres zertrümmerten Beins. Die beängstigende Stille, wo sonst

161

ihr melodisches Lachen war, ihre sanfte Stimme, die mir am Morgen noch ihre Sorgen anvertraut hatte.

Jeder Schritt, den ich mich von ihr entfernte, riss neue, brennende Wunden in mein Herz. Es war, als würde mit jedem Meter zwischen uns ein unsichtbarer Faden gespannt, der immer dünner und schmerzhafter wurde, aber niemals riss. Selbst hier, in der Ferne, spürte ich sie noch – ihre Angst, ihre Schmerzen, ihren Kampf ums Leben.

Ich kämpfte verzweifelt mit dem Chaos meiner Emotionen – ein ständiges, erschöpfendes Wechselspiel zwischen hoffnungsvoller Liebe und lähmender Angst, zwischen dem Glauben an die Medizin und der Furcht vor dem Unausweichlichen. Jeder Augenblick war erfüllt von ihrer Präsenz, einem unsichtbaren, aber unzerbrechlichen Band, das mich unablässig zu ihr zog, selbst wenn die grausame Realität der Situation mich zwang, physisch getrennt von ihr zu sein.

Die nächsten Minuten würden zu Stunden werden, die Stunden zu einer Ewigkeit des Wartens, Hoffens und Betens.

Während ich meinen Dienst fortsetzte, verlor ich mich in einem Ozean aus Gedanken und Gebeten, in der Hoffnung, dass sie stark genug war, um diese Prüfung zu überstehen.

In der geschäftigen Notaufnahme herrschte ein ständiges Summen von Aktivität. Während ich mich bemühte, meinen Kopf über Wasser zu halten, näherte sich mein Kollege, Alex, mit einem besorgten Gesichtsausdruck.

„Timmy, wir brauchen deine Hilfe bei einem neuen Patienten. Es ist ein älterer Herr mit Atembeschwerden. Kannst du bitte nach ihm sehen?", fragte er.

Ich nickte knapp und folgte Alex zum Patienten, während meine Gedanken immer noch bei Olivia waren.

Als ich an das Krankenbett trat, sah ich den älteren Herrn auf dem Bett liegen, sein Atem war flach und hastig. Ich begann sofort mit der Untersuchung und sprach beruhigend auf ihn ein, um ihm Mut zu machen.

„Wie geht es Ihnen heute, Herr Müller? Können Sie mir sagen, was genau passiert ist?", fragte ich, während ich seine Vitalwerte überprüfte.

„Ich kann kaum atmen. Es fühlt sich an, als ob mein Brustkorb zerspringen würde", antwortete er mit belegter Stimme.

Ich notierte mir seine Symptome und beschloss, sofort weitere Untersuchungen anzufordern, um seine Atembeschwerden zu klären. Unsere Ärzte sind mit den schwerwiegenden Notfällen beschäftigt und ich wollte sie so gut es geht entlasten, um Olivias Behandlung bestmöglich zu gewährleisten.

Nachdem ich mich um Herrn Müller gekümmert hatte, kehrte ich in den zentralen Bereich der Notaufnahme zurück. Plötzlich näherte sich mir Dr. Stracke, einer der leitenden Ärzte.

„Timmy, es gibt Neuigkeiten über die Patientin, die vorhin eingeliefert wurde. Die Operation ist im Gange und es sieht vielversprechend aus. Sie hat wie vermutet ein zertrümmertes Bein, doch die Fragmente wurden gesichert. Allerdings hat sie auch eine Hirnblutung erlitten, weshalb sie bewusstlos war", sagte er mit einem Hauch von Traurigkeit in seiner Stimme.

Eine Welle der Angst durchströmte mich, und ich konnte ein entsetzter Laut nicht unterdrücken. „Wenn meine Schicht vorbei ist, werde ich zu ihr gehen. Vielen Dank für die Aktualisierung", antwortete ich dankbar.

Mit einem Gefühl der Angst und Hoffnung zugleich machte ich mich daran, meine Arbeit fortzusetzen. Die nächsten Stunden vergingen in einem hektischen Strudel aus medizinischer Versorgung und Patientenbetreuung. Trotz der Hektik der Notaufnahme blieb Olivias Zustand ständig in meinen Gedanken präsent. Jedes Mal, wenn ich einen Moment hatte, fragte ich bei den Kollegen nach ihr, um sicherzustellen, dass alles in Ordnung war.

Als die letzten Minuten meiner Schicht über den sterilen Krankenhausfluren tickten, kroch eine bleischwere Müdigkeit durch meine Glieder wie Wasser durch porösen Stein. Meine Schultern hingen herab, als würden sie das Gewicht des ganzen Tages tragen – jede bange Minute im Wartezimmer, jeden angstvollen Blick auf die Operationssaal-Tür, jedes stumme Gebet, das ich in die Stille hineingeflüstert hatte. Und doch, unter dieser lähmenden Erschöpfung, pulsierte etwas Warmes, Lebendiges: Erleichterung. Sie breitete sich in meiner Brust aus wie Sonnenstrahlen nach einem Gewitter, durchdrang die dunklen Wolken der Sorge, die sich den ganzen Tag über mein Herz gelegt hatten.

Die Nachricht, dass Olivia die Operation überstanden hatte, hallte noch immer in meinen Ohren nach. Jedes Wort des Chirurgen hatte sich in mein Gedächtnis eingebrannt wie ein Leuchtfeuer der Hoffnung. Meine Hände zitterten noch immer leicht – nicht mehr vor Angst, sondern vor der überwältigenden Erkenntnis, dass der wichtigste Mensch in meinem Leben diese Prüfung bestanden hatte.

Der Weg zur Intensivstation fühlte sich an wie eine Pilgerreise. Jeder Schritt auf dem glänzenden Linoleumboden schien zu widerhallen, mein Herzschlag dröhnte in meinen Ohren wie Trommelschläge. Die Nervosität kroch mir die Wirbelsäule hinauf, eiskalte Finger, die sich um meinen Nacken legten. Was würde ich sehen? Wie würde sie aussehen? Die Ungewissheit nagte an mir wie ein hungriger Wolf.

Als ich die Tür zu ihrem Zimmer öffnete, schlug mir ein Cocktail aus Desinfektionsmittel und dem sterilen Geruch medizinischer Geräte entgegen. Das rhythmische Piepen der Monitore erfüllte den Raum wie ein mechanisches Wiegenlied. Meine Augen brauchten einen Moment, um sich an das gedämpfte Licht zu gewöhnen, dann sah ich sie.

Olivia lag da wie eine schlafende Prinzessin aus einem Märchen, nur dass die Drachen, gegen die sie gekämpft hatte, unsichtbar und tödlich gewesen waren. Ihr Gesicht, normalerweise so lebendig und ausdrucksstark, ruhte in einer friedlichen Stille, die mich gleichzeitig beruhigte und erschütterte. Die Anspannung, die ich tagelang in ihren Zügen gesehen hatte, war verschwunden – ersetzt durch eine Gelassenheit, die so rein war, dass sie mir die Tränen in die Augen trieb. Die Schläuche und Kabel, die sie umgaben, erinnerten mich daran, wie zerbrechlich das Leben war, wie dünn der Faden, an dem wir alle hingen. Doch ihr gleichmäßiger Atem, das sanfte Heben und Senken ihrer Brust, sprach eine andere Sprache – die Sprache des Lebens, das sich weigerte aufzugeben.

Mit zitternden Fingern näherte ich mich ihrem Bett, als würde ich mich einem heiligen Schrein nähern. Meine Schritte waren so leise wie möglich, aus Furcht, diesen zerbrechlichen Frieden zu stören. Als ich ihre Hand ergriff, durchströmte mich eine Welle der Erleichterung so stark, dass meine Knie nachgaben und ich mich schwer auf den Stuhl neben ihrem Bett sinken lassen musste.

Ihre Haut war warm – so wunderbar, lebendig warm. Unter meinen Fingerspitzen spürte ich den sanften, aber bestimmten Rhythmus ihres Pulses, jeden Herzschlag wie einen kleinen Sieg über die Dunkelheit, die uns zu verschlingen gedroht hatte. Meine eigenen Tränen tropften auf unsere verschränkten Hände, salzige Perlen der Dankbarkeit.

„Olivia", hauchte ich, meine Stimme kaum mehr als ein Flüstern, das sich zwischen den Monitortönen verlor. Die Worte kamen aus den tiefsten Winkeln meiner Seele, getränkt mit all der Liebe und Angst der letzten Tage. „Du bist so unglaublich stark, stärker als ich es je sein könnte. Ich bin so stolz auf dich, so endlos stolz." Meine Stimme brach, die Emotionen zu mächtig für Worte. „Bitte, meine Liebe, kämpfe weiter. Kämpfe für uns, für all die Morgen, die wir noch zusammen erleben werden. Ich bin hier, ich werde immer hier sein, durch jede Nacht und jeden Tag."

In diesem Moment durchflutete mich eine Dankbarkeit so tief und überwältigend, dass sie mir den Atem raubte. Dankbarkeit für jeden Herzschlag, den ich unter meinen Fingern spürte, für jeden Atemzug, der ihre Lungen füllte, für die Ärzte und Schwestern, die ihr Leben gerettet hatten, für die Möglichkeit einer Zukunft, die mir noch vor Stunden unmöglich erschienen war.

Die Stunden vergingen wie Traumsequenzen. Ich saß da, unsere Hände ineinander verschlungen wie zwei Teile eines Puzzles, das endlich zusammengefügt worden war. Der Rest der Welt verschwamm zu einem nebligen Hintergrund – es gab nur sie, mich und die Gewissheit, dass die Liebe stärker war als die Angst.

In dieser stillen Wache spürte ich, wie sich etwas in mir veränderte. Die Verbindung zwischen uns, schon immer stark, wurde zu etwas Unzerstörbarem, geschmiedet im Feuer der Krise und gehärtet durch die gemeinsame Bewältigung des Unvorstellbaren. Jeder Atemzug von ihr war ein Versprechen, jeder Herzschlag ein Schwur für die Zukunft.

Die Straße vor uns mochte noch immer steinig und unvorhersehbar sein, voller Hürden, die wir noch nicht einmal erahnen konnten. Aber während ich dort saß, ihre warme Hand in meiner, wusste ich mit einer Gewissheit, die tiefer ging als alle Zweifel: Gemeinsam konnten wir alles überstehen. Gemeinsam waren wir unbesiegbar.

Der Krankenhausgang erstreckte sich scheinbar endlos vor mir, als Timmy mich geduldig zum Ausgang führte. Jeder Schritt war von einer bleiernen Schwere begleitet, die von der ungewissen Zukunft herrührte. Obwohl das warme Sonnenlicht draußen die Umgebung erhellte, blieb eine Kälte in mir, eine Kälte der Sorge und der Unruhe.

„Danke, Timmy", flüsterte ich, als wir endlich die frische Luft des Tages erreichten. Sein ruhiger Blick traf meinen, und ich spürte, wie seine Gegenwart mir Halt gab, selbst in diesem Moment der Verletzlichkeit. Ein schwaches Lächeln huschte über meine Lippen, doch in meinem Inneren tobte ein Sturm aus Gedanken und Emotionen, schwer in Worte zu fassen.

Ein Gefühl der Erleichterung überkam mich, als wir endlich in unserer Wohnung ankamen, doch zugleich wurde mir die Realität meiner Zerbrechlichkeit unerbittlich bewusst. Der Gips an meinem Bein und die Anweisung zur Bettruhe mahnten mich zur Ruhe, und die Last meiner Ängste schien unausweichlich.

Timmy half mir behutsam, mich auf das Sofa zu setzen, und ich empfand eine Mischung aus Dankbarkeit und Verzweiflung. Der Kampf zwischen Hoffnung und Angst tobte in mir, und Timmys stille Präsenz war wie ein Lichtstrahl in meinem Sturm der Gefühle.

„Ich mache dir etwas zu essen", sagte Timmy mit ruhiger Stimme, seine Augen strahlten eine Zuversicht aus, die ich mir selbst nicht geben konnte. Seine Fürsorge wärmte mein Herz und ließ mich für einen Moment vergessen, welche Last auf meinen Schultern lastete.

Während Timmy in der Küche beschäftigt war, fand ich mich allein mit meinen Gedanken wieder. Die Stille der Wohnung umgab mich, und ich ließ meine Tränen ungehindert fließen. Die Ereignisse der letzten Zeit überwältigten mich: der Bruch mit meinem langjährigen Partner, der Entschluss zur Kündigung und dann der Unfall. Die Zukunft lag wie ein unbeschriebenes Blatt vor mir, und ich wusste nicht, wie ich es füllen sollte.

Doch inmitten meiner Ängste und Zweifel wusste ich, dass ich nicht allein war. Timmy war da, seine sanfte Unterstützung und bedingungslose Liebe gaben mir die Kraft, weiterzumachen. Er kam aus der Küche zurück und sah mich weinen.

„Liv", begann Timmy leise, als er sich neben mich auf das Sofa setzte, „es wird alles gut werden. Du bist stark und wirst das durchstehen."
Seine Worte waren wie ein Licht in der Dunkelheit, und ich spürte, wie sich ein Hauch von Hoffnung in meinem Herzen ausbreitete. „Danke, Timmy", flüsterte ich und griff nach seiner Hand, die warm und beruhigend war.

Wir saßen eine Weile schweigend nebeneinander, umgeben von der Stille und dem warmen Licht, das durch die Fenster fiel. In diesem Moment fühlte ich mich nicht allein, und das gab mir die Kraft, meinen Ängsten zu begegnen und mich der Zukunft zu stellen.

„Du bist nicht allein, Liv", sagte Timmy sanft und legte einen Arm um mich, als ob er meine Gedanken lesen könnte. „Wir werden gemeinsam durch diese schwierige Zeit gehen."
Seine Worte durchdrangen meine Unsicherheit und gaben mir die Gewissheit, dass wir gemeinsam stark sein würden, egal was die Zukunft bringen mochte. In seiner Nähe fand ich Trost und Zuversicht, und ich wusste, dass wir gemeinsam alles überwinden konnten.

„Timmy, ich muss dir von einem Traum erzählen, den ich im Krankenhaus hatte", begann ich zögerlich, meine Gedanken langsam formend. Timmy sah mich aufmerksam an, seine Augen voller Interesse und Fürsorge.

„In meinem Traum warst du da, wie immer", fuhr ich fort, meine Worte vorsichtig wählend. „Und du hast mir gesagt, dass du mich liebst."
Ein Hauch von Verlegenheit überkam mich, als ich die Worte aussprach, als ob ich etwas Verbotenes preisgab. Doch Timmy reagierte anders als erwartet. Sein Gesicht zeigte Überraschung, gefolgt von einem warmen Lächeln, das mich erleichterte.

„Olivia, das war kein Traum", sagte er sanft, aber seine Augen strahlten eine Intensität aus, die mich zum Nachdenken brachte. „Ich weiß, du möchtest nicht, dass ich dir meine Gefühle aufdränge, aber die Angst, dich zu verlieren, als du bewusstlos warst, hat mich fast verzweifeln lassen."
Ein sanftes Lächeln huschte über meine Lippen, als ich Timmys Worte hörte. Die Überraschung mischte sich mit einem Gefühl der Erleichterung, und mein Herz schlug schneller in meiner Brust.

„Timmy..." flüsterte ich, meine Stimme kaum mehr als ein Hauch in der Stille des Raumes. Seine Offenbarung traf mich unerwartet, aber gleichzeitig fühlte ich eine tiefe Verbindung, die über Worte hinausging. Seine Worte drangen tief in mein Inneres, und plötzlich schien alles klarer zu sein. Die Angst, die Unsicherheit, sie waren wie von einem Moment auf den anderen verschwunden, und ich fühlte mich auf eine unerklärliche Weise befreit.

„Es tut mir leid, dass du durch diesen Albtraum gegangen bist", flüsterte ich, meine Hand sanft auf seiner ruhend. „Aber ich bin hier, Timmy. Ich bin hier, und ich werde immer hier sein."

Unsere Blicke trafen sich in einem Moment der Stille, und ich spürte die Wärme seiner Hand in meiner. Es war, als ob die Zeit stehen geblieben wäre, und in diesem Augenblick gab es nur uns beide und die ungesagten Worte, die zwischen uns hingen.

In einem Augenblick der Intimität und des gegenseitigen Verständnisses näherten sich unsere Lippen langsam an. Es war ein zarter Moment, geprägt von der Wärme unserer Nähe und der tiefen Verbundenheit, die zwischen uns lag.

Als sich unsere Lippen trafen, spürte ich einen Funken von Leidenschaft und Zärtlichkeit, der zwischen uns entflammte. Es war kein impulsiver Kuss, sondern ein Ausdruck unserer gemeinsamen Reise, durch Höhen und Tiefen, durch Licht und Dunkelheit.

In diesem Kuss lag die Essenz unserer Gefühle füreinander, ein Ausdruck der Liebe, die wir gemeinsam entdeckten und nährten. Es war ein Moment der Vollkommenheit, in dem wir uns ganz und gar einander hingaben, ohne Worte, nur durch die Berührung unserer Lippen.

Als wir uns voneinander lösten, lag ein Gefühl der Erleichterung und der Erfüllung in der Luft. Es war, als ob die Welt um uns herum verstummt wäre, und in diesem Moment waren wir eins, vereint durch die Kraft unserer Liebe.

Die Zeit schien still zu stehen, während wir uns in diesem Moment der Zweisamkeit verloren. Die Grenzen zwischen uns verschwammen.

„Olivia", flüsterte Timmy leise, seine Stimme erfüllt von Zärtlichkeit und Liebe. „Olivia, seit wir Kinder waren, hast du einen besonderen Platz in meinem Herzen eingenommen. Du warst immer da, um mich zu trösten, wenn ich niedergeschlagen war, und du hast mit mir gelacht, als wir gemeinsam Abenteuer erlebt haben. Deine Fürsorge und Liebe haben mich geprägt und mir in den schwersten Momenten Trost gespendet. Als wir getrennt wurden und ich dich aus den Augen verlor, brach eine Leere in mir aus, die mich fast erstickte. Ohne dich fühlte sich meine Welt dunkel und einsam an, und ich verlor den Sinn im Leben. Doch selbst in meiner tiefsten Verzweiflung warst du in meinen Gedanken präsent, ein Lichtstrahl der Hoffnung, der mich vorwärts trieb.

Als wir uns wieder trafen, warst du eine strahlende Frau, voller Leben und Liebe. Deine warme Umarmung und dein herzliches Lächeln erinnerten mich daran, was es bedeutet, lebendig zu sein. In deinen Augen fand ich Trost und Geborgenheit, und ich wusste, dass ich mein Zuhause gefunden hatte, wo auch immer du bist.

Olivia, du bist meine Hoffnung, mein Anker in stürmischen Zeiten. Du gibst mir Mut und Stärke, und ich weiß, dass ich alles mit dir teilen möchte, jeden Moment, jede Freude und jeden Schmerz. Ich liebe dich, Olivia, mehr als Worte es je ausdrücken könnten, und ich werde immer an deiner Seite sein, egal was passiert.

Ich möchte mit dir gemeinsam durch diese schwierige Zeit gehen, Seite an Seite, Hand in Hand. Zusammen können wir alles überwinden."

Seine Worte berührten mein Herz, und ich spürte eine tiefe Dankbarkeit für diesen wundervollen Menschen, der an meiner Seite war.

„Timmy, ich liebe dich", sagte ich leise, meine Stimme gefüllt mit all der Zuneigung und Wärme, die ich für ihn empfand. „Timmy, seit Kindertagen warst du mein Fels in der Brandung, mein Begleiter durch die Wirren des Lebens. Wir haben zusammen gelacht, geweint und uns gegenseitig gestärkt. Du warst immer für mich da, ein treuer Freund, der mich verstanden hat, selbst wenn die Welt um uns herum chaotisch war. Deine Liebe hat mir gezeigt, dass ich wertvoll bin, dass ich mich nicht ausnutzen lassen muss und dass ich das Recht habe, glücklich zu sein. Du hast mir gezeigt, dass es ein Privileg ist, von jemandem so bedingungslos geliebt zu werden wie du mich liebst. Deine Liebe ist wie ein sicherer Hafen inmitten eines stürmischen Ozeans, ein Ort, an dem ich mich geborgen und geliebt fühle, egal was passiert.

Du verlangst nichts von mir, keine Gegenleistung, keine Kompromisse. Du bist einfach immer für mich da, in jeder Sekunde und zu jeder Zeit. Deine Liebe ist wie ein unsichtbares Band, das uns untrennbar miteinander verbindet, und ich bin dankbar dafür, dass ich dich in meinem Leben habe.

Timmy, ich liebe dich von ganzem Herzen, und ich kann mir kein Leben ohne dich mehr vorstellen. Du bist meine Stärke und mein größter Verbündeter. Ich verspreche dir, dass ich immer an deiner Seite sein werde, wie du es immer für mich warst.

Du bist das Beste, was mir je passiert ist, und ich bin so dankbar, dich in meinem Leben zu haben."

Seine Augen leuchteten vor Glück auf wie zwei Sterne in der Dämmerung, als meine Worte zu ihm durchdrangen und sich in seinem Herzen festsetzten. Tränen der Rührung schimmerten in seinen Augenwinkeln, während er mich sanft, aber entschlossen in seine Arme zog. Seine Umarmung war wie ein warmer Kokon, der mich vor der ganzen Welt beschützte – stark genug, um alle meine Ängste zu bannen, und zärtlich genug, um mein verwundetes Herz zu heilen.

Es war ein Moment der absoluten Vollkommenheit, einer jener seltenen Augenblicke im Leben, in denen die Zeit stillzustehen scheint und alles andere um einen herum verblasst. Wir gaben uns ganz und gar einander hin, ohne die leisesten Zweifel oder nagenden Ängste, die uns so lange gequält hatten. Es gab nur noch uns beide, verschmolzen in einer Einheit aus purer, bedingungsloser Liebe.

Der warme Atem seiner Worte streichelte mein Ohr, als er flüsterte: "Wir haben es geschafft, Liv. Wir haben den Weg zueinander gefunden." Seine Stimme bebte vor Emotion, und ich spürte, wie sich seine Finger sanft durch mein Haar bewegten, als würde er sich vergewissern wollen, dass dieser Moment real war.

In seinen Armen fühlte ich mich nicht nur vollkommen und geliebt – ich fühlte mich endlich angekommen. Nach all den Jahren der Trennung, nach all den falschen Entscheidungen und den Menschen, die mich verletzt hatten, war ich endlich dort, wo ich hingehörte. Bei ihm. Bei Timmy, der mich kannte, noch bevor ich mich selbst verstanden hatte. Die Narben meiner Vergangenheit – der emotionale Missbrauch, die Selbstzweifel, die Angst vor Nähe – sie heilten in diesem Moment nicht vollständig, aber sie verloren ihre Macht über mich. In Timmys Liebe fand ich nicht nur Trost, sondern auch die Kraft, mich selbst zu vergeben und wieder zu lieben.

"Die Zukunft", flüsterte ich gegen seine Brust, während meine Tränen seine Haut benetzten, "sie macht mir keine Angst mehr." Und es stimmte. Wo einst ein gähnender Abgrund der Ungewissheit gelauert hatte, erstreckte sich nun ein Pfad voller Möglichkeiten, beleuchtet von unserem gemeinsamen Licht.

Er hob mein Kinn sanft an, sodass unsere Blicke sich trafen. "Dann lass uns diesen Weg gemeinsam gehen", sagte er mit einer Stimme, die von unerschütterlicher Gewissheit durchdrungen war. "Schritt für Schritt, Herzschlag für Herzschlag."

Draußen begann die Dämmerung hereinzubrechen, tauchte unser kleines Wohnzimmer in ein goldenes Licht, das wie ein Segen über uns lag. Doch die wahre Helligkeit kam von innen – von der Gewissheit, dass wir nicht mehr allein waren, dass wir nie wieder allein sein würden.

In der Stille, die uns umhüllte wie eine warme Decke, hörte ich nicht nur unsere synchronisierten Herzschläge, sondern auch das leise Flüstern einer neuen Geschichte, die gerade begann. Einer Geschichte von zwei Seelen, die den Weg zueinander gefunden hatten, trotz aller Hindernisse, trotz aller Schmerzen der Vergangenheit.

Während wir so dasaßen, verschlungen in unserer neuen Gewissheit, wusste ich mit jeder Faser meines Seins: Was auch immer die Zukunft bringen mochte – Stürme oder Sonnenschein, Herausforderungen oder Triumphe – wir würden es gemeinsam erleben. Seite an Seite, Herz an Herz, untrennbar verbunden durch ein Band, das stärker war als alle Zweifel und mächtiger als alle Ängste.

In diesem Moment begann nicht nur ein neues Kapitel unseres Lebens – es begann unser Leben überhaupt erst richtig. Endlich.

Die Autorin

Zoe Mittag, geboren 1999, entdeckte früh ihre Leidenschaft für das Geschichtenerzählen. Nach ihrem Abschluss an der Carl von Ossietzky Universität Oldenburg, wo sie Sozialpädagogik studierte, entschied sie sich, inspiriert von ihrem Leben und den Begegnungen mit Menschen, ihre Erfahrungen und Erkenntnisse in Romanform festzuhalten. Mit einem feinen Gespür für die menschliche Seele und einem tiefen Verständnis für zwischenmenschliche Beziehungen gelingt es ihr, Geschichten zu erzählen, die die Leser tief berühren und zum Nachdenken anregen. Als junge Autorin mit einem klaren Blick für die Schönheit und Komplexität des Lebens bringt sie mit ihren Werken eine frische Perspektive in die Literaturwelt.